侯文詠

人浮於愛

矛盾的是，
痛苦往往源自於對快樂的追求……

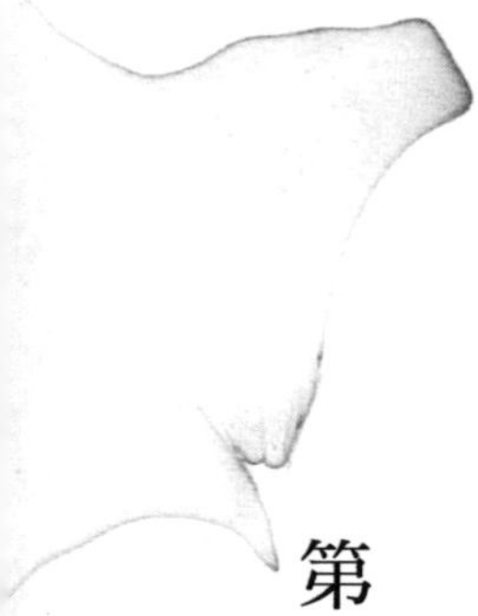

第一章

1

8:32 P.M.

當舞臺上的幻燈片回顧時間出現去年六月新娘穿著碩士服和新郎的合照時，坐在賓客席的心彤突然感受到一股前所未有的怒氣。

她發現自己不但被背叛了，而且還不止一次。

照片的背景是學校體育館，新娘小涵依偎在新郎趙強身旁，笑得比夏天的陽光還要燦爛。照片中那束鮮花還是心彤起了個大早跑到市場去買的。經過兩年的努力，小涵終於成功地擺脫王副總的糾纏，完成了碩士學位，心彤由衷地為她感到驕傲。

拍照那天，她和小涵早約好，等畢業證書到手，兩個人就殺到法國餐廳去大肆慶祝。沒想到畢業典禮結束之後心彤在體育館門口等了二十分鐘，體育館的人潮都散了，小涵才突然冒出來，心緒不寧地對心彤說臨時來了一群親友她得過去應酬。小涵讓心彤先回家，兩人改約晚上另行慶祝。心彤當時不疑有他，一點也沒想到，等著她去應酬的那群親友竟然就是心彤當時的男友——趙強。

心彤認識趙強遠早於小涵。心彤母親在她十八歲那年生病過世了。過世前她成立了一個信託，交給趙律師保管。喪禮之後，心彤便每個月到律師事務所報到，聽趙律師嘮叨理財、做人處事的長篇大論，然後領走四萬元的生活費。

幾年後趙律師過世了，事務所改由兒子趙強主持。才拿到律師執照兩年的趙強小心彤一歲，談理財觀念、談做人處事的道理都還嫌太嫩。形勢逆轉，領錢時換成心彤說他聽。六個月之後，趙強約心彤出去吃飯，兩個人開始交往。

交往兩年多，小涵進公司成為心彤的同事，一年不到，就與心彤直屬上司王副總發展出婚外情，陷入痛苦的深淵。當時心彤不但勸她擺脫王副總，辭掉公司職務去唸研究所，擔心她缺錢，還介紹她去趙強的律師事務所兼差打工。心彤真心把小涵當成自家姐妹對待，不想竟落到如此下場。

心彤記得很清楚，畢業典禮前一天還問趙強要不要一起去給小涵慶祝，當時趙強還推說有事。現在想想，如果不是兩個人早就暗通款曲，去年六月時根本犯不著在她面前鬼鬼祟祟。

又被蒙在鼓裡將近一年，直到今年三月，心彤才在趙強手機裡發現兩個人下流鹹溼的簡訊。她火冒三丈，去找小涵攤牌。「你們從什麼時候開始瞞著我偷偷交往的？」

小涵吞吞吐吐地說：「元旦之後沒多久吧，下班時他約我出去。」

「妳明明知道趙強是我的男朋友的，不是嗎？」

「我知道。可是他說你們吵架了，心情不好……對不起，我只是想幫忙。」

「幫忙怎麼會幫成這樣呢？」

「我覺得他用情很深又很可憐，所以每次都不忍心拒絕。元宵節那次，他又打電話來，說妳要和他分手，他很痛苦，所以我就跟他出去了……那天我們都喝了一點酒……」

「趙強這個人渣，」心彤忿忿地說：「元宵節那天本來我們約了要去看燈會，他臨時說要出差，我們才吵架的……」

「對不起，我不知道事情是這樣，如果知道的話，我不會——」

「小涵。妳聽我說，趙強騙了我，也騙了妳。」

小涵一臉受驚害怕的表情，「對不起，我真的不知道是這樣……」說著啜泣了起來。

「這種人跟王副總沒有什麼兩樣。越快離開他對妳越好，明白嗎？」

小涵低下頭，只是哭。

心彤溫柔地說：「我們都離開他，好嗎？」

一整個晚上，心彤把趙強罵個狗血淋頭。她主觀認定，既然是趙強主動勾引小涵，趙強理所當然該承擔起劈腿的一切罪責。

隔天心彤主動宣布和趙強斷絕關係。她覺得有責任身先士卒作為表率。對付這種不負責任的男人，就是應該讓他得到教訓。

沒多久，當心彤意外發現小涵還跟趙強約會時，她不但沒有任何警覺，反倒還責備小涵：「這種爛人，妳還跟他在一起？」

小涵沒接腔，只是失聲痛哭。

「怎麼了？」心彤問。

哭了半天，她才哽咽地說：「我那個沒來……我跟趙強說了。我不知道該怎麼辦。」

「沒來？」心彤豪邁地說：「妳先別哭，我會挺妳到底的。」

「他……跟我求婚了。」

「求婚？」

「我不討厭他，而且，我也不想把孩子拿掉……所以……我答應他了。」小涵一臉憂慮的表情，「妳不會不高興吧？我真的很在乎妳的感覺。」

能說什麼呢？心彤內心在淌血，可是她決定展現胸襟。「我知道妳有妳的苦衷。」她說。

心彤試圖說服自己，趙強其實是不值得她愛的。可是越這樣想，他的種種好處就越是無端浮現。她瘋狂買了許多療癒音樂，還參加各種心靈成長課程，儘管每次都有些似有若無的領悟，但到頭來還是不敵不知埋伏在哪裡的悲傷不時的突擊。

收到喜帖之後，心彤開始反反覆覆。心情好的時候，她覺得自己該雍容大度地參加他們的婚禮，不好時，又被這個想法弄得心浮氣躁。

讓心彤下定決心的是《愛與背叛》——那是一個叫顧厚澤的精神科醫師寫的書。書中的許多句子，心彤讀來都感動莫名。像是：

只有用更好的未來對待自己才是對過去的不幸最好的回報。

或是，

跟世界和解、跟他人和解——跟自己和解。

心彤覺得這本書簡直為她而寫。她用螢光筆把書畫得滿滿都是重點，還抄寫經典名句，貼得冰箱、妝臺、牆壁到處都是。

她決心要去參加婚禮。對她來說，那應當是一種近乎療癒的儀式，只有透過這樣的儀式，她才能告別過去，用更好的未來來彌補自己。

要不是畢業典禮那張幻燈片，這整個療癒的儀式差不多就要完成了。措手不及的感覺，簡直像是好端端走著，不知哪裡冒出來的汽車突然就撞了上來——什麼和解、什麼更好的未來根本就是自我欺騙，說穿了，都是小涵用盡心機、處心積慮地從她手上搶走了趙強。

弘發貿易董事長詹謙仁——心彤的大老闆過來敬酒時，幻燈片回顧已經結束了。臺上進行著婚禮遊戲。

「心彤今天身邊怎麼沒有男朋友？」詹董問。

心彤一肚子憋屈，只能尷尬地笑。

「這麼漂亮的女生怎麼可能沒男朋友？一定是曝光太少了。」

聽見舞臺上主持人正在徵求志願上臺玩「愛的小手」遊戲的未婚女賓客，詹董興致地抓著心彤的手往上舉。心彤心裡有一千個、一萬個不願意，但拗不過詹董起鬨，只好在眾人鼓譟下硬著頭皮站上舞臺。

「我們給新郎蒙上眼睛，」主持人解釋遊戲規則：「請他撫摸臺上四位美女的小手。看看新郎能不能從中找到真正的新娘。」

憤怒、懊惱、害羞、不自在的感覺在心彤心中翻攪。她試圖讓自己心平氣和，可是小涵虎視眈眈的目光，又讓她心中的情緒越發波濤洶湧。
主持人給新郎蒙上眼睛，又重新調整眾美女的位置，牽著新郎走到女賓客面前。
「現在，」主持人宣布：「遊戲開始。」
從三月分週期沒來到現在，胎兒少說三個多月了。盯著小涵緊身禮服底下平坦的小腹，心彤感到胸中一陣無名火不斷竄升上來。
「你確定這是新娘？」她聽見主持人問。
來賓有人高聲說：「不是、不是。」也有人故意提高聲音說：「是、是。」
從背著自己和趙強偷偷交往、畢業典禮藉故打發心彤，到故意隱瞞交往時間、謊稱月經週期沒來……哪一件心彤不是一心一意地相信小涵的說辭，甚至還設法站在她的立場，為她找理由開脫，她卻利用自己的善意，一而再、再而三地占盡便宜。
怎麼會有這麼不知羞恥、慚愧的人？
當年，甘冒不韙走進副總辦公室當面數落王副總，替小涵打抱不平的就是心彤。被王副總調職下放到全公司最爆肝的營運部擔任資深專員的也是她。熬夜陪小涵哭到天亮也是她。而小涵是怎麼回報她的？
此時此刻，趙強已經摸上了心彤的小手。他拉起了心彤的手，摸了一下，放下，走了幾步，有點難分難解，又回頭抓起了心彤的手。
「是、是、是——」
「不是、不是、不是——」

來賓鼓譟的情緒簡直到了最高點。

猶豫了幾秒鐘，趙強終於下定決心，扯下了眼罩。在看見自己的那一剎那，心彤注意到，新郎整張臉脹紅了起來。

在眾人的爆笑聲中，小涵挨過來，以一種看似不經意的優雅撥開心彤，拉起新郎的手——儘管動作輕微，那種宣誓主權的力道，心彤卻千軍萬馬地感受到了。

正是那個輕微的動作，讓心彤體悟到：背叛了她的人與其要說是趙強，還不如說是小涵。是小涵透過種種欺詐的手段，強奪了本來應該是屬於她的男人。

積壓在最深層的憤怒如同火山爆發，無可抑遏。

「妳根本沒懷孕，對不對？」心彤對小涵嚷著。

「關妳什麼事？」

失控的憤怒驅使心彤上前推開小涵，抱住了新郎。還來不及細想，她發現自己已經對著新郎的嘴唇舌吻了。

「噢——」賓客發出了驚訝的喟嘆。

新郎顯然受到了驚嚇，露出一臉像是被擄獲獵物的表情。

被推開的小涵有點愣住了，不過很快恢復。她轉過身來拉扯心彤。「走開——」

主持人機警地過來幫忙小涵。好不容易，總算把心彤從新郎身上拉開。心彤還不甘心，站在新郎面前蠢蠢欲動。

小涵一個箭步擋到新郎面前，母雞保護小雞似地張開雙手。她推了心彤一把，嚷著：「不要臉！」

「妳才是不要臉的小三。」

主持人招呼服務生，一起攔住心彤，半拉半扯地把她往臺下拖。心彤掙扎著說：「小三。妳這個不要臉的小三，走到哪裡勾引男人到哪裡的小三。」

賓客對心彤發出接二連三的噓聲。

心彤被拖著往前走，還不甘心地回頭叫囂：「我看妳得意到什麼時候？」

2

8:55 P.M.

等心彤從皮包裡面撈出手機時，鈴聲已經斷了。

計程車行駛著。霓虹夜景透過計程車車窗緩緩地流過。收音機裡傳出來的是臺北郊區的房地產廣告。什麼離捷運站近，好山好水，幸福家庭、美好人生的想像……

手機上頭有三通佳嘉的未接來電。此外，還有一張圖片，桃紅色的牛皮Mini luggage款Céline包。圖片底下的短訊寫著：

七萬五。臺灣百貨公司標價九萬五。東西在米蘭——先給妳看圖，想要快點舉手噢。排隊名單很長。

看著漂亮的包包，心彤淡淡地露出了微笑。

擁有第一個名牌包是母親過世那年。喪禮之後，她聯絡上了父親，滿懷期待跑去紐約見他。那是她第一次走進Bloomingdales百貨公司。一走進百貨公司，她就被那些精緻、美麗的名牌包徹底震撼了。

父親在紐約已經另娶妻並生育女兒了。活潑可愛的同父異母妹妹和父親離開自己時的年紀差不多。儘管父親表明愛她，也為自己的缺席感到抱歉，但看著父親和妹妹互動的模樣，心彤感觸良深，原來多年來在她心中的那些憧憬，早已經永遠地失去了。

紐約之行原本計畫兩個禮拜。待了十天心彤就提早離開了。離開紐約前，父親給了心彤一萬元美金，鼓勵她好好完成大學教育。拿著那些錢，心彤有種說不出的悵然。莫名其妙地又走進Bloomingdales百貨公司，她本來應該是想花光父親給她的錢的，不過逛了半天，也不曉得為什麼，節制地只買了那個Goyard戈雅包。

戈雅包材質很薄，不細看以為是塑膠包。當時戈雅包在臺灣還沒專賣店，知道這款名牌包的人不多。心彤用戈雅包裝課本、裝鉛筆盒、裝字典，揹著戈雅包在校園裡面晃來晃去，然後就遇見了當時念大四、也揹了個一模一樣戈雅包的佳嘉。

之後兩個人就熟悉起來了。佳嘉帶心彤去剪頭髮、做造型、買化妝品、跑步、上健身房。她還帶著她去試鏡、接平面廣告。有一、兩次，心彤甚至還接到了電視廣告。靠著父親給的錢、每個月四萬塊的信託收入，以及零零星星的外快，心彤過得還算富裕，出手買包也越來越大方。

佳嘉給心彤灌迷湯，總是說女人揹名牌包算是加分，越漂亮的女人加分就越多，至於心彤這種女神級的美女，分數就是用乘的。因此，花同樣的錢，心彤買包比誰都划算。

從某個角度來說，心彤同意佳嘉的說法，這些昂貴的名牌有種點石成金的魔法，把她的氣質提升到一種「驚為天人」的境界——就像大學時代收到的一封追求信裡一個男孩形容的。心彤憧憬、甚至享受那樣的目光所營造出來的氛圍。在那樣驚為天人的氛圍裡，現實生活中蒼白的工作、缺錢的煩惱、殘破的愛情，甚至記憶深處與母親的爭吵、與父親無法修復的美好回憶……都可以置之腦後，自動煙消雲散。

看著簡訊，手機鈴聲突然響了，又是佳嘉的電話。

心彤一接起電話，就聽見佳嘉的聲音大剌剌地從手機傳出來。「在忙什麼啊，電話都不接？」

心彤沒好氣地說：「忙著參加前男友婚禮，剛剛才被人家轟了出來。」

「真的假的？」

「當然是真的，才沒幾分鐘前。」

「哈，妳一定是做了什麼轟轟烈烈的事。」

「也沒什麼啦，就是當著所有的客人面前，舌吻了新郎，還罵新娘小三。」

「哈。那個賤女人，就是需要有人教訓教訓。」

「少消遣我了。明天全公司茶餘飯後八卦排行榜，第一名一定非我莫屬了。唉——」

「看到那個粉紅色笑臉包了沒，喜歡嗎？」

「喜歡有什麼用——」心彤嘆了一口氣，「信用卡帳單上的最低應繳金額快到期了，還在煩惱呢。」

「說到錢，」佳嘉說：「妳還記得前天飯局那個辛毅夫嗎？梳了個時髦的西裝頭，開部保時捷那個？」

「好像有印象。我怎麼不知道他有保時捷？」

「前天我和Carol就是搭他的保時捷回家的啊。」

「是噢。」

「妳知道前天那頓飯，他被妳電得神魂顛倒，念念不忘。他的朋友知道了打電話找我安排飯局，指定非得有妳不行。」

「幹嘛非我不行？」

佳嘉放低了聲音說：「聽說被一個二線的女明星給甩了。正好妳長得很像她。」

「才沒興趣呢，當替代品。」

「一頓飯兩萬塊錢，吃完飯拍拍屁股走人，妳管他把妳當什麼。」

心彤猶豫了一下。

認識佳嘉一年，花錢越來越兇，索性辦了休學去找工作。儘管有收入往往還是入不敷出。周轉不靈時，還得跟趙強調度錢。有好幾次和趙強鬧得不愉快，眼看銀行就要找上門來，靠著佳嘉零星給她介紹富商的飯局，才解決了燃眉之急。

接了沒幾次飯局，趙強跑來質問了，說是有個朋友在飯局碰到了她。心彤當然矢口否認。從那次起，兩個人就常為了錢的事吵架。想想，小涵或許就是在那時候介入的。

「怎麼樣，」佳嘉問：「賺不賺？」

「再這樣繼續下去，以後我大概別指望跟什麼正經對象談戀愛了。」

「怎麼會呢？妳還記得上次飯局那個Alice嗎？還比妳大三歲呢。妳看，人家可麻雀變鳳凰了。茂太集團的太子妃耶，哪有不正經？昨天婚禮請了一百多桌，連副總統都到了。」

心彤沒說話。

「我要是妳，明天就把工作辭了。專心來我這裡做，以妳的資質和條件，隨便做做，一個月少說都有二十萬。」

「謝謝噢，這麼抬舉我。我都快三十歲了。我還是乖乖地上班，領我媽的信託吧。」

「虧妳媽活著的時候妳跟她鬥了一輩子，現在人死了，為了每個月四萬塊錢妳反而變成乖乖牌了？她想把妳框在這種格局裡也就算了，連妳自己也認命了？妳想想，沒鞋子、包包，沒漂亮衣服，這種日子妳過得下去？」

心彤想了想說：「妳真覺得錢比愛情重要嗎？」

「不然咧？事業有高低起伏、激情早晚消退、男人個個喜新厭舊……反過來，錢存在銀行裡面，不起伏、不消退，更不會背叛。妳說，愛情怎麼會比錢好？」

心彤雖然覺得怪，但也不知道從何反駁起。

「總之，」佳嘉又說：「那個mini luggage我先幫妳保留下來了，錢妳先欠著無所謂。飯局時間、地點，等我明天安排好了再通知妳，嗯？」

「欸，欸。」

「什麼事？」

心彤猶豫了一下，欲言又止。想了想說：「算了。」

「什麼事啦？」

「沒事。」

「好，沒事就沒事。」佳嘉說：「有事隨時聯絡。」

掛斷電話，心彤有些懊惱自己。她想跟佳嘉借錢，還想跟她說包包我不要了，但不知從何開口。

夏天才開始，氣溫天天在創紀錄。這種大熱天，大家不待在家裡吹冷氣反而都跑出來。整個東區到處都是人。等人的、逛街的、買衣服的、吃東西的、聊天的、成群結隊在唱歌的人……

這麼一個說不出任何道理的世界，大家都有事幹，偏偏她一個人走投無路。總之，心彤悶透了。

嘟——潮牌電子錶發出了聲響。九點整。

一段熟悉的情調音樂忽然從計程車廣播流動出來。音樂聲中，一個熟悉的男性嗓音，用著十足的文藝腔朗誦著：「浩瀚宇宙中，每個人都是最寂寞的一顆星球……」

「對不起，收音機的音量可以調高點嗎？」心彤問。

司機照辦。收音機聲音變大了。

「哈囉，我最親愛的朋友，又到了寂寞星球的時間。我是高翔。大家今天過得好嗎？今天節目要開放call-in的題目是：『最後悔的事』。我們的一生，都曾經做過後悔的事。你都怎麼面對、處理的呢？緊接著這首歌之後，我要開放call-in電話，和大家一起聊聊這個話題……」

3

10:12 P.M.

「明明你開放call-in，我是聽眾，打電話給你有什麼不對嗎？」儘管心彤這樣說，高翔還是悻悻地往前走。心彤緊追在後，又說：「別生氣了嘛，我跟你道歉，是我太任性了。」

高翔停下來，轉過身來。「妳幹嘛在節目提什麼妳後悔當初我跟妳告白妳沒接受，還說什麼我們不應該只是好朋友……」

「是我最後悔的事，沒錯啊。」

「問題這是廣播啊，妳幹嘛在媒體上大談私事……」

「call-in的人，哪個不是談私事？我找了你好幾天你不回電。我不call-in，怎麼找你？」心彤說：「你欠我的歌，到底還唱不唱？」

「潘心彤小姐，我欠妳的歌，已經從一百多首歌唱到只剩下八首了，好不好？我很忙啊。妳先敲時間嘛，不要每次總是心血來潮，無緣無故就臨時起意好不好。」

「我哪有無緣無故？」

「妳最好是沒有無緣無故。」

「我的男朋友結婚了，新娘是我的好朋友。我去參加婚禮被轟出來了。哪有無緣無故？」

高翔不接腔。

「不管發生了什麼事，永遠會是我最好的朋友，永遠支持我。這話誰說的？」心彤又激動地說：「我哪有無緣無故？」

「奇怪了，明明是我被欺負了，結果妳比我還兇？」

心彤又說了一次：「我——哪——有——無——緣——無——故？」

高翔嘆口氣，轉身攔了一部計程車。

「去哪裡？」

「妳不是想唱歌嗎？走啊。」

半個小時不到，心彤已經坐在KTV的包廂裡，聽著高翔唱著那首快被唱爛的老歌了。隨著歌聲，心彤一臉陶醉表情。她高舉雙臂，隨著歌曲左右搖擺。

忘了有多久，再沒聽到你，對我說你最愛的故事……

（〈童話〉詞：光良／曲：光良）

這首歌流行的時候距離現在至少有十年了。

大學校園三年，心彤追求者眾。歷任男友幾乎沒有一個沒被心彤點名唱這首歌。相形之下，高翔既不出色更沒姿色，儘管一直就在周圍，但心彤連列入候選名單也沒考慮過。一點也沒料到，為她唱過最多遍〈童話〉的人到頭來竟會是高翔。

心彤和高翔高中、大學都同班。兩個人真正熟悉起來是大學之後的事。當時ＫＴＶ非常流行，常常一群人相約去唱歌。有時這群人，有時那群人，總有心彤也有高翔。不知為什麼，唱著唱著，最後就只剩下他們兩個人。

高翔的願望是成為創作歌手，他勤奮地參加各種甄選、比賽、錄製各種demo帶寄給唱片公司。心彤真心覺得他的夢想應該實現的。可惜天不從人願。

至於一天到晚熱戀、失戀的心彤，情況也好不到哪裡去。

就這樣，Ｋ歌的場合，很容易就變成了喝酒發洩情緒大會。被高翔批鬥的，不外乎偏心的裁判、沒眼光的製作人，或僥倖成名的競爭者。至於心彤，清一色地，除了男人以外，還是男人，以及男人。

罵久了，兩個人逐漸產生了一種「相濡以沫」的情誼。

追求心彤的男孩高翔沒一個看得上眼。他批評起心彤的這些男友簡直刻薄寡情。有一次，酒過三巡，高翔又開始批評，心彤說：

「你誰都看不順眼，那你說誰才夠格？」

高翔安靜了一下，對心彤說：「妳這麼麻煩的女人，我看乾脆嫁給我算了。」

心彤意外地看著高翔。「你現在是在跟我告白嗎？」

沉默幾秒鐘之後，高翔說：「哈，別那麼正經好不好，我鬧妳的啦——」

儘管如此，心彤還是開心的。那天他們喝了很多酒。兩個人搖搖晃晃走出了ＫＴＶ，搭了計程車到水岸去看夜景。

重重烏雲布滿夜空，稀稀落落的燈火在城市閃爍。心彤被風吹得發抖，要高翔摟住她。

「高翔，你可以答應我，我們永遠是互相支援、鼓勵，永遠是彼此最知心的好朋友嗎？」

「我答應妳。」

心彤忽然非常感動。「高翔，三十歲之後，如果你還沒有女朋友，我也找不到對象的話，我們就去結婚，好嗎？」

「好。」高翔說。

也許你不會懂，從你說愛我以後，我的天空，星星都亮了……

此時此刻，高翔正拉長脖子，陶醉地引吭高歌。接下來心彤最愛的副歌到了。高翔拋過來了一個「come on, baby」的眼神，一副耍帥的姿勢指著心彤。

心彤笑了笑，拿起麥克風加入二部合唱：

我願變成童話裡，你愛的那個天使，張開雙手變成翅膀守護你，你要相信，相信我們會像童話故事裡，幸福和快樂是結局……

歌聲中，心彤想起曾經和她一起唱過這首歌的許多臉龐。

那個張開雙手變成翅膀守護自己的天使到底在哪裡呢？

曾經，她相信就是自己的父母親。那時候，她是他們最愛的掌上明珠。只要擁有他們的愛，她就擁有一個無所不能的世界，但她錯了。

小學五年級他們鬧離婚，父親收拾了行李要離開，心彤跑去門口抱著他，宣布：

「如果你們愛我，就不要離婚。」

她以為，他們會為她回心轉意。結果父親還是離開她了。

從那時候起，她內心深處有些最安穩牢固的一些說不上來的什麼，開始動搖了。她努力地試圖抓住那些看似能張開雙手變成翅膀守護自己、讓自己走向幸福快樂的天使，只是，曾與她在這首歌裡面分享激情、承諾未來的天使，到最後，都變成一張一張陌生的臉孔轉身離去……

救贖的天使存在嗎？

心彤真的不知道。

一首歌，就這樣浮沉著各式各樣的思緒。唱著唱著，唱成了滄桑，唱成了荒涼。

現在，副歌的旋律又重複了一遍。心彤和高翔一起引吭高歌：

我願變成童話裡，你愛的那個天使，張開雙手變成翅膀守護你，你要相信，相信我們會像童話故事裡，幸福和快樂是結局……

一首歌曲唱完，心彤已經淚流滿面了。沒有掌聲、沒有敬酒，更沒有嬉鬧，包廂裡面變得安靜異常。

「怎麼了？」高翔問心彤。
心彤搖頭。「對不起，可以抱我一會兒嗎？」
雖然有點勉強，但高翔還是擁抱了心彤好一會兒。就在那幾秒鐘，心彤忽然想，或許她需要的只是一個像高翔這樣，讓她覺得有安全感的男人吧。
「我不懂，」心彤問：「認識我這麼久，你為什麼從來不追我？」
「我哪沒追妳，我還跟妳告白過呢。是妳拒絕我的。」
「那哪叫告白？你自己都說了，你是鬧我的。」
「我又不笨，才不想收妳的好人卡呢。」
「是你自己退縮的好不好，我問你，你後來為什麼不再追我？」心彤嘟著嘴巴說：「你後來的那些女朋友們，比聰明才智、比美貌、比身材，我哪一點不如她們？」
「愛情又不是奧林匹克運動會。」
「你為什麼不追我？你老實說。」
「唉噢，我們……怎麼說呢，總之，就是不適合。」
「怎麼會不適合呢？」
電視螢幕傳來另一首歌曲前奏。「啊，我的歌來了。」高翔急急忙忙抓起了麥克風。
「怎麼會不適合呢？」心彤抓著高翔猛搖。
「別鬧了，只剩下四首歌了，妳讓我還債。」
才唱了第一句，心彤就拿了遙控器把歌切掉。「高翔，你把麥克風放下，我有正經的話，要跟你說。」

高翔放下麥克風，看著心彤。

「我要你向我求婚。」

「為什麼我要向妳求婚？」

心彤冷不防抱住高翔，衝著他的嘴唇，貼上一個吻。

「妳在幹什麼？」

「我想試試，怎麼會不適合？」

高翔面露驚慌的神色。「聽我說，這樣不但不能解決眼前的問題，反而又會製造出更多的問題。」

「那你告訴我，我眼前是什麼問題？」

「妳遭受失敗打擊，外加性荷爾蒙分泌……」

「你的性荷爾蒙都不分泌的啊？」

「妳不是說要永遠做彼此的知心好朋友嗎？把性荷爾蒙扯進來，事情會很複雜的。」

高翔越是正經八百，心彤就越想追根究底。

「那時候說好，三十歲之後，如果彼此都還找不到對象的話，我們就去結婚。還記得嗎？」

高翔點點頭。

「再過一個小時不到，我就三十歲了。」

高翔只是笑著。

「喂，笑什麼？」
「妳什麼時候變得這麼自暴自棄？」
「哪有自暴自棄？」
「別鬧了啦。妳這麼心高志遠的一個人，真嫁給我這個小角色，過不了幾天妳就後悔了。就算不後悔，有一天妳也會紅杏出牆的啦。聽我說，心彤，今天妳心情不好，我不想把妳的話當真。」
「你錯了，我今天的心情再好不過了。」
「心情太好，說的話也不算。」
「我今天心情不好也不壞。我們再試試吧。」說完撲過去抱著高翔，又要吻他。
高翔掙扎著，把臉別開。「心彤，妳聽我說。」
「我不要聽你說，我要你用心感覺一下。」心彤強摟著高翔，繼續努力。
「心彤，妳聽我說——」
「我不要你說，我要你感覺——」
「心彤，妳聽我說，昨天我跟魏如雁求婚了。」
聽到高翔這麼說，心彤停了下來。她慢慢放開了高翔。「魏如雁？你瘋了，她不是早把你甩了嗎？」
「她甩了我，但那個男的甩了她。所以我們又重新開始了。」
「她只是把你當備胎。到底要說幾次，你才明白？」

「可是至少這一次她說願意想一想。」

「你瘋了，那個公主病末期？你們不可能在一起的。」

「心彤，那次說好的事我還記得，可是現在我有女朋友，也向她求婚了。她答應最晚到明天就回答我。」

高翔不說話。

「要是明天魏如雁拒絕你，我們的事就算說定了。」

「哪有在等？妳那麼多男朋友，從來也沒閒著。」

「好吧，」心彤屈指算了算，「五、六年都等了，不差這一天。」

高翔不說話。

「一言為定噢？」

高翔還是不說話。

手機響了。高翔接起了手機。「嗯。跟一個朋友。沒事，就是閒聊……妳在哪裡？……」高翔露出興奮的神色，他瞥了心彤一眼，遲疑了幾秒鐘之後說：「我現在不方便多說。等我一下，我馬上過去。」

掛斷電話，心彤冷著臉問：「是魏如雁，對不對？」

高翔只是一臉抱歉的神色。

「我不管。」心彤把一張嘴嘟得半天高。

「這樣，」高翔顯得很為難，「我把剩下的四首歌唱完，妳放我走，好不好？」

心彤用雙手捂住耳朵。「我不要聽，」她把臉別過去，繼續又說：「我不要聽，我不要聽。」

高翔走到心彤面前，心彤又把頭轉回來。高翔還不厭其煩，又走回心彤面前。儘管高翔嘰哩呱啦地說了一大堆，但心彤什麼都沒聽到。最後，她決定把捂住耳朵的手放下來，鄭重地宣布：

「高翔，今天你膽敢這樣走人，我就跟你絕交。」

「心彤，」高翔嚴肅地說：「妳的男朋友，要不是高富帥，就是才華洋溢……這些年我一事無成。我很痛苦沒能讓自己配得上妳。但我真的很努力。」

「你繼續再努力啊。」

「問題是如雁她答應了我的求婚啊……」

心彤愣住了。

「對不起，我真的得走了。」

高翔說完轉身，打開包廂大門離去。

螢幕上的歌曲伴奏旋律終於停了下來。心彤坐在包廂裡，又愣了好一會兒，直到另一首同樣的〈童話〉伴奏再響起，才把她拉回現實。

「喂，高翔。」她想起什麼似地，起身打開包廂大門追了出去。

穿越包廂甬道，又下了電扶梯，心彤終於在大廳櫃檯前追到了高翔。

高翔回過頭來，一臉求饒的表情。「又怎麼了？」

「有件事跟你商量。」

「什麼事？」

「跟你調度五萬塊錢，下個月領到薪水和信託，立刻奉還。」

高翔一張臉轉為問號外加驚嘆號。「不會吧，妳又買包了？」

「少囉嗦，」心彤說：「是朋友的話，明天把錢匯到我的戶頭去。」

4

00:02 A.M.

心彤一個人坐在包廂裡喝了半打啤酒，讀了十本八卦雜誌，她至少撥了十通以上的手機，就是找不到一個人願意出來陪她消磨時間。

正在她又咕嚕咕嚕地喝著啤酒時，有個人冒冒失失地闖了進來。

儘管已經有四、五分醉意，心彤還是一眼就認出了他。「咦，你不是那個辛毅夫？」

那篇報導就在幾分鐘前心彤才讀到的雜誌上。

汪語晴急甩辛小開，閃婚地產廖大亨

標題下方，是大明星汪語晴和地產老闆的訂婚照片。版面右下方，嵌著一張汪語晴和辛毅夫在電影院前十指交扣的舊照片。更下方是表格，仔細地對照地產大亨廖運昌與辛毅夫的身高、年紀、學歷、資產、拍拖對象，並且判定勝負，蓋上㊏勝的戳章。

辛毅夫搖搖晃晃地看著心彤，忽然說：「妳不就是前天那個潘小姐？」

心彤看了看手錶。「應該算大前天了。」

「怎麼這麼好興致，一個人在這裡？」停頓了一下，又說：「今天沒飯局啊？」

心彤老大不爽，反問：「你呢？怎麼這麼好興致，沒在家裡療傷啊？」

辛毅夫「呵」地一聲乾笑，興味盎然地看著心彤。

心彤不甘示弱，也抬高了下巴，皮笑肉不笑地回敬他。「呵。」

「想聽個秘密嗎？」說著毅夫靠到心彤身旁。「那個賤女人，是我甩了她的。」

「是──噢。」

「妳不信？」

「不信可不是我說的噢。」

「妳嘴巴沒說，可是妳心裡不信，對不對？」

心彤只是笑著。

「隨便，信不信由妳。這樣，剛剛我說了一個秘密。現在，輪到妳說一個秘密了。」

「我沒有義務跟你說我的秘密。」

「這樣不公平，剛剛我已經說一個了。」

心彤笑了笑。「說個秘密可以，但是你先唱一首歌。」

「為什麼我說一個秘密妳不用唱歌，妳說一個秘密我就得唱歌？」

「讓你唱首歌自然有讓你唱首歌的道理，囉囉嗦嗦的。」

「妳先說妳的秘密，有唱歌的道理我就唱歌。沒有道理我就不唱歌。」

「一言為定？」

「一言為定。」

「聽好了，」心彤故作玄虛地停頓了一下，「今天我過生日。唱歌吧。」心彤把遙控器交給毅夫。

毅夫搔了搔頭，沒說話。

「我的生日欸。有沒有道理？唱不唱歌？」

「好。就唱一首。」毅夫按遙控鍵，喚出了螢幕上的預約歌單。「哇，」他訝異地問：「怎麼全部都是〈童話〉？這都幾百年前的老歌了。」

「你到底要唱不唱？」

「好，就唱這首。」

毅夫按下了確認鍵。很快前奏響起。毅夫抓起麥克風，正要唱歌，忽然想到什麼，又停了下來。

「等一下，妳說妳今天過生日，我不信。」

「怎麼不信？」

「我剛剛跟妳說一個秘密妳不信，現在妳跟我說一個秘密我也不信。很公平。」

「我這個人從來不說謊的。」

「哪有那麼巧的事？我一跑進來，妳就過生日了？」毅夫笑嘻嘻地說：「妳一定天天都過生日吧？」

「不信的話，打賭。」心彤狐媚地看著毅夫，「你贏了，今天晚上你想要任何獎品，我都配合。」

「任何獎品？」毅夫一臉色瞇瞇的表情，喜孜孜地問。

「任何獎品。」心彤反問：「要是你輸了呢？」

「那我就以身相許。」

心彤噗哧一聲笑了出來。「誰要你以身相許？」

毅夫說：「那，我輸一萬塊錢。」

心彤搖頭。

「十萬塊錢。」

心彤還是搖頭。

「妳到底想怎麼樣嘛？」

「我輸了，你要任何獎品我都配合。你輸了，這麼小鼻子小眼睛的？」

「好，」毅夫看著心彤：「我輸了，妳要任何獎品，我一樣都配合。」

「這還差不多。」

「現在把妳的證件拿出來吧。」

「急什麼，時間還早。你先把歌單上剩下的這——」心彤數了一下，「十四首歌唱完，我就給你看我的證件。」

「等一下，又來了。」毅夫說：「我為什麼還要唱完才能看證件？」

「你很煩欸，遊戲規則就是這樣。愛玩不玩隨你。」
「為什麼要照妳的遊戲規則玩？」
「因為這是我的包廂，當然是我的遊戲規則。」
「十四首歌很多欸。」
「你喝一杯酒抵一首歌也可以。」
毅夫給自己斟滿了啤酒，豪氣萬千地往嘴巴倒。咕嚕咕嚕地喝完之後，得意地說：「現在只剩下十三首歌了。」
「十三首。」
毅夫又倒了一杯啤酒，正要倒進嘴裡之前，把酒杯放了下來。「妳划酒拳嗎？」
心彤嘴巴一口啤酒差點沒嗆出來。她心想，這可是你自找的。「怎麼划？」
「一拳一杯，或一首歌都可以。嘿嘿，」毅夫得意地搓了搓手，「妳今天碰到大野狼了。」
「大野狼，我好怕噢。」她說。

01:12 A.M.

包廂中〈童話〉的伴奏空蕩蕩地持續著。心彤和毅夫正面紅耳赤地划著酒拳。
毅夫又輸了。心彤興奮地從座位上跳起來，鼓噪著：「喝酒、喝酒、喝酒……」
毅夫勉強站起來，大喝一聲，連喝了兩杯啤酒。
心彤拿著筆，興致地在餐巾紙上做紀錄。「四十三加五等於四十八，扣掉你剛喝掉的兩杯，還有唱完的一首，四十八減三，一共欠我四十五首歌。」心彤又給毅夫眼前的空杯子倒滿了啤酒，「這回一次賭幾首？」

毅夫的手機又響了。他拿起來看了一眼，又放了下來。

「你怎麼整個晚上，手機響個不停？」

「我的朋友在別的包廂……」毅夫指了指包廂外面，低聲地說：「跟妳說一個秘密。」

「我不想再聽秘密了。」

「這個秘密免費贈送，」毅夫靠近心彤的耳邊說：「我得走了，要不然，再過一會兒，我的馬車就會變成南瓜。」

心彤大笑。「不行、不行，灰公子，你欠我的四十五首歌還沒唱完呢。你不能輸了就跑，太沒風度了。」

毅夫一臉為難的表情。「可是，我們只是萍水相逢。」

「我們都認識三天了，怎麼還叫萍水相逢。」

「我們連彼此的名字都還記不得……」

「誰跟你記不得？你是辛毅夫。我叫潘心彤，潘安的潘，心心相印的心，紅彤彤的彤。潘心彤，記好了。」

「潘心彤小姐，我看今天就到這裡吧。」

「那你欠我的歌，怎麼辦？」

「今天唱不完了，下次吧。」

「下次是什麼時候？」

「妳說下次什麼時候，就什麼時候。」

心彤眼明手快搶過毅夫擺在桌上的手機。

「欸，幹嘛拿我手機？」

毅夫伸手過來要奪手機，心彤機伶地縮手閃開了。

「急什麼呢？」心彤對毅夫笑了笑，在他的手機上撥號。

很快地心彤皮包裡的手機響了。她從皮包拿出手機按了拒絕。「下次隨便我說什麼時候就什麼時候來？」

毅夫點點頭。「手機還我吧。」

「先抵押著，」心彤把毅夫的手機收到皮包裡面，對著他鬼靈精怪地笑了笑。「你什麼時候把欠我的歌還清，我什麼時候手機就還你。」

「可是手機我要用。」毅夫說：「妳把手機還給我吧，我送妳回家。」

「誰稀罕你送。再見。」心彤說完起身往外走。

毅夫愣了一下，連忙跟在後頭走出包廂。走到櫃檯前，毅夫搶著掏皮夾付帳。

「妳把手機還給我吧，」毅夫說：「今天我買單。」

「誰稀罕你買單。」

心彤自顧自結了帳，往大門口走。毅夫連忙跟著。兩個人一前一後、搖搖晃晃地走著。走到門口心彤回頭看毅夫，一個重心不穩扭了足踝，整個人踉蹌地跌到毅夫懷裡。

「這位小姐，妳喝醉了。」毅夫說。

「我哪有醉，我還清醒得很。」心彤從毅夫懷裡掙脫，笑了笑，一臉曖昧的表情說：「你還欠我四十五首歌沒唱完，領獎品還早得很呢。」

毅夫塞了張鈔票到門房手裡，只顧著對心彤笑。一會兒，一輛閃亮的Porsche 911跑車緩緩駛了過來，停在他們面前。

「這就是你的南瓜車？」

泊車小弟從駕駛座出來，開著門等毅夫上車。門房熟練地打開副駕駛座旁的車門，等著心彤。

「上車吧，我載妳回家。」毅夫說。

心彤笑了笑。「不稀罕。」說著自顧自地往後方排班計程車上車處走。毅夫急急忙忙地又跟了上去。

心彤打開一部計程車車門坐進去，才伸手要關門，毅夫一個箭步衝上來，用身體擋住車門。

「潘小姐，」他傾斜上半身，把頭伸進車廂裡，「到底要怎麼樣，妳才肯還我手機？」

「不是說過了嗎？」

司機回過頭看了毅夫一眼。「這位先生，你到底是要進來，還是出去？」

毅夫猶豫了一下，也擠進了計程車。

計程車駛離ＫＴＶ，心彤自顧旁若無人地哼著歌。司機問：「小姐，上哪兒去？」

「你只管往前開就是了。」

「碰到轉彎呢？」
「碰到轉彎你就轉彎。」
「轉右邊還是左邊？」
「你愛轉哪邊，就轉哪邊。」
「小姐，妳沒開玩笑吧？」
毅夫從皮包裡面拿出一張千元鈔票，交給司機。「你就照她的意思開吧。」說完又轉頭對心彤說：「潘心彤小姐，拜託了，手機還給我吧。」
「奇怪，那麼大一臺保時捷你都可以不要了，跟我計較這支手機？」
「KTV那邊的門房我認識，他們會幫我保管車。」
「你也認識我啊，我就不能幫你保管手機？」
「手機我要用，妳現在得還我。」
「那你就現在唱啊。」
「我不是說下次唱嗎？」
「在包廂我已經跟你說過再見。現在時間、地點都不同，已經是下次了。」
毅夫沒接腔。
「不唱是吧？好無聊喔……找個人來聊天好了。」她從皮包拿出毅夫手機，開始在通訊錄翻找，「汪語晴？咦，這不是那個不要臉的賤女人嗎？我來打電話跟她聊聊好了。」
「真要打？」

「不是你甩了人家嗎？好不容易人家找到了幸福的歸宿，打個電話去祝福一下才是王道啊。做人嘛，大氣一點。」

毅夫連忙又伸過手要來搶手機。心彤一手擋他，一手把手機舉得高高遠遠的，笑咪咪地作勢要撥號。

「拜託了，別鬧——」

「欠債還債啊。誰在跟你鬧？」

毅夫還是不說話。

「唱啊。不唱的話，我可要撥號囉，五、四、三、二——」

「好、好，」毅夫一張百般無奈的臉，「我唱、我唱。」

妳的臉有幾分憔悴，妳的眼有殘留的淚，妳的唇美麗中有疲憊，我用去整夜的時間，想分辨在妳我之間，到底誰會愛誰多一點……

（〈用心良苦〉詞：十一郎／曲：張宇）

「哈，〈用心良苦〉。」心彤可開心了，跟著也得意地唱和著。

好不容易一首歌唱完，心彤用力給毅夫拍手。「太好了，只剩下四十四首歌。離獎品越來越近了噢。」

毅夫一臉心不甘情不願的表情，一雙眼睛咕嚕咕嚕地轉，腦袋裡不知想著什麼。

「怎麼不繼續唱？」心彤問。
「潘小姐，要不然我們繼續再賭。」
「還賭？打算當我一輩子的點唱機啊？」
「就怕妳不敢。」
「行啊，」心彤興致盎然地說：「誰怕誰。」
「這樣，賭前方那輛福斯車之前的那部白色車，車牌尾數是奇數還是偶數，如何？」
「奇數。」心彤瞇著眼睛看了看前方。
「那我賭偶數。」
「這回一次賭十首歌？」
「十首歌。」
毅夫從口袋掏出一張百元鈔票，在司機面前晃了晃。「大哥，能麻煩你超車一下嗎？我們想看看更前面那部車的車牌號碼。」
「白色那部？」司機毫不猶豫，收下百元大鈔，開始加速。

01:55 A.M.

計程車在心彤住處門口停了下來。
「我就住這裡。」心彤掩不住一臉得意的表情，「剛剛你又輸了四十首歌，連同原先欠的，一共是……」

「八十四首歌。」

「那麼，我下車嘍。手機保管在我這裡……」

心彤得意洋洋地走下車，關上門，透過車窗朝裡面揮了揮手。

她就站在那裡，看著汽車駛離，才從皮包裡摸出鑰匙，轉身插入鑰匙孔。忽然背後傳來計程車的煞車聲。心彤一回頭，發現毅夫已經下了計程車，朝著她走過來了。

「潘小姐，再賭最後一次？這次賭大的，一次八十四首歌？」

心彤笑著問：「你是急著想拿回你的手機，還是急著想領我的獎品？」

毅夫笑而不語。

「我警告你，」心彤說：「今天你的手氣真的很背噢……」

「我這個人有個毛病，就是不喜歡輸。」

「毛病倒還不小，」心彤說：「好吧，賭什麼？」

「我賭今天不是妳的生日。」

心彤笑了笑。「這之前在ＫＴＶ時，我們不是賭過了嗎？」

「橫豎今天不看到妳的身分證我是睡不著了，不如就加碼到底。」

「你可想好了，要是錯了，你可輸我一百六十八首歌，外加任何我想要的獎品。」

「但如果我對了呢？」

「你這個人很急噢。」

「別拖延時間了，到底賭不賭？」

心彤看著毅夫，開始笑了起來。

「有什麼好笑的？」

「剛剛闖進包廂時，我還以為你是個把妹高手……」

「到底賭不賭？」

心彤笑著從皮包拿出身分證，交給毅夫。就著公寓暗淡的燈光，毅夫瞄了一眼身分證，變了臉色。

看見毅夫的表情，心彤捧腹大笑。「就跟你說我這個人從來不說謊的。真的太好笑了……」心彤笑得都蹲到地上去了，「唉噢……唉噢。你的表情真的很好笑……哎呦……太好笑了。」

等心彤停下笑聲後，毅夫一臉難看的表情說：「今天時間也不早了，一百六十八首歌、手機，外帶今天我想要的獎品，一共多少錢？」

「多少錢是什麼意思？」

「妳知道我什麼意思的。」

聽毅夫這樣說，心彤忽然感到被羞辱了。

「怎麼樣？」毅夫問。

「你輸了就是輸了。這不是錢的問題。」心彤說。

「五萬塊，怎麼樣？」

心彤不說話。

毅夫又說：「十萬塊。」

心彤還是不說話。

「開個價嘛。」

心彤從皮包裡面拿出毅夫的手機來，還給毅夫，「不好玩了。今天就到此為止了吧。」

「等等。」毅夫阻止她，「那一百六十八首歌，妳不要了？」

「我又不是傳播妹，幹嘛陪你唱歌。」

心彤說完轉身要進大門，毅夫問：「妳到底要什麼？」

「你先認輸再說。」

毅夫低頭不說話。

「不認輸就拉倒囉。」說著心彤走進大門，轉身要關門。

毅夫連忙抵住大門，又支吾了一會兒，終於說：「算我輸了吧。」

「早說嘛，婆婆媽媽的。」心彤淡淡地笑了，「你輸我一百六十八首歌，外帶任何一樣我想要的獎品。」

「妳想要什麼？」毅夫問。

遠遠地，巷口一家彩券行燈還亮著。心彤瞇著眼睛遙望彩券行好一會兒，說：「一張五十塊錢的彩券，輸得起吧。」

「就這樣？」

「就這樣。」

毅夫笑了起來。

「笑什麼？」心彤問。
「妳要一張五十塊的彩券做什麼？」
「買個希望啊，白痴。」

5

02:15 A.M.

彩券買好了，兩個人就坐在彩券行前面的小椅子上，等著毅夫的司機從ＫＴＶ開車過來接他。過了午夜，氣溫似乎降低了些。
「妳常買彩券？」毅夫問。
「我出社會的第一個老闆，他姓周，周老闆每個月都叫我去買彩券。買久了，我自己也跟著買。我不但買，我還中過兩百多萬……」
「那個老闆人呢？」
「做生意失敗，逃跑了。」
「是噢……看來他自己的運氣好像不太好。」
「是啊，不過我碰到他那段時間，運氣特別好。」
毅夫把心彤手上那張彩券拿過來看了看。「妳覺得這張彩券會中？」
「不知道。信不信，很多時候，你碰到某些人，發生了某些事，之後又改變了某些想法，命運也跟著變了。」停頓了一下，心彤又說：「總之，我碰到你，運氣好像變得特別好。」

毅夫把彩券還給心彤，抓了抓頭說：「是噢。」

「對了，還有個秘密我得跟你說清楚。」

「秘密，」毅夫說：「我喜歡。」

「大前天的飯局，是朋友邀我去的。我本來以為是朋友聯誼，沒想到她找了一堆飯局妹。這件事，你最好搞清楚。」

「是嗎？」

「我這個人從來不說謊的。」心彤從皮包裡面拿出了公司的識別證給毅夫看。「我是上班族，這是我的公司。」

毅夫看了一眼，把識別證還給心彤。「哈，我媽正好是妳們公司的董事。」

「真的假的？我不信。」

「妳不會又要打賭吧。」

「算了，反正我們公司的董事，我一個名字也記不住。」

沉默了一下，毅夫說：「剛剛看到KTV裡面另外一個空酒杯，我還在想，妳是傳播妹……」

心彤瞪毅夫一眼。「那是一個朋友。他是個廣播節目的DJ。週一到週五晚上九點到十點，你只要上FM107.9，就可以聽見他的聲音。他追了我快十年，雖然談得來，但我覺得我們之間少了一種感覺。本來我打算趁著今天晚上跟他談談，沒有想到他竟向我求婚……你知道的，我很珍惜這段友誼，又不得不拒絕他……」

「可以理解。」毅夫點點頭。過了一會兒，忽然說：「既然今天是妳的生日，這樣吧，我唱首生日快樂歌給妳聽吧。」

「你是今年第一個對我唱生日快樂歌的人。」

「真是我的榮幸。」

於是毅夫站起來，面向心彤開始唱生日快樂歌。夏夜清爽而怡人，巷口的方向彷彿有風徐徐吹來。心彤聽著歌，真心覺得開心了起來。

就在那時候，她看見毅夫的司機開著那部閃亮的保時捷跑車轉進巷口，開了過來。

第二章

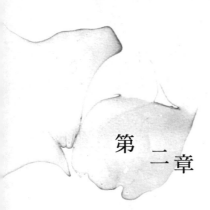

1

我夢見自己是一條又飢又渴的蛇，忍不住開始嚙咬自己的尾巴。嗞——嗞——嗞——我又興奮又害怕，怕到最後被自己吃得什麼都不剩了，可是我就是停不下來，嗞——嗞——嗞——我就這樣既痛苦又貪婪地吃著自己……

一邊聽小琪說著那個蛇吃自己尾巴的夢境，顧厚澤醫師像個認真的學生埋頭在病歷上寫啊寫的。或許擔心他來不及記錄，小琪刻意停了下來，等顧厚澤跟上。

她把顧厚澤從頭看到腳，又從腳看到頭。就一個醫師而言，他維持得很好——得有長期重量訓練以及有氧運動的習慣，才能擁有那樣寬闊的肩膀、結實的胸膛，以及緊實的皮膚。

小琪自己也不明白，為什麼第一次見面就跟個陌生人說了那麼多事。她來門診，其實只是因為需要精神科醫師處方箋開安眠藥。之前的那個醫師得了癌症，過世了。

寫完了蛇的夢境，顧厚澤抬起頭來，饒富興味地看著小琪。

「最近才開始做起這樣的夢，還是一直都有呢？」他問。

就那麼一個不費絲毫力氣的目光，吸引了小琪。他看著她，又像不看著她，彷彿小琪是一團迷霧。

「應該是一直都有的夢吧。已經好久沒有出現了，直到最近。」小琪說：「最近也不曉得為什麼，常常失眠。就算睡著了也睡得很淺，常常夢見自己變成了那條蛇，吃自己的尾巴，越吃越害怕，嚇得一身汗，半夜又醒來了。」

「嗯。」顧醫師繼續在病歷上寫字。

「很多人都會這樣嗎？」

「妳指的是夢境，還是半夜醒來？」

「很多人會做跟我一樣的夢嗎？」

「看情況。」他又問：「最近這段時間，有什麼——不管是已經發生，或者正要發生的重要事件，對妳來說是不尋常的嗎？」

「你確信談這些有幫助嗎？」

「老實說，我不確定。但不談這些，我可能連怎麼幫助妳的線索都沒有。」

或許是「幫助」這兩個字給她很特別的感覺。小琪想了想，開始跟顧醫師描述了一下她新接的工作。

「有人希望我能替他生孩子。」

「類似代理孕母這樣的工作？」

小琪搖搖頭。嚴格地說，應該是一個定期上床的合約，為期一年。對方每月支付一筆豐厚的費用給她。這個期間，她不得再和別人上床。一旦成功懷孕的話，對方將會娶她，並另付額外的費用。要是失敗的話，合約期滿自動失效。

「有點像是包養的關係，你明白嗎？」

「大致上明白……不過，我還不是很懂，」顧醫師又問：「對方為什麼要這樣做？」

「那個人姓詹，擁有一家規模龐大的公司，專門進出口一些家具、五金配件、文具、辦公室用品、還有電腦周邊之類的東西，聽說沾過黑社會的邊，做生意發達之後漂白了。他五十七歲那年，和他一起奮鬥打拚事業的前妻得了肝癌過世了。五十八歲那年，唯一的孩子又在一場車禍中喪生了。他很失落，縱情聲色、放浪形骸。就這樣吃吃喝喝，玩了五年。」

顧醫師沒接話，讓小琪繼續說。

「今年開始，他斷斷續續覺得胸悶。醫師診斷出他罹患了狹心症，建議他盡快做支架手術，否則隨時有生命的危險。他回家想了幾天，作了一個有點奇怪的決定──他決定去把之前結紮了的輸精管重新接通。」

「嗯。」

「一般來說，輸精管重接，懷孕成功的機會只有一半不到。所以，就算他有意願，也找到了願意幫他生小孩的對象，事情也沒有必然的保證。於是他透過一個朋友介紹，找上了我。」

「這個詹董想找人生小孩，為什麼……我的意思是說，他為什麼不自己去談戀愛、找對象呢？」

「根據我朋友的說法，他覺得我跟他的前妻長得有點像，對我印象不錯。我看過他前妻的照片。老實說，我不覺得我們有什麼相似的地方。長得像不像，我在想，也許只是藉口。做生意的人很務實，或許他的病給了他一種迫切感，覺得談戀愛太浪費時間了……」

顧醫師又在病歷上寫了半天。「妳呢？妳接受的理由是……」

小琪笑了笑。「我三十四歲，也不年輕了。」

「難道妳不覺得這樣的事情有些……奇怪？」

「是有些奇怪吧，但是如果你瞭解我的成長背景，或許就不覺得奇怪了。」

「是嗎？」

於是小琪開始告訴顧醫師自己的故事。

小琪的父親原來是個流氓，因緣際會認識了一些民意代表之後，開始承攬公共工程。高二之前，小琪一直都過著不錯的物質生活。直到政黨輪替後，父親受到政治牽連，因賄賂案被判刑十三年入獄。家裡的經濟狀況從此一日不如一日。

母親變得鬱鬱寡歡，篤信宗教，不但把父親留下來的錢捐給寺廟，還聽信師姐的話到處投資，搞得一身債務。升大二那年暑假，母親把父親留在銀行戶頭裡給小琪繳學費的存款全盜用光了，小琪只能靠著暑期打工籌措學費。暑假過後，學校把宿舍優先出租給一年級新生，逼得小琪不得不改租學校外頭高出兩、三倍租金的房屋，經濟狀況更是雪上加霜。

當時房東是個六十歲左右的阿伯。多次催繳房租不成後，阿伯對小琪發出最後通牒，暗示除非陪他睡覺抵房租，否則請她立刻搬家。小琪交不出錢，還落得差點被房東強暴。幸好她的導師知道了這件事，出錢幫她，才暫時度過了難關。

小琪搬離原來的住處，暫住到導師和師母家。導師是個四十歲左右的副教授，他和師母都很疼她。小琪常找導師訴苦，導師總是耐性傾聽。不管財務上、還是心靈上，小琪一天比一天更依賴導師。

「住了三個多月之後，有一天，師母不在家，我和導師發生了關係。」

「發生了關係？」

小琪點點頭。「第一次做那件事情，是他先吻我的。老實說，我覺得他好像只是被動地做了一件我希望他做的事。那時候師母正懷著小孩。儘管我裝得若無其事，但心裡卻充滿煎熬。每當我們不可自拔地又做了那件事，我就很看不起我自己。我就是從那時候，開始夢見那條蛇的。」

「可以多說一點蛇的事情嗎？」

「我有很多不好的習慣，好像跟那條蛇有關係……」

「不好的習慣，像是？」

「我偷東西。」小琪說：「我無法控制。」

他喃喃地說了一個名詞。衝動控制障礙或者症候群之類的。

「什麼？」

「沒什麼，只是醫學名詞。」顧醫師鼓勵她，「偷東西的事，妳繼續說。」

「第一次順手牽羊，偷的是保險套。那時候，我根本沒有勇氣拿保險套去櫃檯結帳，可是我又非要那個保險套不可，於是我決定用偷的。偷竊的過程中，我意外地感受到一種前所未有的感覺——甚至是比做那件事更刺激、更令人渴望的快感——你明白我的意思嗎？」

「之後呢？」

「之後我就停不下來了。太陽眼鏡、口紅、內衣、胸罩……很多東西我甚至自己也沒興趣用，偷了就丟。連我自己也搞不清楚為什麼要偷……可是我就是忍不住。」

「妳失手過嗎？」
小琪搖了搖頭。
「後來呢？」
「大三那年我認識了一個叫茉莉的學姐，被一家上市公司的總經理包養。那時她要畢業了，問我有沒有興趣接手？除了供應住處，每個月還有五萬元零用錢花用，這還不包括約會吃飯、送禮物。對於當時的我來說，脫離我的導師，既是一種懲罰，也是一種解脫——而兩者我都迫切需要。」
「所以妳從大學時期就開始被包養了？」
「說也奇怪，那之後，偷東西的欲望漸漸也就消失了。總之，十二、三年來，我經歷了幾個男人的包養，偶爾也接接飯局，靠著這些男人的人脈做點投資，還當過一家上櫃公司的董事。我過著還算優渥的生活。」
「妳談戀愛嗎？我是說，在這個期間，妳談過自己想談的那種真正的戀愛嗎？」
「戀愛當然還是談啊，但十幾年波波折折之後，我自己多少也想通了許多過去我想不通的事。」
「可以說得更具體些嗎？」
「在我之前，詹董其實還跟另外一個比我更年輕，叫Joyce的小姐交往。當時詹董也曾經對Joyce提出過相同的提議，不過被她拒絕了。答應詹董的條件前，我約Joyce喝咖啡，問她為什麼不願替詹董生小孩？她告訴我，她被詹董包養，只是為了錢，她不想跟他有更深的瓜葛。我猜她應該是有喜歡的對象了，一問之下，果然如此。」小琪又說：「她信誓旦旦跟我說，詹董很有錢，那個提議的誘惑實在太大了。她不想自己的人生變得沒有任何底線，什麼都可以出賣——她說的那種沒有底線，什麼都可以出賣的人，應該就是我吧。我跟她說：『妳把愛情想得太美好了。』不過她卻回答：『或許是妳把錢想得太美好了吧？』總之，我覺得我們彼此應該都不太同意對方的觀點吧。」

「嗯。」

「見面那天，她身上飄著昂貴的香水氣味，身上的行頭全是時尚流行。誰都知道這些全是她用青春換來的，問題是，一旦你用青春換這些，妳就再也回不去正常的軌道了，你明白嗎？你不可能擁有那樣的生活，同時擁有愛情，這是不可能的。後來Joyce把積蓄都投資了男朋友的麵包店。半年不到，就聽說那個男的不但劈腿，而且還捲款跑了。老實說，這樣的結果我一點也不覺得意外。」

「妳想通了的事就是指這些？」

「大概吧。」

「截至目前，妳還滿意自己的選擇嗎？」

「我沒什麼好抱怨的。我已經三十多歲了，我的本錢越來越少，但對於在這個現實世界搏鬥，我覺得累了，只是……不曉得為什麼，那個夢又回來了。」

顧醫師又開始埋頭寫病歷。他寫著病歷的樣子，不知怎地，就讓她想起她大二的導師，那個她第一次發生關係的男人。

小琪問：「你為什麼不找一個秘書或者是書記之類的人，幫你記錄病歷？」

顧醫師停下來看著小琪，鄭重地說：「因為我們之間的談話，都是私密的。」

私密。小琪笑了笑。令人想入非非的兩個字，像蛇眼前可口的獵物似地，撩撥著小琪的慾望。

「可以再問你一個問題嗎？」她問。

「請說。」

「你覺得我算是個吸引人的女人嗎？」這句話逾越了醫師和病人之間的關係。她知道，可是她就是忍不住。

顧醫師看了小琪一眼——有點意外的一眼。「這妳自己應該很清楚吧。」

小琪注意到顧醫師的臉微微地泛紅起來。整整快一個小時，她都覺得自己的話一直掉進了一個深不見底的深淵。只在這個時候，她聽見了深淵深處傳過來的迴音。

「像我這樣的一個女人，如果勾引你——不計代價地勾引你，你會心動嗎？」

顧醫師停頓了一下。「這問題我沒想過，不過，我倒想瞭解，妳為什麼會這麼問？」標準的專業口吻。

計時器鈴聲響了起來。

「沒為什麼，就是問問。」

顧醫師按停了計時器。「今天就先談到這裡吧。我會先調整妳的安眠藥。」他又恢復了一貫的專業表情，「如果妳還想繼續談下去的話，我請櫃檯的范小姐幫妳約下次看診時間。」

顧醫師帶小琪離開診療室，來到櫃檯前，向她介紹：「這位是范月姣小姐。」

范月姣單眼皮，白白淨淨的瓜子臉，長得有點像年輕時的廣末涼子。她安靜地坐在櫃檯後面，對著電腦螢幕輸入資料。辦好手續之後，她把一張列印好的預約單交給小琪。

「下個禮拜，同樣時間。」她在上面寫下了一個手機電話號碼，「妳有任何問題都可以打這個電話。」

「如果——我是說，如果我有問題想找顧醫師——」

「同樣也是打這個電話給我。」范月姣打斷了小琪，一臉肅穆的表情。

小琪分不清楚是范月姣說這句話時的態度或者是內容，讓她印象深刻。單看她安靜地坐在那裡的模樣，並不特別惹人注目，但是當她說話時，你可以清楚地感受到一種強烈的防禦情緒，像把上門顧客都當成賊似地嚴陣以待。

第二次門診，小琪告訴顧厚澤醫師，失眠的情況改善了不少。

「是吃藥的關係嗎？」

「除了吃藥之外我還運動，激烈的運動。」

「做什麼運動？」

「跑步。」

「是嗎？」顧厚澤說：「我也跑步。」

「以你這樣的身材，應該還上健身房吧？」

「是嗎？何以見得？」

「我夢見你，剛跑完步，全身溼答答的。」

「可以說說那個夢嗎？」

「你確定要我說？」

「當然。」

於是小琪說了那個夢境。「你剛跑完步，我也剛跑完。我們兩人在旅館房間裡面，衣服都還是溼的，根本來不及脫掉，就接吻了。我邊吻你，邊脫你的衣服，你也脫我的衣服，我們糾纏在一起，全身都是汗水，喘息不止……」

顧厚澤沒有多說什麼，只是在病歷上寫啊寫的。

「這樣的夢，上個禮拜做過幾次？」

「三次。」

「三次？」

小琪點點頭。「每次感覺都是那麼地真實，我甚至可以清楚地看見了你那個地方，根部靠近側面，有一顆痣。」

顧厚澤埋著頭繼續書寫。

「可以問一個問題嗎？」小琪問。

「請說。」

「你那裡真的有一顆痣嗎？」

顧厚澤尷尬地笑了笑。「妳把真實和幻想搞混了。」

「是嗎?」

再見到顧醫師是在一家法式餐廳,距第三次約診時間還有幾天。那天她約茱莉吃飯提早到了,走進餐廳就發現顧厚澤一個人坐在餐廳角落的座位。他吃牛排和寫病歷一樣,有一種專注的氣質,莫名其妙地吸引小琪。

「你介意我坐過來一起用餐嗎?」小琪問。

顧厚澤抬頭看她好一會兒,才慢條斯理地說:「對不起,我從不和病人一起用餐。」

小琪錯愕地站在那裡,有點不知所措。

「這違背我的專業原則。」他又補充。

小琪回過神來,點了點頭,一臉尷尬地轉身往回走。

走沒幾步,瞥見范月姣一身性感裸背的黑色連身裙,婀娜多姿地從餐廳門口走了進來。小琪對她點了點頭,說:「噢,妳也在這裡。」她看了小琪一眼,一句話不說,自顧自往顧厚澤的方向走開了。

一種無法確切說出來的情緒在小琪的內在逐漸膨脹,像是隔著無形玻璃的蝴蝶,無論如何拚命撲動翅膀,就是無法靠近玻璃外滿園繁花盛開。

她非得離開這裡不可。小琪心想。她打電話給茱莉取消了約會,搭著電梯,來到了飯店一樓。

大廳兩旁全是商店。商店裡，陳列著各式各樣的服飾、皮包、高跟鞋、手工藝品、紀念品……

小琪停在一家商店前，抬起頭，看了一眼高掛在角落的監視器。她有種奇怪的感覺，彷彿監視器也在看她——用著和范月姣一模一樣的眼神。

「歡迎光臨。」

蹲在地上伺候貴婦人試穿高跟鞋的店員抬起頭跟小琪打了個招呼。小琪也跟她點了點頭。

走進精品店，轉過商品架，小琪逛到監視器的死角，在一架子絲巾前停下來，屏息等待。撲通撲通的心跳伴隨著簡直喘不過氣來的壓迫感，讓小琪感受到一種瀕臨高潮的亢奮不斷攀升。

「稍等一下，」店員對貴婦人說：「我去儲藏室找妳的型號，馬上回來。」

隨著店員走進儲藏室，小琪迅速地抓起一條絲巾塞進皮包裡。她不動聲色地繞過儲藏室門口，穿越櫃檯前的開放架，神色自若地往外走。

離開精品店，又走了十多公尺，她聽見背後有人在叫她。「小姐！」

小琪心臟猛然一縮，拔腿想跑，回頭一看，發現店員已經追上來了。

「小姐，」店員拿著一串鑰匙，上氣不接下氣地說：「妳的鑰匙，剛剛出大門時，掉出來了。」

「謝謝。」小琪接過了鑰匙，感覺如釋重負。

走出飯店時，小琪回望了一眼。晶瑩剔透的玻璃落地窗、五光十色的各式商品、故作殷勤的店員、虛假的笑容，這一切是如此地裝腔作勢、自以為是。

那個醫學名詞是怎麼說的，衝動控制障礙還是症候群？一時之間，顧厚澤在門診說的那個名詞忽然浮現腦海。從某個角度而言，那個名詞讓她清楚地看到了自己真正想要的，並不是那條絲巾。

就是在那個時候，小琪下定了決心。

2

沿著河岸跑著，運動錶發出了第八公里的提示音。小琪抬起手看了一眼手錶——10.3km/hr——不能算是太慢的速度。顧厚澤就在她前方不遠的地方汗水淋漓地跑著。

兩個禮拜來，小琪就這樣無聲無息地在他身後跟蹤著。

顧厚澤的行程既固定又單純。週一到週三早上十點到下午五點是門診時間。週四、週五則是下午兩點到晚上十點。偶爾沒有約診的時候，他也會接一些公司的教育訓練，談談溝通、願景、組織文化之類的流行主題。

小琪上Google查過顧厚澤醫師。除了醫學院的學歷外，他還擁有EMBA學位，在麥肯錫擔任過兩年顧問的資歷。此外，他還出版過一些現代人生活、情感壓力調適之類的書籍，網路上、報章雜誌上很容易就查得到他接受訪談的紀錄。

平日下班，他總是和范月姣一起到他們投資的餐廳用餐。週三晚上是范月姣唯一不在他身旁的一天。下班之後，顧厚澤會開著車到河濱公園，花上一個小時左右的時間，沿著河岸跑完固定的十公里行程。

時序已經進入秋天，溫度卻還是盛夏的氣勢。剛下過陣雨之後的傍晚。草坪上聚集著成群覓食的白鷺鷥，熱鬧得像個市集。太陽漸漸西斜，空氣又溼又悶。遠遠望去，河流像是靜止的湖水。

小琪謹慎地在顧厚澤身後維持一定的距離跑著。她想像自己是鎖定獵物的掠食性野獸，伺機發動攻擊。

或許察覺到身後有人跟隨，顧厚澤回頭看了一眼。

「咦，」顧厚澤放慢了速度，說：「是妳。」

「怎麼會這麼巧。」小琪裝出驚訝的表情。她邁開步伐跑到顧厚澤身旁，問他：「跟病人一起跑步，你的專業不會不允許吧？」

顧厚澤沒說什麼，只是繼續跑著。

小琪貼到顧厚澤身邊，對他說：「昨天，我又做了那個春夢。」

「啊？」

「一模一樣的春夢，你知道的。」小琪說：「夢中的你好壞，比上次更瘋狂。」

微暗的光線底下，小琪感覺他似乎猶豫了一下。幾秒鐘之後，他加大了步幅，漸漸拉開距離。

改變雖然很細微，意思卻清楚明白。小琪連忙加快腳步，一步一步把拉開的距離又追回來。等到幾乎趕上顧厚澤時，他轉頭看了小琪一眼。

「比翼雙飛呢。」小琪說。

顧厚澤不理會小琪，又加快了腳步。小琪不甘示弱，立馬直追。她追上他，靠近他。「哇，你好厲害——」

顧厚澤看了她一眼，更跨大了腳步，再度超越小琪，拉開距離。

兩個人就這麼一前一後地跑著。

夕陽已經完全沒入暮靄中，河流正在轉彎。迎面的風吹了過來。蜿蜒的河面倒映著華燈初上，反射著神秘、動人的波光，像是一匹在天地間無限綿延的鑲鑽錦織。

遠遠地，公園的出口已經可以看見。

是時候了。小琪做了一個深呼吸，猛然發動衝刺。她加速靠近顧厚澤，漸漸回到了與他並駕齊驅的位置，甚至開始超越，把他漸漸甩在後頭。

顧厚澤用眼角餘光瞥了她一眼。

小琪用力抬腿、拉開雙手擺幅，死命地往前衝。

顧厚澤也不甘示弱地加快步頻，每跑一步，他就更靠近小琪一點。

「啊……」小琪尖叫著，「不要過來，不要過來。」她衝刺著、挑釁著，同時也挑逗著、抗拒著。

漸漸，顧厚澤又追上了小琪，跑到她前頭。

再快一點。小琪告訴自己。心跳達到了前所未有的極限。慾望是鼓動的狂風，是熊熊的烈火，是炙熱的山巒、是焰火沖天的樹林。

一步一步，小琪再度追回淪陷的距離。現在甚至連顧厚澤喘氣的聲音都可以聽見了。一切彷彿回到昨夜夢中的肉體交纏。汗水淋漓中，他企圖壓制她。一個鉤腳纏腿，她使勁扭腰，轉身翻上，又把他制伏在胯下。酣暢淋漓中，兩個人彼此角力、互相需索，誰也不肯認輸……
眼看岔路口到了，小琪使出一切的力氣，越過顧厚澤。「來啊，」她挑釁他：「征服我啊。」
一個轉向，小琪往左側岔路公園的出口方向衝刺。邊跑小琪邊回頭望，拜託拜託拜託拜託——她心裡想著。

下一秒鐘，顧厚澤脫離了原來的路線，循著岔路追了過來。

心臟撲通撲通地跳動到無以復加的地步。小琪覺得自己快死掉了，但她咬緊牙根繼續加速。慾望把恐懼化為調味料，讓誘惑的滋味變得更無可抗拒。她想贏，他也一樣。勝利是長在死亡另一端的甜美果實，只有不畏懼死亡的人才能伸手採擷。

她跑越快，顧厚澤就追逐得越快。

風吹拂過肌膚的感覺、汗水滲入眼睛的酸澀、球鞋碰撞地面的聲音，這時都消失了。只剩下一種最原始的本能，在獵殺與逃亡、在征服與臣服、在性與死亡之間追逐、角力。

河濱公園出口之後是行道樹，行道樹之後是一棟一棟辦公大樓。一條叫慾望的隱形的繩索把他們緊緊捆綁。呼氣、吸氣、呼氣、吸氣……

跑到了汽車旅館，小琪回頭對著迎面追上來的顧厚澤挑釁地笑了笑，轉進汽車旅館去了。沿著無人櫃檯，小琪爬上樓梯走道往上奔跑。

顧厚澤毫不遲疑地也衝進旅館，沿著蜿蜒的樓梯追逐小琪的身影。

小琪死命往上奔跑，頻頻往後回顧。顧厚澤也抬起頭頻頻向前探尋。他們的身影在彼此的目光裡一會兒出現，一會兒又消失了。兩個人就這樣繞著環形樓梯追逐。喘氣的聲音在狹窄的空間裡此起彼落地移動、迴蕩。

推開六樓防火門，小琪直奔走廊盡頭。顧厚澤緊緊跟隨在後。兩旁的房間彷彿在強烈的意志下，全都一間一間後退、讓開。跑到盡頭，前面已經沒有路了，小琪停下來，顧厚澤也停了下來。兩個人一語不發地喘著氣望著對方。

只聽見嘟的一聲，小琪拿房卡刷開了房門，推開了身後房間大門，後退了一步。

顧厚澤一個箭步，也要衝進房間。小琪伸出手，不客氣地推了顧厚澤胸膛一把。「我可警告你，你已經踩進我的夢境了。」

顧厚澤不顧小琪警告，向前一步，用力地把小琪往房間裡面推。

小琪嫣然一笑，挑釁地又推了顧厚澤的胸膛。

這次顧厚澤並沒被小琪推出門外。他猛然向前抱住小琪，試圖強吻她。小琪不知哪裡來的力氣，把顧厚澤用力一推，撞上身後的門，發出巨大的聲響。

顧厚澤站穩腳步，又撲向小琪。這次他抱著她，轉身把她推到牆角，不再讓她掙脫。掙扎幾下，小琪放棄了抵抗。她閉上眼睛，用鼻尖搜尋什麼似地，等找到了嘴唇後，開始用力地吻他。

情勢一發不可收拾。顧厚澤迫不及待地脫去小琪的上衣，小琪不甘示弱，也脫去他的。兩個人在汗水淋漓中激情地熱吻著。分不清楚交融的到底是口水還是汗水，更分不清楚燃燒著的是慾望，還是憤怒。顧厚澤吸吮著小琪的嘴唇、脖子、肩膀、乳房，小琪摟著顧厚澤的背膀，指甲掐進他的肌肉裡，他們狂暴地對待彼此，彷彿對方是他們最憎恨的人似的。

3

週三，顧醫師總是提早結束門診，一個人到河濱公園跑步。小琪和他會在河濱「偶遇」。一起跑步、一起進同一家汽車旅館做愛，一起吃飯、喝酒。「現在，我不只是你的病人了。」小琪常對顧醫師這樣說。

週四是顧厚澤和范月姣例行的用餐日，同時也是詹董和小琪見面的日子。他們總是在老式的中餐廳用完餐，之後坐車回到陽明山豪華的別墅。詹董就寢的時間很早。靠近排卵期的日子，如果要做那件被小琪戲稱是「繁殖」的事，一回到別墅，一連串的標準流程就得開始了。

詹董的心臟血管有問題，洗澡時總是慢條斯理的。通常他會花上二、三十分鐘，然後再穿著浴袍以及老式的內衣褲慢慢地走出來，進到房間之後，又在床邊慢慢地脫掉。為什麼如此大費周章地穿了又脫，小琪一點也不明白。

詹董身上有種老人的氣息，儘管隔著一層沐浴精香味，還是聞得出來。他們做那件事一樣慢條斯理。偶爾詹董感到不適，小琪會配合詹董停下來，稍事休息。斷斷續續地，每次總是要拖上一陣子時間。

為了儘早結束，小琪總是使盡渾身解數。她總會想像AV女優的模樣，唯有靠著這樣的角色扮演，才能撐持下去。

認識顧厚澤之後的某一個星期四，離排卵期還很遠，詹董竟也對她提出上床的要求。小琪雖然有些介意，但並沒有表現出來。事後，詹董送了她一只價值不菲的寶格麗鑲鑽Serpenti腕錶，親自把手錶戴在她的手上。

辦完事後，詹董還體貼地讓司機送她回到市區的住處。

那天回住處，她一個人喝了不少酒。看著那個昂貴的腕錶，想起此時此刻，顧厚澤就在范月姣身旁，小琪不禁悲從中來。她邊哭邊喝酒，邊喝酒又邊哭。

「我不曉得該怎麼辦，我喝了很多酒，還吃了許多安眠藥，但是我還是睡不著，」她打電話給顧厚澤，在電話中哭訴：「我活不下去了……」

顧厚澤說：「妳在哪裡，我馬上過去。」

那是第一次，她把顧厚澤從范月姣那邊搶了過來。飢渴地在汽車旅館做完那件事，小琪拿出油性的簽字筆，執意要在顧厚澤的那個地方點上黑痣。

顧厚澤閃躲、掙扎。「投降，我投降。」他說。

小琪卻緊抓不放。

「妳就不能讓夢境歸夢境，現實歸現實嗎？」

「我們都陷在夢裡，醒不過來了。」小琪畫了一顆粗黑的痣，放開了顧厚澤。「夢境更真實，你明白嗎？」

週三門診時間顧厚澤是小琪的。看診的時候，她喜歡調戲顧厚澤。「我要看看那個痣還在不在？」

顧厚澤溫柔地撥開小琪。「這是幹什麼？」

「我要搞清楚，我是醒著，還是在做夢。」

有時小琪也會試圖吻他，但總被他溫柔地閃開。

「專心看診吧。」

「好吧，看診就看診。」

顧厚澤越是一派正經地聆聽，寫病歷，小琪越覺得刺激。

她告訴顧厚澤：「我和我的精神科醫師有了外遇——我也不知道算不算外遇。我喜歡跟他做那件事，特別是從他女朋友身邊把他搶過來做那件事我更喜歡。做夢的時候，我們總是做愛，沒有做夢的時候，我們也在做愛。我們汗流浹背、痛苦地折磨對方卻停不下來。夢境中，他那個地方有顆痣，夢境外，他沒有。我靠這顆痣來分辨夢境與現實。真實與夢境之間的分野變得越來越模糊了。我分不清楚有這顆痣，或者沒有的時候，哪個更真實。我更分不清楚，什麼時候是夢境，什麼時候不是。」

有一次，小琪和顧厚澤在診療室調情，范月姣忽然走了進來。

顧厚澤立刻打斷小琪。「我明白了。」他不動聲色地改變話題，「開始服藥之後，情況有改善嗎？」

雖然小琪很想笑，但仍然配合他。「藥很好，我改善很多了。」說著，她看了范月姣一眼，感受著和顧厚澤成為共犯時那種無可比擬的樂趣。

「有事嗎？」顧厚澤問范月姣。

「剛剛有個病人打電話來，說他很急，要約你的時間。」

顧厚澤想了一下。「那就約明天下午吧。」

范月姣離開後，小琪哈哈大笑。「這裡一定被她裝了針孔攝影機、或者監聽器。」說著開始起身在書櫃、花瓶、天花板到處翻找。

「別鬧了。」顧厚澤把小琪拉回座位上，「還有二十分鐘，妳到底看診不看診？」

小琪踢掉高跟鞋，把腳伸進他的白袍，用腳尖撫弄顧厚澤的小腿。

「幹什麼？」

「看到她，我的病情又惡化了。」小琪把腳尖慢慢往上延伸，直到大腿、鼠蹊。

顧厚澤抓著小琪的腳阻止她，不放心地轉過頭往門口看。

「別看了，這裡一定被她裝了針孔攝影機，」小琪說：「我就是要她看。」

看診結束到櫃檯繳費時，范月姣站在櫃檯後面低頭一句話不說。印好收據之後，她把藥以及收據遞過來。小琪才伸手要接，范月姣就縮手了。

「你們在幹什麼別以為我不知道。」范月姣不動聲色，淡淡地說。

「什麼？」小琪故意裝傻。

同樣的話，范月姣又說了一次，才把收據以及藥包交給小琪。

走出診所，沿著紅磚道走到底，穿越人行道之後就是停車場出入口。小琪一走進停車場，她就注意到汽車有些異樣。

她繞著汽車查看了一圈，注意到四個汽車輪胎被銳利的刀鋒完整地割了一圈，現在全洩了氣，塌陷了。

那是一棟舊式公寓，就在離汽車旅館不遠的地方。他們搭著電梯上六樓，一出電梯左邊就是。小琪從大門前的地毯下摸出鑰匙，打開門。

「我住這裡。」小琪推開大門，打開電燈，領著顧厚澤走進去。

四十多坪的空間，全部打通沒隔間。綠色天花板、黃色地板、藍色牆壁，除了浴室、廚房外，空蕩蕩的空間裡只擺了一張紅色長沙發，長沙發背後是一條綠色長桌。正面的大片落地窗望出去就是河濱公園。公園裡，是蜿蜒的河流以及燈光。

「坐吧。」小琪倒了一大杯開水給顧厚澤，拿起遙控器隨手打開了電視。

電視機就擺在地上。螢幕上正播著國家地理頻道裡捕捉獵物的花豹。

「我習慣關掉聲音，留著影像。」

顧厚澤環顧四方。「這個房子是妳自己裝潢的？」他問。

「嗯。我對裝潢很有興趣，還想過當裝潢設計師呢。」

「妳睡哪裡？」

「把沙發拉開，就是沙發床了。」

「棉被呢？」

小琪起身，打開了牆壁上的暗櫃。

顧厚澤喝了一口水。「看起來很……怎麼說呢，」想了想，又說：「感覺上，好像妳只是暫時住在這裡。」

「人生本來就是暫時的。」

一時興起，兩個人開始在沙發上做那件事。沙發是塌陷的，不管用什麼姿勢都覺得不舒服。小琪洩氣地坐在沙發上說：「掃興，買這張沙發床時，根本沒考慮過這件事。」

顧厚澤瞄了一眼長桌，過來抱住小琪，把她放到長桌上去。

見到顧厚澤貪婪地看著自己的身體，彷彿看著好吃的食物的表情，小琪的慾望毫無緣由地就變得鼓鼓脹脹的了。

完事之後，顧厚澤點燃了一支菸，坐在長桌上邊抽菸邊看電視。小琪安靜地依偎在他身邊，一起看著螢幕上的花豹吃著捕捉到的獵物。

「你怎麼認識范月姣的？」小琪問。

「六、七年前吧，父親得了癌症走了。范月姣就是當時病房照顧父親的護士之一。那時候，我在醫院擔任住院醫師，和父親已經快兩年沒說過一句話了。醫院工作結束時，我總是到病房去，脫下醫師服，拿出教科書或者最新的論文報告，安靜地待上一、兩個小時。父親不跟我說話，我也不跟他說話，時間到了，我就一個人安靜離開了。當時父親知道自己復原無望，脾氣很暴躁，不知什麼緣故，唯一能讓父親開心的人只有她。我們就是那時候開始交往的──第一次約她出去，我就在公園吻她，帶她走進附近的旅館，她也沒有拒絕。第一次約會我們就上了床。」

「你跟女人交往，進度都這麼快？」

「好像是。」顧厚澤忽然想起，當時他其實還跟兩個女人交往。一個是高中肄業，有一搭沒一搭地做著、換著工作，偶爾上網援交賺錢的小女孩。另一個是有錢的有夫之婦。這還不包括參加跑趴遇見的、喝得爛醉之後遇見的……

「你們會結婚嗎？」

顧厚澤搖了搖頭。

「為什麼？」

「我跟她，該怎麼說呢……應該說有一些困難吧。」

「困難？」

「她有她自己的問題……」

「什麼問題？」

「該怎麼說呢？」顧厚澤說：「或許應該說，每個人或多或少都有病吧。」

小琪安靜了一下。「那我呢？」

「妳當然也有病。」

小琪笑了笑，問：「是我病得比較嚴重，還是范月姣？」

「不太一樣。她比較瘋狂，妳比較危險。」

「危險？」

「第一次在河濱公園，妳要我征服妳時，我感受到妳有種魅力，雖然很危險，卻吸引著我。儘管我已經喘不過氣來，可是不知道為什麼，那種感覺很奇妙，彷彿有個更吸引人的世界，值得你不顧一切……」

聽顧厚澤這樣說，小琪很開心。「范月姣呢？她怎麼個瘋狂法？」

「今天不談她吧……」

獵豹的節目結束了，畫面一下子從非洲拉到冰天雪地的北極。那時候，他開口向她提起擔任保證人的事。

最近市場不景氣，他說。有些應收帳款收不到，公司需要資金周轉，他們把廚房設備抵押給租賃公司貸款。「合約上需要一個保證人蓋章。妳知道的，例行公事。」

「除非你告訴我范月姣的事。」小琪說。

顧厚澤安靜了一下，問小琪：「妳想知道她什麼事？」

「你看上她哪一點？她的身材比我好嗎？在床上比我厲害嗎……任何她的事，我都想聽。」

顧厚澤換了根新的香菸叼在嘴巴，用舊菸頭點著火，吸了一大口之後，遞給小琪。

小琪接過香菸叼在嘴巴，吸了一口，又把香菸遞回給顧厚澤。

「父親過世之後，發生了一些事。那時候我經歷了一段心情很不好的低潮，情況越來越糟，後來忽然覺得這樣活著沒意思了，就想做個了斷結束生命。」

「真想不到。」

「有什麼想不到的？」

「你寫了那麼多書，給別人帶來力量。」

「能給別人的力量，未必能給自己。」

小琪想了想，又問：「為什麼？」

「什麼事為什麼？」

「為什麼想死？」

「說來話長。下次有空再聊吧。總之，我買了一箱酒，把汽車開到懸崖。我打算一喝完酒，就開著車子衝下山谷，結束這一切。就在我喝得醉醺醺，打算發動引擎往懸崖下衝時，她出現了。我要她下車，她卻不肯離開。兩個人就在車上開始爭論起生命有沒有意義這樣的話題。我說生命沒意義。她說有。

「於是我問他：『可以給我一個為什麼要活著的理由嗎？』

「她說：『愛。』

「看著她一臉天真、堅定的表情，我笑了起來。她問我有什麼好笑的。我反問她：『什麼是愛？』

「『為一個比自己更大的目標活著或死去，這就是愛。』

「『是嗎？』我說：『愛在哪裡，我摸不到、看不到、感覺不到。』

「『如果你一定非證明不可的話，把車開下去吧，我陪你。』

「我有點被她的話激怒了，發動引擎，把手排推入前進檔。我一腳踩住煞車，對她說：『這是最後的機會了，妳下車吧。』

「她沒說話。於是我認真地開始倒數。『十、九、八、七……』

「她狠狠地瞪著我，還沒等我數完，她就打斷我，對我說：『你不用數了，我不會下車的。』

「不曉得為什麼，倒數完了之後，我忽然失去了往下衝的勇氣。我把排檔退回停車檔，激動地問她：『妳為什麼要這樣？』

「『你這個笨蛋，你不是要證明嗎？』

「儘管被罵笨蛋，我卻熱淚盈眶，抱住她一直哭，根本停不下來。

「『沒事了，沒事了。』她一直對我說。那時候，我有一種感覺，彷彿我已經死過一次，又重新活了過來。」顧厚澤又吸了一口香菸，長長地吐出來，「故事說完了。」

「就這樣？」

「就這樣。」

「你就這樣相信了她對你證明的愛？」

「也不全然，那段期間，我才處理完一些跟父親有關的事。那些事，改變了一些我的看法。」

「跟你父親有關的事？」

「我父親是個清高的政治人物。」他說了父親的名字，「妳聽過嗎？」

小琪搖頭。

「總之，我父親並不像別人知道的那麼清高。直到他死去之前，我幾乎用盡所有的力氣，對抗他所代表的一切。他死了之後，我忽然發現，一個反對者和他反對的對象原來是互相依賴的。妳明白我的意思嗎？少了那個反抗的對象，我忽然不曉得自己還能做什麼？我有種走投無路的感覺，越來越強烈。」

「所以，你把汽車開到懸崖去。然後范月姣出現了，她告訴你愛就是要為一個比自己更大的目標活著或死去，你相信了。」

「只能說在她身上，我看到了一種新的可能。不像我父親或我自己那麼極端……」

「新的可能？」

「工作、賺錢、去吃法國菜、看好看的電影、買個小小的度假別墅……這些正常世界裡，大家都追求的小確幸。」

一大群北極熊出現在電視螢幕上。是北極的夏天吧，小熊彼此嬉鬧、角力著。

「所以，從此王子與公主過著幸福快樂的生活，然後呢？」

「我剛剛說了。」停頓了一下，顧厚澤又說：「她有她的問題，我也有我自己的問題……或許我們每個人都有病吧。」

「如果你是鐵錘，很容易就把所有的問題都當成釘子一樣解決。反過來，雖然你不是鐵錘，但一旦你習慣用鐵錘的方式解決問題，就會吸引來很多的釘子……」停頓了一下，小琪說：「算了，連我自己也不太懂我在說什麼。」

他又皺著眉頭吸了一口菸，慢慢地吐出來。「故事講完了。妳決定當我的保證人了嗎？」

小琪沒有繼續再往下問。隔天，她隨著顧厚澤到租賃公司的辦公室辦手續、簽名蓋章，手續很快就完成了。

4

對小琪來說，只有週三能見到顧厚澤是不夠的。她在范月姣住處附近的旅館租了一個房間。顧厚澤和范月姣在一起的日子，她要求他利用出門到便利商店買東西、倒垃圾時見她。兩個人就在旅館房間做那件事。

想見顧厚澤卻見不到時，小琪就偷東西。她把偷來的皮包、領巾、胸罩、耳機、隨身充電器……全堆在住處長桌上。

顧厚澤來了，問她：「這些是什麼？」

「贓物。」她說。

「贓物？吃藥之後，情況沒改善？」

「我只有吃你才有效，但你太容易成癮了。」小琪輕輕地吻了一下顧厚澤的嘴唇，「你是毒藥，得不到的時候，我站也不是，坐也不是……」

顧厚澤被她說得慾望飽脹，粗暴地把桌面上的贓物全掃落地面。他把小琪抱到桌上，開始脫她的衣服。一邊做一邊對她說：「不准再偷了，知道嗎？」

「不知道，」小琪說：「不知道。」

小琪越是這樣說，顧厚澤就越激烈。

做完了事，兩人筋疲力竭地仰躺桌面，上半身倒懸在沙發椅子上。

「我們這樣好像Georg Baselitz的畫。」顧厚澤說。

「誰？」

「一個德國的當代藝術家，專門畫倒懸的人。」

小琪一點概念也沒有。她問：「倒懸的人，很美嗎？」

「美倒還好，但價格很貴。」

「不美為什麼很貴？」

「這個世界上的事，不一定有什麼道理。」

小琪想了想說：「道理應該還是有的吧，只是我們不明白罷了。」

從小琪的目光看出窗外，無垠的星空就在腳底下。河濱公園、公路、路燈、河流全在頭上飄著。

「顛倒過來，感覺不一樣欸，」她把頭轉過來又轉過去，興奮地說：「我們站在懸崖上，天空是無盡的深淵。從懸崖一跳，人一直往上掉、往上掉，伸出手，就可以摸到星星、碰到月亮……」

顧厚澤若有所思地說：「從宇宙看地球，本來就沒有什麼顛不顛倒的問題。顛倒的是我們自己的立場和看事情的角度。」

小琪想想也覺得有道理，就不再多發表意見了。

過了一會兒，顧厚澤問：「租賃公司的貸款晚了幾天下來。餐廳發薪水，以及給供應商的應付款，需要周轉，等到週三錢一下來，我立刻匯還給妳。」

小琪挪了挪屁股，一個仰臥起坐起身坐了起來。她轉過身來，把兩腳放到沙發上，居高臨下地俯看著顧厚澤。這樣的感覺有點奇怪，彷彿有些過去一直仰望著他的視角被顛倒過來了。

「你需要多少錢？」她問。

「大概兩百萬吧，會不會太多？不勉強。」

小琪沒說什麼，隔天就從銀行解約了兩百萬的定存，把錢匯了過去。

週四小琪約了茉莉逛百貨公司。詹董的生日快到了，小琪讓茉莉陪著她挑禮物。茉莉聽完了顧厚澤的事，張大了眼睛，一臉不可思議的表情對小琪說：「虧妳當初還嘲笑Joyce。要不要跟我打個賭，兩百萬元他肯定不會還妳了。」

小琪搖頭。「我自己也覺得說不定。」

「妳看，連妳自己都心裡有數。」

茉莉看中了一條八萬元的潮牌皮帶，慫恿小琪買來送給詹董當生日禮物，小琪覺得貴得離譜。茉莉說：「這種有錢人，處處提防別人貪圖他們的錢。妳越捨得花錢，他越覺得妳對他是真心的，跟別人不一樣。」

小琪嘆了一口氣。「明明就是為了錢，還要裝出一副真心的模樣，真是矛盾。」儘管嘴巴這樣說，她還是狠心刷卡買了那條皮帶。

茉莉很有成就感，臨別時再三叮嚀：「跟顧醫師的事到此為止了。懂嗎？跟詹董這邊才是正經事。等妳懷上孩子，別說兩百萬，幾十億的財產都是妳的了。」

小琪又點了點頭。

茉莉的話給了小琪一種說不上來的迫切感。

有件事她沒告訴茉莉，她的月經已經晚了一個多禮拜還沒來。

小琪沒告訴茉莉，或許是潛意識有意拖延，期待著再過幾天事情會自動煙消雲散。不過隨著時間一天一天過去，焦慮像是越吹越鼓脹的氣球，不知道哪一天會突然爆炸開來。

告別茱莉，小琪走進藥房去買了兩支驗孕棒，回家第一件事就是進廁所做測試。

她做了兩次測試，結果都一模一樣——清楚明確的兩條線在驗孕棒上浮現。

小琪彷彿聽見有人拿著針，把氣球「碰」地一聲，刺破了。

事情來得有點令人措手不及。她早想過不下幾十次。詹董如果有能力讓她受孕的話，在一起「做人」這麼久，早就懷孕了。

是的，她懷了顧厚澤的孩子。

那個隱隱約約的惡夢，現在已經變成了現實。

如同茱莉所預言，禮拜三顧厚澤並沒有依約把錢匯回小琪戶頭。

週三傍晚他們依舊去跑步，一起用餐。

「對不起，」他說：「匯款還是沒有撥下來，兩百萬元我可能得到下個禮拜一才能匯給妳。」

「下個禮拜一？」小琪又確認了一次。

他點點頭。

小琪沒告訴茱莉的秘密，她一樣沒告訴顧厚澤。星期一如果錢匯回來了，她會告訴他的，小琪心想。

禮拜一錢沒匯進來。週二過去了，錢還是沒進來。

小琪想起保證人簽約那次拿了租賃公司業務員的名片。她打電話去問，業務員訝異地告訴小琪，貸款早在上個禮拜就已經撥出去了。

「租賃公司說一千兩百萬貸款上個禮拜早就撥了。我打電話問過業務員。」她質疑顧厚澤。

顧厚澤默不吭聲。

「到底發生了什麼事？」

追問幾次後，他從手機裡面找出一份電子新聞，遞給小琪。那是一位顏姓金控業務經理虧空，捲款潛逃國外的報導。看完了報導，小琪把手機還給顧厚澤。

「范月姣把公司營運資金都交給這個人投資。早在金融風暴時，他就出問題了，卻虛報盈餘，瞞著大家繼續吸金，挖東牆補西牆。她不知情，又在外面借了很多錢交給他投資……」

「租賃公司撥下來的一千兩百萬元呢？」

「范月姣匯到紐西蘭去了。她在那裡有人脈，要我跟她一起落跑去那裡重新開始。」

「這個女人，還要不要臉啊？」

「為了這個，我們天天吵架……」

「你到底欠了多少錢？」

「一億。連同餐廳股東的股本，外加欠銀行的錢。」

「這麼多？」小琪愣了一下，過了一會兒才說；「你有什麼打算？」

「短期的缺口如果周轉得過來，我可以跟股東談，也可以跟銀行談。只要把一部分短期的債務轉長期，本金加利息我可以靠醫師收入慢慢還。」

「你還需要多少錢周轉？」

「這個月底一千萬，下個月一千兩百萬元左右。這兩個月是最困難的，之後的問題我應該可以想辦法解決。」

小琪深吸了一口氣，在腦袋裡把自己的資產全部盤算了一遍。「我戶頭裡面還有八百萬左右的定存，兩百萬元我可以想辦法。至於下個月月底的缺口，就得賣現在的住處了……」

顧厚澤一籌莫展地坐在椅子上，一語不發地看著小琪。

「我只有一個要求。」小琪說：「你能和范月姣切割清楚嗎？」

顧厚澤面有難色。「我們之間很多貸款都互相保證，財務上很難切割。」

「那也行，下禮拜三我來時，我不要看到她還在這裡上班。你先從這個部分和她切割。」

顧厚澤沒回答，用雙手不斷地撫著臉，像是努力想甦醒過來的人，卻完全無能為力。

小琪按捺不住胸中怒火，提高聲音問：「被她害成這樣，你還不夠嗎？」

看見小琪這麼生氣，顧厚澤有點愣住了，一句話也說不出來。

「不離開這個女人，你的人生永遠失敗，你看不出來嗎？」

顧厚澤還是不說話。

「你什麼時候想清楚，什麼時候再告訴我。」

小琪起身要走。還沒走到診療室大門，被顧厚澤叫住了。小琪轉身過來看他。他看著小琪，下了很大的決心似地，堅定地說：「我會跟她說。」

「好。那我等你。」

說完小琪打開診療室大門，走了出去。那個沒告訴顧厚澤的秘密，就這樣一直沒有說出來。

詹董生日是禮拜天。距離禮拜三還有三天。

詹董低調地在市區和一群老朋友吃晚飯慶生。壽宴結束，小琪陪詹董搭車回陽明山。一進屋子，小琪就獻上禮物。一拆開禮物，詹董驚喜地問：「這一條要兩、三萬吧？」

「兩、三萬？」小琪說：「再猜。」

詹董拉開了身上的Polo衫，露出了褲頭上的皮帶。「妳知道我身上這條才一千塊嗎？」

「所以才不惜血本送你一條新的啊。」

「到底多少錢？」

「哎，你開心就好。」

「到底多少錢嘛。妳要不說，禮物我可不收。」

「嫌我窮啊？」

「捨不得妳花錢啦，傻瓜。到底多少錢？」

「八萬元。還打過折的。」

詹董的嘴巴嘟得老高，一直發出嘖嘖嘖的聲音。像個小孩一樣，拿著皮帶在身上比來比去，還說：「等等在床上，我就只繫這條潮牌皮帶。」

小琪只是笑。

詹董找出一張CD，放進音響中，一首老歌就流動出來了。詹董擺出了邀舞的姿勢。問她：

「一起跳支舞好嗎？」

小琪輕輕地把手搭上去。

I started a joke which started the whole world crying.
But I didn't see that the joke was on me, oh, no...

（〈I Started A Joke〉曲：Bee Gees／詞：Bee Gees）

隨著音樂節奏，兩個人翩翩起舞。詹董問小琪：「妳聽過這首歌嗎？」

「這是Bee Gees，對不對？」小琪說：「我大學時代聽過。」

「是噢。」詹董意味深遠地說：「過去淑娟還在的時候，我們常常會去跳舞。已經好久了……」說著他想起了什麼似地，安靜了下來。

I started to cry which started the whole world laughing.
Oh, if I'd only seen that the joke was on me.

小琪被他擁在懷裡，覺得脖子有什麼潮溼涼涼的東西往下滑。她忽然反應過來，詹董在流眼淚。「你還好嗎？」小琪問。

「我以為我的人生再也不可能這麼開心了。」小琪抬起頭來，看見他臉上掛著淚水，「謝謝妳。我今天真的很開心。」

那天結束時間比平時稍晚。還不待小琪開口，詹董便塞過來一張支票。

看到不請自來的一百萬元支票，小琪嚇了一跳。「謝謝。」她故作鎮定地說。

「不，該說謝謝的人是我，這真的是最好的生日禮物了，我實在太高興了。」

距離所需的兩百萬元還差一百萬。本來小琪想跟詹董開口借錢，但不知為何，拿到那張一百萬元支票，剩下的一百萬元小琪反倒不知如何開口了。

詹董親自送小琪到門口。上車前，詹董握著小琪的手說：「下次幫我生個孩子吧，我全部的財產都送給妳。」

小琪握著詹董的手，笑盈盈地向他道謝，跟他揮手告別。詹董也笑盈盈地跟小琪揮手告別。

汽車駛出詹董別墅，小琪回眸凝望，詹董還站在那裡對她揮手。

望著暗夜中逐漸消失在車後頭的別墅，小琪感觸萬千。有那麼一剎那，詹董的真情流露感動了小琪。汽車沿著蜿蜒的山路一路往下。隨著山路蜿蜒，汽車一會兒左轉，一會兒右轉。小琪的重心也就這樣跟著歪過來又斜過去。但動搖只是很短的一剎那。一會兒，電話鈴聲響了，看見手機螢幕上顯示著顧厚澤來電，那一剎那也就過去了。

小琪接起了電話，興奮地說：「我剛剛拿到了一百萬元的支票，現在我手上已經有九百萬了。」

顧厚澤沒有接話。小琪又問：「你那邊呢？進行得怎麼樣？」

「吵架。」

兩個人都沉默了好一會兒。顧厚澤忽然說：「算了，妳別再為我想辦法了，就算這樣也沒用的。」

「你在說什麼呢？只差一百萬了，」小琪生氣地問：「幹嘛這麼輕易就放棄呢？」

5

隔天一早小琪約了茉莉見面。她把寶格麗腕錶還有兩個包包推到茉莉面前，開口跟她借一百萬元。

「不是說好，跟顧厚澤的事到此為止了嗎？」茉莉問。

小琪更新了自己和顧厚澤的最新進展。

茉莉一臉無奈的表情說：「唉。妳想過沒，他們讓妳連帶擔保，把錢洗到紐西蘭還不夠，現在還要吸乾妳的血。這兩個人根本就是詐騙集團，妳到底知不知道？」

「我知道。」

「知道妳還借他錢？」茉莉說；「一千萬可是很多錢欸。妳想想，妳得忍受多少不喜歡的男人，浪費多少寶貴的青春，委屈自己做多少不想做的事——」

「可是，」小琪想，我只是借錢。范月姣連懸崖都願意陪他下去，「萬一他願意跟她切割呢——」

「願意切割又怎麼樣？禮拜三妳去診所看不到范月姣了，他們就切割了嗎？人家想騙妳，什麼事做不出來？到時候，他先拿了妳的錢，之後再落跑到紐西蘭一起會合，妳阻止得了嗎？」茉莉越說越大聲，「徹徹底底的詐騙集團啊，妳腦袋可不可以清楚一點？」

看小琪不說話，茉莉又說了一次：「腦袋清楚一點，可不可以？」

小琪安靜地看著茉莉半天，終於說：「我懷孕了。」

「妳——什麼？」

「我懷孕了。」小琪說：「我想應該是顧厚澤的孩子。」

「妳跟他說了嗎？」

小琪搖了搖頭。她跟茉莉講了大學時代懷了導師的孩子又墮胎的事，邊說邊流眼淚。

「愛上一個人，有了愛的結晶，卻被逼得必須跟那個人生離，跟孩子死別……這樣的感覺太痛苦了，我不想再重複一次。為了孩子、為了我自己，我希望自己這次至少曾經竭盡一切努力過。」

茉莉從沒聽小琪講過這些事，聽完只是嘆了一口氣。她遞給小琪一張衛生紙，又拿出支票本開了張一百萬元的支票，交給小琪。

「妳非這樣做不可的話，我也阻止不了妳。只是，我勸妳別抱太高期望。還有，」茉莉一本正經地說：「懷孕的事，一個字都別跟他提。懂嗎？」

小琪接過支票，一臉不解地看著茉莉。

「至少妳不要斷了自己的後路。」

「後路？」

「萬一事情不是妳想的那樣，別忘了詹董可乾巴巴地指望著妳肚子裡的孩子呢。」

週三小琪帶著一千萬支票走進顧醫師的診所時，范月姣就在櫃檯後面坐著，面無表情地對小琪說：「周曉琪，很抱歉，妳的門診預約取消了。」

「什麼時候取消的？」

她不客氣地說：「顧醫師不適合繼續再給妳做諮商了。今後，妳也不用再約診了。」

「妳什麼意思？」

「妳自己心裡有數。」

小琪不悅地看著范月姣。「這是顧醫師的意思嗎？還是妳的意思？」

「他治不好妳的，妳另找高明吧。」

小琪不服氣地拿起手機撥號給顧厚澤。

「別浪費時間了，他不會接妳電話的。」

手機響了一陣子，果然沒人接。掛斷電話，小琪又直接衝進診療室裡。裡面一個人也沒有。從診療室走出來，小琪看見范月姣的臉上掛著勝利的微笑。

「我說他不會看妳，」她說：「他就不會看妳了。」

小琪不甘心，又撥了一次電話。

「跟妳說他不接妳的電話，他就不會接。」范月姣指著門口大嚷：「走，妳走。這裡不歡迎妳。」

還是沒有人接電話。

小琪火冒三丈。她瞪著范月姣，范月姣也瞪著她。兩個人四目怒視，誰也不肯示弱。

「走啊。這裡沒妳的時間，也沒妳的位置，」范月姣說：「妳走啊，不要臉的東西。」

「不要臉的人是妳吧？」

她用幾乎吼叫的聲音說：「妳走啊。」

小琪深吸了一口氣。「好，我倒是要看看，最後到底是妳走還是我走。」說完轉身推開診所大門往外走。

天空不知什麼時候下起了雨。走在通往停車場的紅磚道上，小琪顧不得下雨，邊走邊打電話。她連打了三通，全身都溼答答了，還是沒有人接電話。

顧厚澤就在小琪汽車旁，一走進停車場，小琪就發現了。

他撐著傘衝過來給小琪遮雨。小琪沒好氣地走向汽車，自顧自打開車門坐進駕駛座。顧厚澤連忙收傘，也打開車門坐進了副駕駛座。

「為什麼不接我電話？」小琪問。

顧厚澤沒說話。雨滴打在車窗上，模糊了眼前的視線。

「不是說好了嗎？」小琪問：「為什麼她還在診所裡？」

「她訂了兩張明天飛紐西蘭的機票，要我作最後的決定。」

「所以，你決定和她一起走了？」

「我不想再拖累妳了。」

小琪激動地發動汽車引擎，打開了雨刷。「你下車吧。」

顧厚澤似乎沒有離開的意思，只是沉默地坐在那裡。雨刷左右搖擺，刷出兩塊扇形的區域。雨下著，一會兒爬滿車窗，一會兒又被刷掉了。

「我走了之後，盡快把房子賣掉吧，越快越好。下個月租賃公司收不到本金、利息，一定會採取法律行動，假扣押妳的房子……」

「為什麼就這樣投降、認輸了……」

「對不起。我已經走投無路了。」

「你走投無路，我更走投無路。」

「妳有存款，還有房子。妳的人生還有許多海闊天空的選擇——」

小琪深吸了一口氣，下定了決心說：「我懷孕了。你的孩子。」

一時之間，顧厚澤說不出一句話來。

小琪提高了音量說：「明明有機會的，為什麼要放棄？」

顧厚澤還是沒說話。

「錢我都準備了啊，」雨點落在汽車上發出滴滴答答的聲音，小琪嚷著：「你告訴我為什麼啊？」

「對不起，這樣是行不通的。這樣下去，妳只會被我連累。」

「我不在乎錢，難道你不明白嗎？」

「我不知道范月姣還向地下錢莊借高利貸，利滾利的結果，已經欠了五千多萬，我完全沒有想到……」他越說越激動，淚水沿著臉頰滑落了下來，「對不起——」說著他轉身打開車門，奪門而出。

小琪不甘心，打開車門追上前去抓住他的手。「你告訴我。你愛范月姣，更甚於愛我嗎？」

雨越下越大了，打在顧厚澤的臉上、打在小琪臉上。

「如果可以的話，我願意放棄一切，跟妳，還有孩子在一起。可是落到現在這個地步，我不知道……對不起，我已經沒有辦法，也沒有資格了，是我搞砸了這一切……」雨水和淚水在顧厚澤臉上糊成了一片，他似乎還試圖說些什麼，但到最後只能在大雨中放聲大哭。

「對不起。」他哽咽地說著，深深地對小琪鞠了個躬，轉身頭也不回地走開了。

6

分手時小琪忍住的眼淚，現在全在茉莉面前流個不停。

「我看，這也不是什麼壞事。」茉莉說：「妳直接告訴詹董妳懷了他的小孩，問題不就解決了。」

小琪還是哭。

「妳說妳要竭盡一切努力，現在妳努力過了，不是嗎？聽著，妳現在就打電話告訴詹董這個好消息。他聽到了一定會欣喜若狂的。」茉莉找著小琪手機上詹董的電話，把手機遞給小琪，「現在就打。」

小琪被說得有點動搖，接過了手機，看著撥號鍵。

「如果妳是這個孩子，妳選詹董，還是顧厚澤當妳爸爸？」

她猶豫了一下，又把手機放了下來。

「又怎麼了？」茉莉問。

「我再想想。」

一整個晚上，小琪都在床上輾轉反側。半夢半醒之間，她發現自己又變成那條蛇了。被自己啃噬得遍體鱗傷、殘缺不全的一條蛇，飢餓得想啃噬自己的尾巴，卻因為太短了，只能像條狗一樣追著尾巴轉圈。

嗞──嗞──嗞──

凌晨四點多，當小琪從夢中驚醒時，聲音還持續著。

手機螢幕上顯示著：詹董司機來電。

小琪睡眼惺忪地接起電話，聽見司機慌張的聲音說，半夜他聽見樓上發出一聲巨響，連忙上樓查看，發現詹董倒臥在廁所門口，全身冒冷汗，直喊胸痛。

「他現在人在哪裡？」

「他在聯合醫院，急診處的心導管室。」

「我馬上過去。」

小琪匆忙趕到心導管室外頭的家屬等候區時，已經五點多了。

王副總正拿著手機講電話，看見她來，對著小琪把下巴往上挪了挪，算是打過招呼了。

「是，黃總經理……現在人已經推進心導管室做緊急的支架手術了……醫師都在導管室裡面，我沒有碰到人……一接到司機通知，我立刻就過來了。董事長那個狀況，你也不是不知道……這裡有我，還有，周小姐……嗯，有什麼情況，我隨時會向你通報。你別急，先把上海的事辦完再回來……」

打完了電話，王副總走了過來，對小琪說：

「這種情況，幾個月前打完高爾夫球也發生了一次，含了舌下含片也沒用，把我們全都嚇壞了，幸好送到醫院之後有驚無險。」

「我相信他會沒事的。」小琪說。

王副總沒有說什麼。安靜地坐在那裡，意味深遠地似乎想著什麼。

六點多，心導管室的門被推開了，護士站在門口叫喚著：「詹謙仁家屬。」

小琪和王副總起身迎上前去。詹董躺在推床上，腹股間壓著一坨厚厚的止血彈性紗布、棉花。儘管整個人看起來很虛弱，他還是伸出雙手，一手握住小琪的手，一手握住王副總的手。

他們尾隨醫護人員，把詹董護送到加護病房。一個穿著手術服的醫師拉下口罩，對小琪和王副總說：「他很幸運，我們及時裝了兩支支架，把他從死神手上搶了回來。」

安置妥當之後，小琪和王副總從加護病房走出來。王副總說：「公司一早有個會議，我先趕過去。妳在這裡留守一下，一會兒我會派人過來幫忙。」

「好。」

「有什麼事，我們隨時保持聯絡。」

小琪對王副總連連點頭。「謝謝。」她說：「謝謝。」彷彿她是詹董的家屬似的。

七點四十五分。上班的護士、醫師、躺在推床上準備接受檢查和手術的病人紛紛出現，整個醫院開始忙碌起來。

小琪一個人坐在家屬等候室，想著剛剛醫師說過的話。

她拿出手機，猶豫了一下。

陽光斜斜地從窗戶灑進來，照得小琪有點睜不開眼睛。她下意識往旁邊挪動了一個座位。

她拿出手機，撥了顧厚澤的電話號碼。

「喂。」手機傳來顧厚澤的聲音。

那時候，顧厚澤正在動身前往桃園機場的高速公路上。

「你昨天說，如果不是落到這個地步，你願意放棄一切，跟我還有孩子在一起。你是認真的嗎？」

電話那頭顧厚澤沉默了一下。

「你真的願意拋棄一切，跟我和這個小孩在一起？」小琪問。

「我不懂妳的意思。」

陽光仍然照著小琪的身體，但她的臉已經沒入了陰影裡。停頓了一會兒，小琪說：「我知道有個方法。你、我，還有孩子，我們三個人都能幸福快樂地在一起。」

上午十點半，加護病房第一次會客時間。小琪換了無菌服，來到詹董的床前。

「你還好嗎？」

詹董虛弱地點了點頭。「剛剛我真的以為過不了這一關了。」「剛剛你在心導管室時，我很懊惱有件事沒對你說。幸好你沒事了。否則，我一定會終身遺憾的。」

「什麼事？」

「我懷孕了。」

「真的？」詹董喜出望外。

「昨天才確定的。」

「我太高興了……感謝老天。」無法承受這個衝擊似地，他竟然激動地哭了起來。

小琪拿了衛生紙幫他擦拭淚水。

過了好一會兒，詹董才安靜下來。「今天起，就是我新人生的開始，小琪，」他抓緊了她的手，「妳願意嫁給我嗎？」

第三章

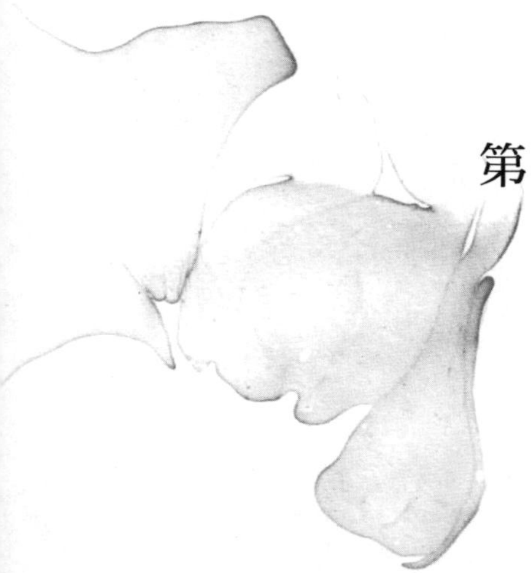

1

面對即將到來的毅夫母親生日宴會，心彤既興奮，又緊張。以至於到了毅夫來接她時，到底要穿哪件衣服，她還舉棋不定。就這樣當著毅夫的面前，把攤在床上的幾件衣服，穿了又脫、脫了又穿。

「穿參加景柔婚禮那套就可以了嘛，」毅夫說：「那套很體面，妳穿起來也很好看啊。」

「問題是那套衣服你母親已經看過了。」

「她記不住妳之前穿什麼，也不會介意的。」毅夫比了比手錶，「時間不多了，妳快拿定主意啊。」

心彤對著鏡子，嘆了口氣，又把身上的衣服脫了下來。

「學校的資訊，妳和景柔對過了沒有？」

「對了。趕快，趕快，」心彤拿出一張打滿了字的A4紙給毅夫，「你趁這個時間，幫我複習一下。」

毅夫接過了紙，皺了皺眉頭。他看著文件，問心彤：「南加大的足球隊叫什麼名字？」

心彤套上了洋裝，露出了一個頭說：「特洛伊武士隊。」

「死對頭呢？」

「UCLA小熊隊。」心彤兩隻手臂從衣袖裡伸了出來。

「前面有噴泉的那家圖書館？」

「Leavey圖書館。」心彤轉過來對著鏡子照了照，又轉過去對著鏡子照了照。皺了皺眉頭。

「我看很好啊。」毅夫說。

心彤嘟了嘟嘴，又脫了下來。

第一次意識到如果要和毅夫正式繼續交往下去，非見他母親不可，是在毅夫的相親事件發生之後。

毅夫的相親照片是高翔傳過來的。根據高翔的說法，他在餐廳吃飯，正好遇見了毅夫和隔壁桌一個打扮時髦的女孩子用餐，就順手拍了下來。

心彤認真地看了一下那個女孩，二十多歲的年紀，俐落的短髮，小圓臉大眼睛。一身設計感十足的名牌時尚，看得出來個性、品味十足。

心彤拿著照片去質問毅夫，原本期待毅夫會推說是客戶，或者合作夥伴，沒想到毅夫大剌剌地說：「我們在相親。」說完還補充，「她是我媽媽公司另一位大股東的女兒。」

兩人交往三個多月，從吃飯、看電影、散步，到接吻、愛撫、上床，所有里程碑無一遺漏。在這種順風順水的良好感覺下，毅夫背著她相親，心彤當然不可能心平氣和。

「妳聽我解釋。汪語晴的事見報之後，我媽一直逼我去相親，我抵死不肯，但我媽越催逼越緊。正好景柔美國研究所畢業回來，她爸和我媽一拍即合，兩個人極力湊合……」他一臉無奈的表情說：「我媽那人，妳也知道的……」

看心彤還是一臉不悅，毅夫急忙又說：「我和景柔從小就認識了，我真的對她一點感覺也沒有。我發誓。」

「你對人家沒感覺，人家對你有感覺啊。」

「她對我也沒有感覺，我保證。」

「你怎麼知道的？」

「相親那天，我開門見山跟景柔說對不起，我來這裡只是應付我媽的權宜之計。妳真該看看她當時臉上的表情的。她興奮地說，她在美國也有男朋友了。相親也是被爸爸逼來的。」

儘管毅夫這麼說，心彤還是半信半疑。

過了幾天，毅夫約了景柔和心彤見面。沒想到景柔的那個美國男朋友Stephan也來了。景柔穿著花格子襯衫、牛仔褲，和照片上給人的感覺不太一樣。Stephan高個子、捲髮、藍色的眼睛、長臉、鷹鉤鼻，看起來比景柔還要年輕，頗有好萊塢男明星的架式。

「我爸爸答應畢業典禮那天飛來美國，但他班機改了又改，最後我也搞糊塗了。我本來以為他畢業典禮前一天晚上到，沒想到他提前了一天到。連電話也不打，一下飛機就搭計程車直奔我的住處。他抵達的時候半夜兩點多，Stephan還光著身體躺在我床上，根本措手不及……他看到Stephan，一句話不說，拖著行李就走，我連把Stephan介紹給他，甚至說話、解釋的機會都沒有……」

「他不知道有Stephan的存在嗎？」毅夫問。

景柔搖搖頭。「去美國讀書之前他就跟我約法三章，不許我跟外國人談戀愛。」

「妳父親反對Stephan，只因為他是外國人？」心彤問。

「他們那一代的人，就是這樣。」景柔又說：「我爸爸飛回去之後，隔著太平洋打電話威脅、利誘，還砍我的經濟來源要我回家。撐了一陣子，我撐不下去，只好回來了。Stephan還在當攝影助理，收入也沒多少。他看我回國，不甘心，放棄了美國的工作，也追了過來……」

坐在一旁的Stephan聽不懂心彤、景柔在說什麼，只是傻笑。

景柔翻譯給他聽。「I told them our story.（我跟他們說我們的事。）」

「Ya, I can see that.（我知道。）」Stephan對心彤和毅夫認真地說：「I will do anything to be with Jane.」

「他說他只要能跟我在一起，做什麼他都願意。」景柔翻譯。

心彤笑了笑，對Stephan比了個大拇指。「他們不知道Stephan人在臺北？」

景柔搖搖頭。「他在這裡找些臨時工作，勉強撐著。至於我呢，就這樣被安排跟這個相親、跟那個相親……」

景柔提議四個人把這齣戲繼續演下去。一來可以安撫父母親，二來也可以互相掩護，免得雙方家長繼續無止境地給他們安排相親。

心彤不置可否，藉故把毅夫拉到洗手間。

「Stephan是外國人，他父母不同意，但我不是啊。你直接把我介紹給你母親就是了，幹嘛繞這麼大一圈？」

「妳何必在這個時候強出頭？現在雙方家長都在興頭上，要是景柔和我的事搞不定，他們把責任全推到妳身上，妳不是很冤嗎？」

心彤聽了才閉嘴不再多說。

從此四人行正式登場。雖說只是簡單的約會，每次都搞得像是諜報片的陣仗。為了瞞過雙方司機的耳目，還得約定在百貨公司、電影院這種人多的集合地點——等確定安全無虞之後，再各自兩兩從人潮中帶開、各自約會。

毅夫和她男未婚女未嫁，搞得像是小三和小王偷情，心彤覺得很委屈。每次她認真計較，卻總是說不過毅夫。有次情緒發作了，她對毅夫大吼：「你和景柔這樣搞，到底要搞到什麼時候？」毅夫反問她：「不然，該怎麼辦，妳說啊，我聽妳的。」結果她自己也說不出個所以然。

事情拖了兩個月不到，景柔懷孕了。事情會爆發，還是景柔母親在景柔的換洗衣物中發現了婦產科的單據。景柔母親誤判情勢，以為好事有譜。先是透過關係和婦產科醫師確認了病人的確是景柔後，才打電話給毅夫母親。毅夫母親喜出望外，找來毅夫，質問他何時和景柔結婚？毅夫本想以拖待變，不想母親火力全開，責罵他不肯負起應負的責任。百口莫辯的情況下，毅夫只好將景柔與Stephan的事和盤托出。

消息傳來，景柔母親宛如青天霹靂，景柔的父親更是暴跳如雷。父女兩人大吵一架，當晚景柔就收拾了行李往外走，從此和家裡斷絕聯絡。

她買了機票，一心一意要隨Stephan回美國公證結婚。

班機起飛那天，景柔只通知了毅夫，請他幫忙開汽車送他們到機場。一大早，毅夫偷偷打電話給景柔母親通風報信。景柔母親心急如焚，拿著護照、皮包立刻要趕去機場，說是也要跟著去美國照顧景柔。景柔父親出面阻止，兩個人又大吵了一架。

看見母親步伐蹣跚，一把鼻涕一把眼淚出現在機場時，景柔嚇了一大跳。「媽，妳怎麼來了？」

「妳這樣挺著大肚子跟Stephan去美國，我不放心。如果妳一定要去，我買機票跟妳一起去。」

「可是，媽，」景柔說：「妳走了，爸爸怎麼辦？」

「他公司那麼大，多的是照顧他的人，我管不了了。」

手機響了。景柔母親接起電話：「我在機場，見到景柔了，我讓老黃幫我買機票了……」說著兩個人在電話上又吵了起來。

她走到一旁去講電話，過了好一會兒，才掛斷電話走回來。「妳父親說他已經在路上，人快到了。他有話跟妳說，妳等他幾分鐘。」

「可是現在我不想跟他說話。」

「妳聽他說，有我在。」

過了將近十分鐘，景柔的父親在秘書的陪同下出現在機場門口。他拄著拐杖，由秘書扶著，儘管步履艱辛，但看得出他走得又趕又急。等他好不容易走到景柔面前，已經喘得上氣不接下氣了。

景柔看著父親在她面前喘氣，流著淚，頑固地不說話。Stephan則手足無措地站在一旁。

好不容易，景柔父親恢復過來，清了清喉嚨說：「就算妳堅持要嫁給外國人，好歹婚禮在國內辦吧？」

景柔愣了一下。「你同意了？」

「好多關心妳的長輩都等著看妳穿白紗的樣子呢……」

景柔這才露出了笑容。

為了避免類似的事情再度發生，心彤纏著毅夫把自己介紹給母親。儘管毅夫總是滿口答應，但從來不見下文。心彤覺得毅夫在敷衍，開始跟他計較。毅夫說：

「我會把妳介紹給我媽的，但還不是現在。」

「不是現在？好讓你又背著我再偷偷相親？」

毅夫一臉無奈。「我得想想怎麼包裝妳，才能在我媽面前有最好的呈現。」

「我是有什麼缺陷嗎，需要你絞盡腦汁包裝才帶得出場？」

「拜託妳給我一點時間好不好？我媽那種人，妳不瞭解。」

收到景柔和Stephan的結婚喜帖時，心彤問毅夫：「他們婚宴那天，你媽會去吧？」

「會吧。」

「那好，那一天我也會參加。」看毅夫默不作聲，心彤又說：「要是那天你不把我介紹給你媽，我主動去跟她自我介紹。」

毅夫皺著眉頭勉強答應。「但是，」他說：「妳得聽我的。」

「你只要把我正式介紹給你媽，我都聽你的。」

婚禮場面盛大。飯店裡洋洋灑灑開了將近百桌。毅夫母親坐在主桌前，除了新郎新娘外全是長輩。心彤和毅夫是晚輩，隔著四、五桌的距離遠遠坐著。

心彤邊吃飯目光邊緊緊盯著主桌。主桌的夫人太太們全穿著西式名牌服飾，唯獨毅夫的母親錢麗華一身猩紅色旗袍，搭配湖綠翡翠耳環、戒指，獨樹一格。

五、六道菜過後，毅夫母親起身上洗手間，心彤連忙用手肘推了推毅夫。毅夫皺眉直搖頭，示意她不要輕舉妄動。心彤不理會，自顧自起身往外走，毅夫一臉無奈，連忙跟了上去。

毅夫說：「不是答應要聽我的嗎？」

「是你說要介紹，我才聽你的。」

尾隨著毅夫母親，兩個人走到了化妝室門口。心彤要進化妝室，毅夫阻止她：「妳稍等一下，別這麼冒冒失失的，好不好？」

心彤嘶了嘶嘴，站在洗手間外的長廊上鵠候。

一會兒，毅夫母親從洗手間出來了，發現毅夫也在門口，一臉狐疑的表情。

毅夫牽著心彤的手走上前去。「媽，我跟妳介紹，」毅夫說：「這是潘小姐。」

心彤跟毅夫母親鞠了一個躬。「伯母好。」

「好。」

毅夫的母親把心彤從頭看到腳，又從腳看到頭。心彤本來就模特兒身材，現在一身名牌服飾，簡直像是從電影海報走出來的女明星。

「潘小姐今年多大？」毅夫母親問。

心彤正要開口，毅夫搶著說：「二十八。」一邊捏了捏心彤的手。

「小毅夫一歲啊。好，很好……妳大學本科是學什麼的啊？現在做什麼工作？」

毅夫又搶著替心彤說：「心彤留美的，美國南加大大學畢業，現在在一家外商公司上班。」

心彤一臉不可思議的表情看著毅夫。毅夫又捏了捏她的手。

「咦，景柔也唸南加大，妳們在學校認識嗎？」

「心彤是景柔的學姐。」毅夫說。

「這麼優秀啊，好，很好……」毅夫母親笑咪咪地說：「哪天帶來家裡坐坐吧。我先進去了。」

毅夫的母親才離開，心彤立刻甩開毅夫的手。「你幹嘛故意騙你媽？」

「我沒有故意騙她啊，我只是沒想到她這麼直接，突然就問妳這些。難道妳要我跟我媽介紹，妳大我兩歲，私立大學肄業嗎？」

「這就是我，配不上你嗎？」

「不是配得上配不上的問題，我媽對這些事情很在乎——」

心彤不高興，別過了臉。

毅夫跑到她面前。「我也不想這樣啊。可是當初我就是老老實實地把汪語晴介紹給她——」

毅夫停頓了一下，繼續又說：「結果妳也看到了。」

心彤愣了一下。「既然知道你媽要求這麼高，幹嘛還來追我？」

「這不是我的問題啊。」

「難道還是我的問題不成？」

「當然是妳的問題，要不是妳——」毅夫警覺地懸崖勒馬，沒說出口。
「要不是我怎麼樣？」
毅夫改口說：「要不是妳這麼有魅力，我怎麼會這麼情不自禁呢？」
聽毅夫這麼說，心彤才不再繼續追究。
毅夫乘勝追擊。「妳看，她剛剛不就開口了，要妳到家裡坐坐。」
「你媽搞不好只是說場面話。」
「妳要是過不了剛剛那一關，看看妳聽得到聽不到這種場面話。」毅夫得意洋洋地說：「總之，妳聽我的就沒錯了。」
心彤覺得事情不對勁，鬱悶了好幾天，直到收到毅夫母親生日宴會的邀請卡之後，心情才稍稍好了些。

2

毅夫母親的生日宴會就在遊艇上舉行。遊艇從大稻埕碼頭出發，徐徐航向淡水河出海口。此時此刻，他們全在頂層的甲板上。離太陽下山還有四十五分鐘。
依照邀請卡上的行程表，合理的場景想像起來應該是大家人手一杯香檳，邊享用著點心，邊吹著海風，或談或笑，等待著迎接即將到來的淡水夕照。衝著這個想像，心彤決定放棄經典的Dior套裝，選擇浪漫的地中海風格做為今天的造型。不過從一登上遊艇開始，她就徹底後悔了。

眼前頂層甲板上，除了心彤、毅夫和景柔三個年輕人外，到場的清一色都是毅夫母親那輩的長輩——包括了毅夫的兩個阿姨以及一個姑姑。除了毅夫母親胸前的鑲鑽山茶花別針，以及藍色領巾稍有彩度外，老太太們清一色灰撲撲的色調，凸顯著心彤色彩鮮明的連身長裙。本來出門前還很得意的胸前深V領口，現在覺得有點不安了。驚豔全場的經驗心彤並非沒有，但如果盯著她的乳溝看的全是一群過了更年期的太太夫人，又是另一回事了。

香檳酒不用說是沒有的，甲板上供應的只有礦泉水。椅子被圍出了一個半圓形，坐著毅夫的長輩。心彤和毅夫就坐在這個半圓形正前方的兩把椅子上。各式餅乾、小點心就放置在邊桌，但沒有人伸手去拿。儘管大家全裝出愜意浪漫，等著欣賞夕陽的模樣，但那種嚴陣以待的氣勢，就是讓心彤無法不聯想到大型公司的面試現場。

「聽姐姐說妳是南加大畢業的？」提出最多問題的是毅夫的小阿姨。

心彤心虛地點點頭。

「這麼巧，我家Jennifer也是南加大畢業的。景柔也是吧？」

景柔也點點頭。「我經濟系的。」

「今天簡直可以開南加大校友會了。」小阿姨說：「去年我去洛杉磯看Jennifer時去過一次南加大校園，印象中有一個很大的圖書館，前面有一座噴水池。」

「Leavey圖書館。」景柔說：「考試的時候，我們常常到那裡K書。」

「春天的時候，那裡開滿了紫色的花，真的很漂亮。」心彤趕緊背考古題答案，「我最喜歡坐在那裡吃早餐、喝咖啡，看著人來人往。」她瞄到毅夫嘉許地點著頭。
「是啊，」小阿姨若有感觸地說：「真美。」
遠遠地已經可以看見關渡大橋了。
現在輪到大阿姨錢麗慧上陣。「聽姐姐說潘小姐在外商公司做事。」
「是。」
「哪一家呢？」
心彤遲疑了一下，這個問題沒準備到。
「奧美，」毅夫連忙說：「她做廣告的。」
「臺北奧美嗎？」
心彤猶豫了一下，只能說：「是。」
「我姐姐的公司去年一年，光是花在廣告上的預算，少說就有三、四千萬吧。」
「伯母是我們的大客戶。」心彤客氣地說。
毅夫母親錢麗華忽然開口問：「Jennifer不是說要過來嗎？」
「你們聊，我問一下。」說著，小阿姨拿著手機起身走到另一個角落去打電話。
毅夫母親補充說明：「Jennifer正好回臺灣來出差。今天難得有這麼多南加大校友，就請她一道過來熱鬧熱鬧。」
「當然。」毅夫說。
心彤注意到景柔不安地看了毅夫一眼。

才說著，小阿姨已經打完電話了。她轉身過來說：「Jennifer再五分鐘就到漁人碼頭了，遊艇開過去碼頭接她上船，應該還來得及看夕陽。」

Jennifer穿著大紅色的套裝，說話也像她的衣服一樣大剌剌地。儘管上船時彼此點了個頭，看夕陽時，心彤卻四處遊走試圖避開她。

看完落日之後大家走進餐廳用餐，心彤發現她正好被安排在Jennifer的座位旁邊。餐廳並不寬敞，八個人坐在一起雖然不算擠，但在心彤看來，卻太親密了。

一坐上桌，毅夫媽媽錢麗華立刻逮住機會介紹心彤。

「Jennifer，妳來得正好，這位是潘心彤小姐，她跟妳一樣，都是南加大傳播學院畢業的。」

心彤連忙問：「Jennifer是哪一年畢業的？」

「二〇一三年暑假畢業的。」

「我二〇一三年秋天才進南加大的。可惜我們沒碰上。」

Jennifer問：「那個Professor McQueen還教你們嗎？」

「還教。」心彤不知道她是誰。

有人把大沙拉盤傳了過來。心彤夾了一些到自己的小盤，又把沙拉盤傳給Jennifer。

Jennifer夾了菜，又把沙拉盤傳給景柔。「我記得McQueen的課超早，而且每次一定點名，沒有人敢遲到。大家修她的課都修得戰戰兢兢的。」

「是啊，」心彤邊淋沙拉醬邊說：「她是一個令人尊敬的教授。」

「是嗎？你們都還上Rate My Professors吧？」

心彤不知道那是什麼，不過她還是點了點頭。「上啊。」

景柔在桌子底下踢了踢她的腳，連忙接腔說：「我們剛剛在聊常在Leavey圖書館前面的噴泉池吃早餐呢。」

「唉，說到我們學校，最傷腦筋的就是吃。我最受不了宿舍裡面的自助餐，」Jennifer問：「妳們三餐都怎麼解決？」

「我也不吃宿舍裡面的自助餐。」景柔說。

「妳呢？」Jennifer又問心彤。

她根本就是衝著心彤來的，心彤感覺得到。「我啊，」題庫裡面根本沒有這題，「我吃速食。」

「妳吃哪一家？」

「Burger King吧。」心彤隨便挑了一家。

「Burger King，真的嗎？五號門外面那一家Burger King不是關了嗎？」

「附近，」心彤心虛地說：「還有一家。」

「來得及上課嗎？」Jennifer問。

「跑快一點，應該來得及。」

毅夫大阿姨打斷了大家的談話。

「妳們別忙著敘舊了。來，」她舉起了杯子，「我們來敬大姐生日快樂。」

大家都舉起了酒杯。「祝媽媽生日快樂。」毅夫帶頭說。所有的人也都跟著附和：「生日快樂。」

宴會結束，毅夫開車送景柔以及心彤回家。看心彤一臉不悅的表情，毅夫問：「妳怎麼看起來那麼不開心？」

心彤說：「你幹嘛說我在奧美上班？」

「奧美很好啊。」

「萬一你媽去查，發現我根本不在奧美上班，怎麼辦？」

「她不會去查的。」

「萬一她去查呢？」

「奧美臺灣總經理是我的好朋友，萬一她真的去查，我讓他告訴我媽，說妳在奧美上班。這樣總可以了吧？」

心彤還是不高興。毅夫看了看心彤，又看了看景柔。

「我覺得心彤今天表現不錯啊，」毅夫問景柔：「妳覺得呢？」

一直猶豫著該不該說話的景柔這時候終於說：「那個Marie McQueen教授，我剛剛上網去查了一下，總分五分，學生給她的評價只有一分左右，歷年來永遠都是墊底的。」

「所以她不應該是最令人尊敬的教授？」心彤頓時覺得烏雲罩頂。

「不過這種事，見仁見智。」

毅夫安慰心彤說：「每個人的觀點不同嘛。」

「還有一件事。」景柔說。

「什麼？」

「南加大附近什麼速食店都有，就是沒有Burger King。」

「沒有Burger King？」

「我上次為了想吃Burger King，花了一點時間去找。結果離南加大最近的一家，開車少說也要花十分鐘。」

3

為了張羅毅夫母親生日宴會的行頭，心彤大肆採購。之前托佳嘉代購的mini-luggage粉紅笑臉包已經所費不貲，為了搭笑臉包，心彤血拼更是不惜血本。上個月好不容易勉強打平卡債缺口，為了撐出像樣的場面，心彤也管不了那麼多了。等收到信用卡繳款單時，心彤嚇了一大跳。眼看繳款截止日越來越近，左思右想，她決定去律師事務所找趙強調度。

趙強坐在事務所的大桌子後面，婚後才沒幾個月，就被小涵養得發福了一圈。他托了托眼鏡，回答心彤：「可是，這個月信託的錢，妳已經領走了。」

「我知道，但我想預支。」

「妳錢又不夠花了？」

心彤沒說話。廢話，她心想，否則何必出現在這裡呢。

「為什麼不夠用呢？」趙強繼續又追問。

心彤考慮了一下，決定實話實說。「我交男朋友，需要花錢啊。」

這個理由倒是說動了趙強。

「嗯，可以理解。」趙強又問：「妳這個男朋友，經濟狀況還可以吧？」

「他不是還可以，」心彤不服氣地說：「他是非常可以。」

「那就好。」趙強意味深遠地看著心彤，似乎在考慮著什麼，過了一會兒才說：「根據法律的規定，妳信託裡面的錢是不能預支的。考慮到情況特殊，妳需要的這筆錢，我可以代墊。不過有件事我希望妳能幫個忙。」

「什麼事？」

「妳可不可以給小涵寫個道歉函，就說婚禮那天是妳情緒太激動，失去控制了。」

「你需要道歉函做什麼？」

「她吵著要對妳提出告訴，我一直在安撫她。」

心彤有點懊惱。「所以，這是條件？」

「就是一封很簡單的、私下的信函。我起草，妳簽個名就可以。主要是給小涵一個交代，不會損傷妳法律上任何權益，我也不會公開的。」

才說完，趙強立刻從電腦裡面調出檔案，一下子就列印出來，挪到心彤面前。「妳就在上面簽個字吧。」

心彤看見上面抬頭、落款都有了，問他：「原來你早就寫好了？」

「道歉函嘛，格式都差不多。」

心彤拿起筆，想起自己和趙強曾經有過的浪漫時光，越想越不甘心，她問：「趙強，我們在一起這些年，你至少曾經真心愛過我吧？」

趙強深思熟慮地想了一下，然後說：「心彤，妳跟我借錢是為了交男朋友，我請妳簽道歉函是為了小涵。我們大家都向前看吧。」

「既然如此，」心彤有點失望，狠下心說：「你先代墊兩年的錢給我吧，你也省得老是看到我來跟你要錢。」

趙強深吸了一口氣之後點點頭說：「簽名吧。」

簽完名字，趙強已經開出一張九十六萬元的支票了。他把支票交給心彤，對她說：「自己要多保重，少喝酒、多運動，不管妳的新男友經濟狀況多好，最重要的，花錢要量入為出。」

不知怎地，心彤覺得有點生氣。「省省你的說教吧，反正我怎樣都不干你的事了。」說完拿起支票起身轉身往外走。趙強也起身，緩緩地跟在後面。

走出大門時，心彤回頭看見趙強正倚著門朝著她揮手。就這樣了吧，她壓抑跟他揮手的衝動，回頭繼續向前走。

生日宴會之後，心彤追問毅夫母親的反應，毅夫總推說沒事。

「沒事是什麼意思？你到底有沒有問她？」

「當然問了。」

「她說沒事嗎？」

「她沒說什麼。」

「沒說什麼是什麼意思？」

「就是沒事的意思。」

有一次心彤和毅夫逛敦南誠品，心彤正在看一本新書看得津津有味，毅夫忽然拉她的手急急忙忙要走。心彤覺得有點莫名其妙，邊走邊回頭，瞥見投資理財區書架前站著一個熟悉的身影。

「欸，」心彤說：「那個人不是你小阿姨嗎？那天你媽生日宴會她也在。」

毅夫回頭看了一眼，神色慌張地說：「應該不是。」

「那條披巾化成灰我也認得出來。」心彤說：「我們過去打招呼吧。」

「不是啦。」毅夫拉著心彤走出書店。

兩個人穿越馬路，心彤不開心地說：「你根本就是在躲你小阿姨對不對？」

毅夫不回答，只是往前走。走到前方路口訊號燈前，紅燈亮了。兩個人在紅燈下立住腳。

「你老實告訴我，」心彤說：「到底發生了什麼事？」

「跟妳說過了，沒事。」

「沒事何必躲你小阿姨？」心彤說：「你媽發現我們騙她了，對不對？」

毅夫不說話。

心彤說：「你看著我，說話啊。」

綠燈亮了，人群紛紛穿越馬路。他們還杵在那裡。

看毅夫還是不說話，心彤氣得轉身就走。毅夫連忙追在她後面，拉著她的手說：「妳別管我媽怎麼樣。不管發生了什麼事，我都會和妳在一起的。」

「你說話啊。」心彤說。

心彤甩開毅夫的手，自顧自往前走。

毅夫又來勾纏。「我說我會跟妳在一起，妳為什麼不相信？」

心彤知道走過去的路人都在看他們，但她顧不了這麼多，伸手把毅夫推向一旁。「你證明啊，」她提高了音量說：「你給我一個實在的證明啊。」

上班的時候，心彤很容易就心不在焉，交代的工作常常無故拖延。她的頂頭上司韓經理對心彤的口氣越來越差。心彤心高氣傲，常常出言頂撞，兩個人的衝突日漸頻繁。

有一次開會，韓經理要心彤去給大家倒茶。心彤杵在那裡，動也不動。從總經理秘書轉調資深專員，會議現場只怕一半以上的人都比她職等更低。讓她倒茶，根本就是故意找碴。

韓經理又說了一遍：「潘專員，我請妳去給大家倒茶。」

四下一片沉默。氣氛不太對勁，大家都感覺到了。

「對不起，」心彤說：「倒茶不是我的工作職責。」

「除了倒茶，妳還會什麼？」

心彤抑遏不住心中一股怒氣，拍桌子轉身就走。韓經理氣不過，追出了會議室。

「給臉不要臉，」她對著心彤咆哮：「妳這個王副總不要的東西，丟到我這裡來託管，妳以為我就想收嗎?什麼貨色？」

毅夫的卡片、花束、禮物天天送來辦公室。心彤心情盪到谷底，不管送來什麼全丟到垃圾桶。冷戰持續了兩個禮拜。毅夫傳了一個簡訊：

有這個榮幸邀請妳當我的女伴出席下週你們大老闆詹董的婚禮嗎？

心彤看了簡訊，覺得有些意思，但仍不動聲色。過了一會兒，毅夫又傳簡訊：

給我一個證明的機會吧？

心彤還是不回電。沒多久，毅夫的電話來了。

電話中，心彤問毅夫：「你媽呢？她不去嗎？」

「我媽從頭到尾就反對詹董的這樁婚事。她和已故的詹董夫人是姐妹淘。」

「你帶我去，不怕有人跟她打小報告嗎？」

「帶妳去，就是想讓她知道。」毅夫問：「怎麼，妳怕了？」

4

喜宴地點在一家仕紳名流常去的中式餐廳包廂內，一共只開了三桌。規模雖小，出席的賓客全是重量級人物。光是心彤認得的就有經濟部方部長、戴立委和慶豐科技楊董事長、燁泰資訊彭董事長。此外，還有幾位在電視上常見的熟面孔，可惜心彤一時之間叫不出名字來。

雙喜臨門，詹董心情格外愉快，宴會一開始就拉著新娘起身向大家敬酒。

「承蒙大家關心，小琪和我今天早上在法院辦了公證結婚。晚上特別邀請諸位至親好友，與小弟一起分享這份喜悅，謝謝大家大駕光臨。小琪和我，就以這杯薄酒敬大家。」

三桌賓客全站起來乾杯祝賀。

現場請來了樂隊伴奏。大家輪流上臺唱歌給詹董助興，氣氛一下子熱絡了起來。杯觥交錯間，毅夫推了推心彤說：「妳上去唱一首吧，讓大家開開眼界。」

「我跟大家又不熟，不好意思。」

「就是因為不熟，才要打知名度啊。妳今天又不是來白吃白喝的。」

心彤一點就通，毫不扭捏起身上臺，輕聲地對樂隊老師說：「我唱一首〈童話〉。」

趁著前奏響起，心彤拾起麥克風，對著大家說：「大家好，我是潘心彤。我是詹董弘發貿易公司的同仁，也是辛毅夫副總的好朋友，今天我要唱一首〈童話〉，祝福董事長及董事長夫人，也祝福在座的各位，有情人終成眷屬，眷屬終是有情人。」

這首練過數百次的歌，心彤唱來駕輕就熟。本來臺下還你敬我我敬你地亂哄哄一片，心彤一開口，全場安靜了下來。

心彤歌聲曼妙，婀娜多姿的身材輕搖款擺，全場賓客聽得簡直如痴如醉。

唱到副歌高潮之處，心彤火力全開。她伸長了手，邀請毅夫上臺。兩個人手牽手，左右搖擺，一起高唱：

我願變成童話裡，你愛的那個天使，張開雙手變成翅膀守護你，你要相信，相信我們會像童話故事裡，幸福和快樂是結局……

伴奏持續著。「有沒有會唱的？」心彤極力鼓動氣氛，「這次大家一起來。」

詹董牽著新娘的手，站起來，開始左右搖擺，跟著唱和。其他的賓客也都站了起來，跟著左右搖擺。

歌曲結束，臺下響起一片掌聲、叫好聲。心彤抓緊時機刻意擁抱毅夫大放閃光。舞臺下，詹董早倒好了兩杯酒等著敬酒致謝。

乾杯完畢，詹董向小琪介紹毅夫和心彤：

「這位是斯諾比斯公司的辛毅夫，辛副總。毅夫的爸爸和我是從小一起長大的好朋友，他們家也是我們弘發貿易的大股東。」

小琪畢恭畢敬地說：「辛副總好。」毅夫也對著小琪點了點頭。

「這位潘心彤小姐啊，不能不認識。她是我們公司的大臺柱，也是我這個董事長勤走總經理、副總經理辦公室最重要的理由。」

心彤給小琪鞠躬。「夫人好。」

「啊，別叫我夫人，叫小琪就好。以後還請多多指教。」

詹董笑咪咪地對心彤說：「心彤什麼時候有這麼優秀的男朋友，我都不知道？」

心彤說：「詹董娶了這麼漂亮的美嬌娘，才叫惦惦吃三碗公半。」

「最近在公司一切都好嗎？」

「我已經不在副總辦公室。」

「是另有重用了吧？」

「被調到營運部韓經理那裡當資深業務專員。」

詹董沉默了一下。「把妳派到那裡去了？未免大材小用了。」

心彤不說話，一臉哀怨的表情。毅夫無辜地說：「她好像得罪了王副總。」

「王副總，不正是你的姨丈嗎？」詹董笑了笑，「你這個護花使者到底怎麼幹的？女友和上司有糾結，拜託你媽幫忙擺平不就得了？」

「我想啊，可是我和我媽現在有一些糾結，連我自己都擺平不了。」

詹董心領神會地笑了笑。「是啊，你媽那個兇女人不好惹。」

音樂的前奏又響了起來，臺上站著徐娘半老的戴立委夫人，緊抓著麥克風，像個乖學生一樣地左搖右擺了。

我的夢有一把鎖，我的心是一條河。等待有人開啟有人穿越……

（〈一世情緣〉作詞：陳樂融／作曲：童安格）

一轉身，心彤看見詹董皺著眉頭。

「這樣，」他靠近心彤耳旁，「等一下她一唱完，妳就上去搶她麥克風。千萬別讓她再唱了。董事會廖秘書這個月要退休了，妳再唱三首像剛剛那樣的情歌，我就把妳調到董事長辦公室當主秘，如何？」

心彤喜出望外，點頭如搗蒜，眉開眼笑地說：「謝謝董事長，謝謝董事長。」

詹董回過頭對小琪說：「潘小姐以後就是自己人了，將來公司有什麼事，可以直接找她聯絡。」

小琪客氣地說：「潘小姐，以後麻煩妳了。」

心彤說：「哪裡，哪裡，能為夫人服務，是我的榮幸。」

一整個晚上下來，不但大出風頭，而且還調職有望，心彤興致大好。

回程毅夫開著保時捷跑車送心彤回家。坐在車上，毅夫問她：「剛剛妳牽著我的手站在臺上秀恩愛時，臺下的人羨慕的眼光，妳感受到了沒有？」

「感受到了。」

「多麼令人羨慕的一對啊。他們心裡一定全都這麼想。」

「最好是啦。」

汽車開上快速道路，心彤忽然說：「讓跑車飆一下吧。」

毅夫有點意外地看了心彤一眼。他打開了敞篷，加快車速。

中秋過後天氣變得有點涼，一輪高掛天空的明月，把山丘照得稜角分明。夜風吹得心彤的頭髮四散飛揚。望著一部又一部的巴士、汽車全都落到身後去，心彤感到整個人輕飄飄的。

「今天晚上的事，你媽會知道嗎？」心彤問。

「什麼？」風太大了，聽不清楚。

「你媽會知道今天晚上的事嗎？」心彤又說了一次。

毅夫沉默了一下，才說：「應該會吧。」說著又猛踩油門，加快了速度。

5

幾天後，心彤接到上司韓經理辦公室召見的電話時，心裡還想著這女人不曉得又打算怎麼整她了，一點也沒料到，走進辦公室，迎接她的竟是一張笑盈盈的臉。

她讓心彤坐在辦公室的沙發上，親自倒了一杯茶給她，搬了一張椅子在她身旁坐下來。「恭喜，恭喜。聽王副總說妳要調到董事長辦公室去了。」

「謝謝。」心彤問：「韓經理找我來，不知有什麼吩咐？」

「剛剛董事會趙主秘打了個電話過來，說錢董事有事想找妳。她已經請司機過來接妳了。」

「哪位錢董事？」

「錢麗華董事。」

「噢。」

「妳在詹董婚宴上的事，我都聽說了。」

心彤點點頭，不知道該說什麼才好。

「妳跟錢董事很熟嗎？」

「一起吃過飯。」

韓經理似乎還想說什麼，欲言又止。電話鈴響了。韓經理走回辦公桌接起電話。

「好，她在我辦公室了。」

掛了電話，韓經理走過來，看著心彤。「既然妳和錢董事這麼熟，那我也就把妳當自己人直話直說了，」她說：「營運部這個地方妳也知道，工作壓力大。為了績效，彼此吼來吼去是常有的事。我這個經理呢，承受業績的壓力，有時候難免把壓力轉移到你們身上，說來說去也是為了公司好，這些都無關個人恩怨。希望妳能體諒，別介意。往後營運部有什麼問題，直接找我就可以。嗯？」

心彤點點頭，沒接話。

「錢董的汽車已經在公司門口了。」她用一種心彤從未見過的恭敬態度說：「我送妳下去。」

司機帶著心彤經過長長廊道，走到盡頭會議室。他輕輕敲門，把門打開。站在門口說：「潘小姐來了。」說完，鞠了個躬。

「請她進來。」錢麗華的聲音。

心彤走進房間，司機退出房間，身後的門被關上了。

三、四坪大的會議室只擺著一張大桌子，兩旁各是兩張有靠背的扶手椅。毅夫的母親穿著一襲深色套裝，一臉拒人於千里之外的表情，安靜地坐著。

「錢董事。」心彤鞠了個躬。

錢麗華見她也不站起來，只伸出手，招呼她坐下來。一個服務小姐走進來問：「小姐需要什麼飲料嗎？」

不等心彤回答，錢麗華說：「跟我一樣就可以。」

服務小姐迅速倒了杯熱茶，放在心彤桌前。

「等一下我們有事情要談，有事我會叫妳。」

服務小姐會意地點頭，退出了房間。

一時之間，會議室裡面安靜異常。錢麗華慢條斯理地喝了一大口茶，放下茶杯，沉默地端詳著心彤。心彤被看得有些不自在，便拿起茶杯，也喝了一口。

「毅夫那個司機，妳見過吧？」錢麗華說。

心彤點點頭。

「最近毅夫常常在外面過夜，我追問那個司機好幾次，總是交代不清。為了這件事，我猶豫了好幾天，前幾天還是決定把他資遣了。有人領公司的錢，卻做著傷害公司的事，這是我最無法忍受的事情。」

心彤沒說話。

「妳知道毅夫沒回家，都到哪裡去了嗎？」

「有時候他去我那裡過夜。」

錢麗華看著心彤，笑了笑。她從皮包裡面拿出一盒精緻的香菸盒，取出了一根香菸，自顧自地點著火抽了起來。「聽說，毅夫還帶妳去詹董的婚禮，大大露了臉。」

心彤沒說話。

「妳大學沒畢業吧？」

心彤搖了搖頭。「我想追求自己的夢想。」

「妳現在三十好幾了吧？妳所謂的夢想，到底是什麼呢？是錢、是事業，還是男人呢？」說著，她又吸了一口菸，長長地吐出來。一時之間，會議室變得煙霧彌漫。

心彤不知道該如何回答，只是沉默地看著她。

「階級制度妳知道吧？」錢麗華又說。

「階級制度？」

「羅馬時代有三個階級。最高的貴族是世襲的。他們坐擁土地、稅收，不需從事生產，就能擁有極致的物質享受。下一代根本不需要任何努力，就能繼承這些榮華富貴。第二個階級是平民百姓。他們沒有土地、資源，必須靠著自己的技藝以及貴族的庇蔭，才能溫飽。最可憐的是奴隸階級。他們沒有資產、自由，還注定一輩子無法翻身。這不難理解吧？」

「我不明白妳想說什麼？」

「先告訴妳當年我博士論文的結論吧——從過去到現在，不管世界的表象怎麼改變，人類社會階級的本質其實是一樣的。羅馬有貴族、平民、奴隸的階級，到了二十一世紀這個資本主義的世界，階級制度差不多也是一模一樣的。擁有財富的資本家是貴族、獨立執業的專業人士是平民。像妳這樣——只能把時間賣給機構的上班族，基本上就是奴隸。」

「妳為什麼告訴我這些？」

「我為什麼要告訴妳這些，妳自己想想，應該不難明白。」

「妳覺得我的出身、學歷配不上毅夫？」

「毅夫爸爸雖然有錢，但他只有高中畢業，我卻是博士。他貢獻財富資本，我貢獻文化資本，我們一起創建了這個家族的財富、人脈、影響力。到了毅夫這一代，他擁有的等於我們兩個人加起來的全部。他出身好、教養好，還擁有美國常春藤大學的ＭＢＡ學歷。妳呢，妳憑什麼？」

「我不覺得出身、學歷有這麼重要。」心彤不知哪來的勇氣，滔滔不絕地跟毅夫母親講了諸如比爾．蓋茲、史提夫．賈伯斯，以及馬克．祖克柏這些不靠學歷就能成就一番事業的人。

毅夫母親一言不發地聽心彤把話說完之後，譏諷地笑了笑。「學歷重不重要，妳自己心裡有數。否則妳犯不著第一天見面就把我當傻瓜騙。」

「那是毅夫——」

「還有，」錢麗華打斷心彤：「如果妳要問我，一個人有沒有學歷重不重要，我當然會說：很重要。但是比這個更重要的，卻是誠實。很不幸的，這兩樣妳都沒有。」

心彤被毅夫母親說得啞口無言。

「作為弘發貿易的董事，我很高興公司有像妳這麼有企圖心的員工。如果妳願意把妳的野心用在公司，我一定會支持妳，但如果妳想把這份野心用在我們這個家族，」毅夫母親捻熄了手上的香菸，「我勸妳不要浪費這個時間和心力了。」

此時此刻，毅夫正站在客廳，愁眉苦臉地看著心彤把他的襯衫、長褲、換洗內衣褲全往塑膠袋裡扔。

「我什麼時候貪圖過你們家一毛錢？你自己說，」她對毅夫嚷著，「我什麼時候貪圖過你們家什麼貴族階級？」

「我媽怎麼說，那是她的事。我怎麼樣，是我的事。妳何必把兩件事混在一起呢？」

心彤一點也沒有停下來的意思。她走進浴室，把毅夫的毛巾、牙膏、牙刷、刮鬍刀全都清了出來，也丟進塑膠袋。

「別這樣嘛，」毅夫追到浴室門口說：「自從她查清楚妳騙她之後，就開始天天跟我吵。她就是吵不過我，所以才從妳這邊下手。妳走了，她豈不正好稱心如意？」

心彤轉身過來，怏怏地說：「我騙過你媽嗎？你為什麼要把這筆帳賴到我頭上？讓開。」

毅夫讓出路，跟在心彤後頭說：「沒記到妳頭上啊，我跟我媽說過，可是她不相信，還說是妳把我帶壞的。」

心彤更生氣了。走到門口，把鞋櫃裡毅夫的皮鞋、拖鞋統統往塑膠袋裡面塞。

「妳到底是要跟我在一起，還是跟我媽在一起？」毅夫著急地說：「有關我媽的任何事，妳聽我的好不好？」

「我什麼時候沒聽你的了？當初叫我假造學經歷，我沒聽你的嗎？婚禮叫我上臺唱歌，我沒聽你的嗎？哪件事情我沒聽你的，結果咧？」

「我知道啦。可是天無絕人之路嘛，我都沒有放棄，妳幹嘛放棄？」

「你唬弄我，完了再唬弄你媽，你媽不高興，又回過頭來威脅我。你這樣唬弄來唬弄去的叫做沒放棄？」心彤打開大門，把垃圾袋放在門口，「你走，回去當你的貴族，回去當你媽的孝順兒子，別再來唬弄我。」

「妳聽我說。」

「我不要聽你說。從你嘴巴說出來的每一句話都是謊話。」她鼻頭一酸，視線已經一片模糊。

「我是真心真意地想跟妳在一起的啊。」

毅夫越是這樣說，心彤的淚水越是無可抑遏。毅夫試圖伸手去抱心彤，被她推開了。

「我求求妳。我都沒有放棄，妳不要放棄……」他哽咽地說：「我真的很愛妳……我不要妳像汪語晴那樣，她根本不愛那個地產商，是她自己先放棄了。」說著索性也放聲跟著心彤一起哭。

兩個人就這樣站在門口哭了一會兒。是心彤先止住了哭泣，問毅夫：「你到底走還是不走？」

毅夫說：「我不走。」

「你不走，好，我走。」心彤放下塑膠袋，打開大門走了出去。

毅夫被關在大門這頭，愣了一下，連忙也打開大門。「等我一下。」

心彤不理他，任電梯的大門關上。

毅夫轉身推開防火門，沿著樓梯直往下追。追到一樓時，心彤已經走出大門口了。毅夫連忙打開大門跟著追了出去，又追了約莫一、二十公尺，心彤回過頭忿忿地瞪著毅夫，指著他前方的地面，畫出一條無形的線。「別再過來。」

毅夫立住了腳，隔著距離不敢靠近，一臉無奈的表情。

「別這樣嘛，今天經過婚紗攝影禮服店門口時，我還在想，看板上那套婚紗要是妳穿了，一定會非常漂亮。」

「你騙人。」心彤轉過頭繼續往前走。

毅夫默默地跟在後頭。走了一會兒，心彤在紅綠燈前停了下來。毅夫靠到她身邊，拿出手機說：「真的。妳看我拍的照片。」

心彤瞥了一眼。那是一張有碧海藍天背景的沙灘，帥氣高大的新郎一襲白色西裝牽著馬，穿著婚紗的新娘就坐在白馬上。

「我還走進去店裡面問了。他們的型錄還有好多款式。」毅夫用手滑了滑手機螢幕——在山邊、在海邊、在別墅、天涯海角各種不同的背景都有，新郎新娘全都含情脈脈，一副生死相許的模樣。

「妳要相信我，我這輩子都想跟妳在一起，我不會輕易放棄的。」

綠燈亮了，心彤自顧自繼續往前走。

毅夫亦步亦趨地跟在她身邊說：「我還去看了一棟房子，就在河邊，很美，妳一定會喜歡的。本來要給妳一個驚喜的。」

心彤又立住了腳。「騙人。你說什麼，都在騙人。」

「真的，我還拍了照片。」說著，毅夫又拿出了手機，「離這裡不遠，我今天才拿到鑰匙。」

四十多坪的空間，兩面牆、兩面落地玻璃窗，方方正正的格局。邊看這間位在六樓的房屋，毅夫邊滔滔不絕地跟心彤講著他的朋友是怎麼找到了這個房子，如何討價還價，如何付了訂金成交，朋友的財務又如何忽然出現狀況，願意折價讓毅夫接手。從落地窗望出去，公園、河流盡收眼底。除了靠牆面的廚具、衛浴以及櫃子外，整個室內是打通的。綠色的天花板、藍色的牆壁、黃色的地板，空間是開敞的，眼前所見全是大片大片的色塊，心彤覺得自己彷彿置身梵谷的圖畫之中。

「家具如果喜歡的話，屋主說可以留給我們。」毅夫說。

一張長桌、一張沙發以及一臺電視就是客廳全部的家具了。心彤坐了坐紅色的沙發，又碰了碰綠色的長桌。

「喜歡嗎？」毅夫問。

「這棟房子要賣多少錢？」

「開價四千兩百萬，降了三百萬。現在只要三千九。」

「你說要買這棟房子，用的是自己的錢，還是公司的錢？」

「當然是公司的。」毅夫說：「我不過是個替我媽打工的經理人罷了，哪來的錢買房子？」

「我自己有地方住，幹嘛住你們公司的房子？」

「我跟公司承租。」毅夫補充說：「反正公司買了房地產也是要出租的。」

心彤想了一下又問：「你用公司的錢買房子，難道你媽不知道？」

「公司資產那麼多，我跟公司簽約租房子，一切照規定走，她知道了也不能怎麼樣。」

心彤不置可否。她站到落地窗前，看著窗外的景色。毅夫走到她身後，伸手攬著她的腰。「妳聽我說，我是真心真意的。」

心彤解開他的手，轉身過來，嚴肅地說：「我把話說在前頭。你用公司的名義買房子，我們跟公司簽約承租，租金一人一半。」

「這些租金，我負擔得起。」

「我堅持，」心彤說：「我不想讓你媽或任何人，覺得我是為了錢跟你在一起的。」

6

房屋過戶那天，他們決定到新居慶祝。

食物是從餐廳打包現成的，紅酒則是毅夫特別帶來的八十七年Petrus紅酒。心彤臨時又從家裡帶了餐具、酒杯，在長桌點起了燭火。兩個人合力把沙發反向過來，就坐在沙發上共進燭光晚餐。

吃完了晚餐，兩個人相視對笑。毅夫說：「我們接吻吧。」說著開始吻心彤，心彤也熱情回應。兩個人激情狂吻，互相寬衣解帶。沒想到好事多磨，一躺下來，沙發床立刻嚴重凹陷。無論怎麼調整姿勢，都不對勁。

毅夫大嘆一口氣，起身清除桌面。他把酒杯、盤子都取走，堆到廚房水槽，又把檯燈移到地面上，做出猙獰的表情，過來要抱心彤。

「啊——你抱不動。」

「誰說我抱不動。」毅夫不理會心彤，強行抱起她，哼著結婚進行曲的調子，試圖把心彤放到長桌上。

「不要，」心彤在毅夫的懷抱裡邊笑邊掙扎，「你抱不動。」一個重心不穩，毅夫摔了一跤，只聽見碰的一聲巨大聲響，心彤被甩出毅夫的懷抱，跌落地面。

「噢。」她大叫一聲，一陣劇痛傳來，眼淚都流出來了。

毅夫連忙站起來，蹲到心彤面前問：「有沒有怎麼樣？」

心彤一句話也說不出來。

「撞到哪裡了？」毅夫查看心彤身上的傷痕，「妳還好嗎？」

心彤搖著頭。疼痛的感覺一陣一陣傳來。

「跟你在一起，學歷是捏造的、工作是編的，房屋是租的、結婚進行曲是用嘴巴哼的，我們在一起，一切都是假的……」說完，心彤開始啜泣了起來。

毅夫著急地抓著頭。「對不起，我知道跟我在一起，一直讓妳很委屈……」

聽毅夫這樣說，心彤更是哭得不可開交。

「無論如何，我現在跟妳在一起，這是真的啊。妳說人生能有多長？只要這一刻是真的，下一刻也是真的，只要時時刻刻都是真的，就算是假的，最後也會變成真的啊。」

心彤還是哭。毅夫更著急了，一直說著對不起。他每說一次對不起，心彤就搖一次頭。最後心彤劇烈地搖著頭，阻止毅夫再說下去。

「可以抱我嗎？」她問。

儘管毅夫有點不知所措，但還是跪到心彤面前，抱住了她。

「別哭。」

毅夫溫柔地搖動她，彷彿心彤是搖籃裡的嬰兒。他在心彤的耳邊說：「我不會放棄的。我要與妳一起去拍婚紗照，大宴賓客，我們要永浴愛河，這一切都是真的。妳要相信我。」

從心彤的角度看出去，是落地窗外的夜景。稀稀疏疏的燈光閃爍著，更遠，是河流無聲無息地流動著。

永浴愛河。是嗎？一條所有人都在其中載浮載沉、無法主宰、更不知流向何方的一條大河，值得如此渴盼嗎？一條怨念著、折磨著、承受著、掙扎著的河，真的值得如此眷戀嗎？

「別哭啊。只要時時刻刻都像現在這麼幸福，一切就都會是真的。」

搖啊搖地，像是搖籃溫柔搖動，又像是愛河的波濤輕盈款擺。

是啊，幸福。心彤試圖說服自己，但越是這樣，她的眼淚就越是嘩啦嘩啦地流個不停。

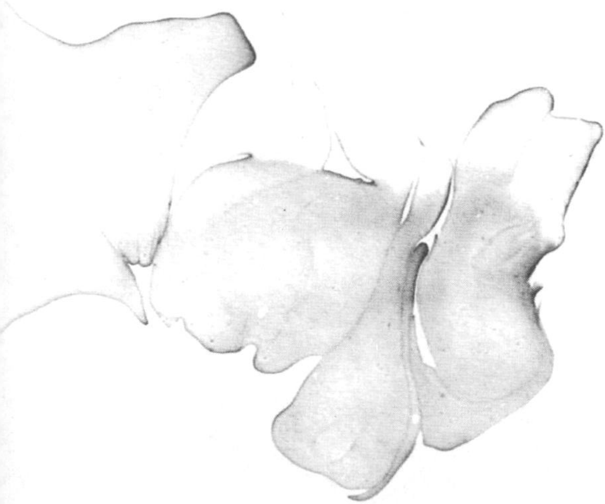

第四章

1

距離范月姣獨自搭著飛機，離開臺灣隻身來到紐西蘭，已經是一個多月前的事了。此時此刻，她只覺得萬念俱灰。

魏大為是她醫學院時代醫學系的學長，對她百般呵護。范月姣信任大為，就算把生命交給他也沒有問題。但一起生活，就是另一回事了。和顧厚澤相形之下，大為太過平鋪直敘，太可預期了。或許正因為這樣，大為追求了范月姣七年，兩個人的感情之路一直顛簸擺盪。

大為移民紐西蘭也正是她認識顧厚澤的那一年。說辭固然是全家移民，但是促使他下定決心的理由無非就是顧厚澤，范月姣心裡有數。儘管相隔幾千里，大為移民後兩個人通信反而變得更加頻繁。幾年來，大為保持未婚，范月姣也不時對他傾吐心事，兩個人就這樣維持著朋友以上戀人未滿的微妙關係。

見范月姣來到威靈頓，大為喜出望外，幫她安頓食宿、介紹朋友，照顧得無微不至，一個月不到就向她求婚了。范月姣抱著忘掉顧厚澤的決心，二話不說答應嫁給大為。兩人先登記結婚，接著開始安排婚禮、討論宴客名單、寄發喜帖、裝潢新屋、採購家具，忙得不亦樂乎。

范月姣一心期待忙碌能幫她忘卻傷痛，但隨著婚禮逼近，范月姣發現自己陷入一種無可言喻的憂傷。她開始懷疑婚禮真的是自己想要的嗎？這樣做，到底是真心想望，或者只是為了向顧厚澤證明什麼？

又或者，一切只是她自己的逃避？下定決心割腕自殺是很突然的衝動。魏大為這頭此路不通，顧厚澤那頭無法回頭，那天她忽然就覺得自己的人生走投無路了——連方法都是臨時起意的，沒有任何鋪陳、設計。

她找出廚房的菜刀，先在手腕上割了第一刀。疼痛的感覺並沒有想像中明顯。沿著割開的皮膚，血液滲透了出來，流了一會兒，自動停止了。

問題似乎是傷口不夠深，她狠下心又割了第二刀。這次傷口雖然較深，血液卻沒第一刀多。她很生氣，氣自己連割腕這麼簡單的事也做不好。范月姣顫抖著手，下定決心，沿第二道傷口用力再劃一刀。終於，她看見血液從傷口湧現。

就在那一剎那，她昏迷過去了。

三道刀口都沒傷及動脈。急診室一個醫師看了一眼，找了個較資淺的醫師過來，縫合了幾針，開了抗生素，就完成了所有必要的醫療程序。

儘管距離婚禮只剩下四天，大為仍堅持她一定要住院觀察。小琪與詹董婚禮的消息，就是住院那個晚上在手機的網頁上讀到的。

讀到這則新聞，范月姣直覺的反應就是生氣。

她早提醒過顧厚澤，但他就是頑冥不化。范月姣早看穿了，周曉琪之所以和顧厚澤在一起，為的只是騙取他的精子，果然現在她為了那個老色鬼的錢，大剌剌地拋棄了顧厚澤。

此時此刻，應該是臺灣的下午吧？他在忙嗎？或者，察覺自己被周曉琪欺騙，他心情也跟她一樣糟透了？

「沒事了、沒事了。」不知道為什麼，那次在懸崖他放棄尋死的念頭、躺在她懷抱裡哭泣的樣子，就這樣無可抑遏地浮現出腦海。

她的憤怒化成了一種無可言喻的椎心之痛。

「我得見到他，親自告訴他這一切。」她對自己這樣說。

2

兩天後，當范月姣走出桃園機場出境大廳遇見來接機的顧厚澤時，儘管心中澎湃洶湧，她卻裝出一派平靜的表情。

「怎麼突然回來了？」顧厚澤問。

「我在網路上看到周曉琪嫁人的報導了。」

說完她有點後悔自己這麼簡潔的回答。可以的話，他們應該彼此相擁、痛哭流涕的。然而顧厚澤並沒接話，只是順手接過了她的行李拖著走。

出境大廳嘈嘈雜雜都是各式各樣的人，有打著手機聯絡的、有行禮如儀握著手的，鞠躬的、擁抱的……只有他們兩個人沉默地走著。

「被我說對了吧？你的精子最後被周曉琪拿去騙詹老頭的錢了。」

「我早警告過你的，你不聽我的話，結果咧？」

千言萬語閃過她的心頭，但她卻什麼都沒說。

直到范月姣坐上汽車，奔馳在回臺北的高速公路上，她才又開了口。「我想通了。她欺騙你，你又欺騙了我，」她決定把話說清楚，「到頭來，我們都是她的受害者，我們只能選擇原諒彼此。」

顧厚澤沒接腔。大部分的時候總是她滔滔不絕地說，他安靜地聽。對於這樣的沉默，范月姣其實是生氣的。他永遠躲在陰影裡，她看不見他真正的心情。

汽車沿著架得高高的高架橋走著，兩旁都是綿延起伏的山巒。

「走這一趟，我只想弄清楚一件事。」

沉默。

她盯著他握在方向盤上的手，等著他的回答。一部巴士閃爍著遠光燈，從後方快速靠近他們的汽車，漸漸超越過他們。

一個孤注一擲的想法忽然浮現。「這樣問好了。你不愛我了嗎？」

她打定主意，如果他真的不愛她，也說出口了，那麼她立刻抓住駕駛盤，猛然往右扭——至少死的時候他是在她身旁的。

顧厚澤轉過頭，瞥了她一眼。「我都來機場接妳了。」他說。

范月姣討厭他永遠說著模稜兩可的話，范月姣每次都需要費力翻譯。「所以——你來接我，」她說：「是因為你愛我？」

他不承認也不否認，整個人又沒入陰影裡去了。

望著前方漸漸消失在暗夜中的巴士，范月姣又問：「地下錢莊的事，後來你怎麼處理？」

「我跟朋友先周轉了一千萬元，暫時喘口氣。」

「這麼多債務，你處理不了的。」范月姣說：「跟我一起離開這裡吧，我放在紐西蘭銀行帳戶內的那些錢夠我們重新開始了。」

他沒回答，似乎陷入了沉思。

汽車疾駛著。

「你不願意走嗎？」范月姣問他。

「妳先走吧，我這裡還有一些事要處理。一處理完，我立刻飛過去跟妳會合。」

「這裡有什麼好處理的？難道你還跟那個周曉琪糾纏不清？」

「我是跟她糾纏不清。」顧厚澤說：「我不甘心就這樣被她欺騙了，不行嗎？」

「不甘心被她騙又怎麼樣，難道——」范月姣恍然大悟，「你想跟她勒索錢，對不對？」

顧厚澤沒說話。車速變慢了，從高架道路轉入平面道路。

范月姣一臉喜孜孜的表情說：「算我一份吧。有些時候、有些事情你不方便出面，我來出面。我陪你一起處理。」

顧厚澤沒說什麼。只問：「妳今天晚上打算住哪裡？」

他送她到新北市一家汽車旅館。臨走前，她拉住了他的手，對他說：「陪我。」

「明天一早——」他想說還有事，話還沒說完，范月姣的嘴唇早已經貼了上來。

完事之後，他坐在床頭抽菸。范月姣從身後纏著他的脖子，貼近他的臉頰說：「你覺得怎麼樣？」

「什麼事怎麼樣？」

「勒索周曉琪的事啊。」她把他手上的香菸拿掉，捻熄。又輕吻他的嘴唇。「你愛我嗎？」

他沒說話。

「你愛我嗎？」她卯起來又問了一次。

他有點靦腆，又有點勉強，支吾了半天，終於點了點頭。

「點頭不算，我要你說話。」

沉默繼續持續下去。不愛她就不會來機場接她，所以，來機場等於愛她。邏輯上理所當然的推論，在現實的感情世界卻步步坎坷，她心裡有數。

顧厚澤拉著她纏著繃帶的手問：「手怎麼了？」

現在輪到范月姣沉默了。

顧厚澤明知故問。但或許這就是他想對她表達的——並不是所有的問題，都能用言語回答的。她真的很討厭他這樣。她心想。

過了一會兒，他說：「明天我們去住山上小木屋吧。」

懸崖事件之後，他買了小木屋送給她。小木屋就在懸崖附近，他們常常去那裡度假，爬山、踏青，在懸崖底下的潭水游泳、釣魚……

她像個天真無邪的小孩一樣地笑了。「好。」她說。

周曉琪背叛他，嫁給了有錢人。勒索了錢，他們就可以留在臺灣，像過去一樣。

無論如何，她是應該感到高興的。她並沒有出局，這個遊戲仍然還有她的一份。她安慰自己。

「今天晚上你就睡這裡吧。」

現在她心情很好，臉上氣色也不錯。她從床上坐了起來，起身走進浴室裡。她看著鏡子中的自己，覺得自己像株美麗、優雅的苗芽，在春天的陽光下抬起了頭。

手機才震動了一下，顧厚澤就抓起手機，按了拒絕。他躡手躡腳地下床，打開門，走出房間，小心翼翼地關上了門，重撥了那個電話。

「喂。」電話裡傳來小琪的聲音。

「妳怎麼這個時候打電話？」顧厚澤看了看手錶，深夜一點多。

「我得見你。有件事要跟你說。」

顧厚澤說好。明天七點鐘他和范月姣從新北市出發，來回山上小木屋需要兩個多小時，門診下午十二點半才開始，於是他約她上午十點鐘在ＫＴＶ碰面。

「妳還好嗎？」顧厚澤問。

「我像關在監獄裡面，度日如年。」

一整天，小琪告訴顧厚澤，詹董帶著她去買了將近一千萬元的珠寶、幫她請了造型設計師、跟誰吃飯、見了誰。

顧厚澤說：「再忍耐一下吧。」

「你呢？」小琪問他：「一切都好嗎？」

他猶豫了一下。

「發生了什麼事？」她敏感地問。

他想了想，決定告訴她范月姣回來的事。聽完扼要的敘述之後，電話那頭變得異常安靜。

「喂。」

小琪問：「你現在和她在一起嗎？」

「她住汽車旅館。」顧厚澤想了一下說：「我在家裡。」

「噢。」她的聲音忽然就變得虛弱無力了，像是剛剛做完化學治療，嘔吐了一整天的病人。

「我們的事她都知道，」顧厚澤說，「我得安撫她，免得她鬧出動靜，事情傳到詹董那裡去。」

又是很長的一段沉默。

「喂。」

「我不能再多說了，」小琪說：「我得掛電話了。」

就這樣，她無聲無息地掛斷了電話。

顧厚澤收起手機，慢慢走回房間。走到門口時，他停下了腳步。他想起范月姣也許會查看他的手機，又拿出手機，警覺地刪除上頭所有的通話紀錄。

他走進房間，范月姣在床上翻了個身，露出惺忪的表情。「誰的電話？」

「一個病人ＥＰＳ[1]發作，家屬大驚小怪。」

「那怎麼辦？」

「我安撫他們，請他們帶他去急診室打針。」

她直覺他說謊的成分居多，但她不動聲色。

「剛剛我做了一個夢，」她說：「夢見你又跟周曉琪在一起了。」

「是嗎？」

總是這樣。不肯定不否定、不接受不拒絕、不冷漠也不過度關心，他就這麼四兩撥千斤地回應了她的挑釁。或許為了化解尷尬，他若無其事地拿起水杯，喝了一大口水。

「晚安。」他說。

「晚安。」黑暗中，她聽見了他喝水時咕嚕咕嚕的吞嚥聲。

水中有十顆Stilnox[2]，是三分鐘前趁著他在門外講電話，她把藥片壓成粉末，攪拌進他的水杯裡的。

十分鐘不到，她聽見他的呼吸變成微微的鼾聲了。她叫他、又碰了碰他。沒有回應。她又叫了一次，還是沒回應。

1. Extrapyramidal syndrome，椎體外徑症候群，抗精神病藥藥物會產生的副作用。
2. Zolpidem，安眠藥。

她下床走到另一側，輕易地拿起了他的手機。正如她所料，手機上面沒有任何通話紀錄——甚至連剛剛那通電話也消失了。

范月姣在床前坐了一會兒。她告訴自己，現在還不是生氣的時候。

她從行李袋裡找出ＵＳＢ，接上手機，迅速地把上面的竊聽程式植入手機。程式是當初徵信社以三萬多元的代價賣給她的。之前她曾在顧厚澤的手機上植入過一次，不過自從上次他的手機被她摔壞，換了新的手機，就一直沒有機會再裝回去。

開啟程式、更新、刪除檔案、重開機。這些她做來都駕輕就熟。

做完這些之後，她打開自己的手機，開啟程式，在視窗內輸入顧厚澤手機的電話號碼，發送訊息。

很快地，回應訊息傳回來了。

Info: all features activated.

所有的功能都啟動了。

從現在開始，只要簡單地送出訊息，她就可以遠端遙控他的手機。她可以竊聽、找出他的定位。不但如此，任何進出他手機的電話通話、簡訊，都會自動上傳，同步到她的手機上去。

上次她太容易就放棄了。她心想，這次她絕對不會再重蹈覆轍了。

3

坐在KTV包廂的顧厚澤一臉無奈的表情，對著從走進來就一直板著長臉到現在的小琪又問了一次：

「妳不高興了？」

小琪還是沒回答。

伴奏的旋律空空洞洞地流動著。過了一會兒，小琪自顧自地拿起麥克風，唱起〈童話〉來了。

顧厚澤只得百無聊賴地聽小琪唱歌。好不容易等她終於唱完了整首歌，顧厚澤說：「昨天晚上電話裡我都跟妳解釋過了。」

「昨天那通電話之前，我撥電話到你家都沒有人接電話。」

顧厚澤愣了一下。下首歌的前奏已經響了起來，還是同樣的〈童話〉。小琪拿著麥克風繼續又唱。

顧厚澤說：「我得安撫她啊。」他試圖再解釋，但小琪根本不理會他。

顧厚澤急得拿起另一支麥克風，說著：「同樣的歌都唱兩次了，不能停一下嗎？」

「停一下可以，你唱啊。」

顧厚澤沒有接腔。

「你唱啊，」螢幕上掛著歌詞，空蕩蕩的伴奏樂聲流動著。「你到底唱不唱？」

眼看顧厚澤沒動作，小琪自顧自地又繼續唱。顧厚澤激動地拿起遙控器，停止了音樂。一時之間，包廂又恢復了沉默。

顧厚澤說：「從頭到尾她就認定妳是為了生小孩騙詹董的錢才勾引我的。現在妳和詹董結婚了，證實了她的想法。她覺得我一定悔不當初，所以主動回來找我，再給我一次機會，要我跟她一起走。這有那麼難理解嗎？」

「我為了詹董的錢勾引你？」周曉琪冷笑了一聲，「我還擔心你們兩個人是詐騙集團呢。」

「沉住氣，再忍耐個幾天，好不好？」

「我只問你一件事，」小琪說：「你、我還有孩子三個人的事，你後悔了嗎？」

「我什麼時候跟妳說過我後悔了？」

「那好。」她拿出一張船票遞給顧厚澤，「這是我和詹董那班蜜月遊輪的船票，我用你的名字也訂了一張。」

顧厚澤看著船票。「這什麼意思？」

「你要真不後悔，就和我一起上船動手殺詹董吧。將來不管是天堂還是地獄，我們都一起有名有分。」

顧厚澤沒有接話。

「怎麼，」小琪問：「退縮了？」

「問題范月姣這樣纏著我，她只要知道我要離開她，立刻就會吵吵鬧鬧。」

「那就偷偷離開。」

「萬一還是被她發現了，怎麼跟她說？」

「你就老實跟她說，你不愛她了，要她死心。」

「這樣說她一定會繼續鬧下去的。她會在網路上大肆宣揚，甚至……」

「甚至什麼？」

「她常會意氣用事，過去有好幾次割腕自殺的紀錄。」

「既然她有自殺紀錄，你那裡什麼鎮定劑、安眠藥那麼多，想辦法毒死她，就說她自殺就是了。」

顧厚澤搔了搔頭。「非這樣不可嗎？」

「如果我可以為了你殺詹董，為什麼你就不能殺掉范月姣呢？」

你問我：一起去吃晚飯，好嗎？我說好。我們是那樣開始的吧。那時候，我們在癌症病房，但你的臉上洋溢著一種美麗的風景，就像現在我所面對的這個青山、綠水、瀑布、懸崖……

打從聽到竊聽器傳來顧厚澤和周曉琪的對話，范月姣就開始哭，一直沒停下來。她就這樣坐在懸崖邊上邊寫短訊邊哭。

寫完這封文情並茂的短訊，她起身，擦了擦淚水，往前又走了一步。

正前方，是如詩似畫的山谷溫柔地召喚她。身後，是晦暗的心情幻化的狂風使勁地推著她。

輕輕地閉上眼睛，什麼都看不見了。空氣裡飄著花朵與青草的氣味，蟲鳴伴隨著鳥兒斷斷續續的鳴叫，瀑布打在潭面發出轟隆轟隆的聲音。

再往前一步，她知道，一切就變成永恆了。

同一時間，魏大為就坐在顧厚澤診療桌前，把一個多月來發生在紐西蘭的事，全跟顧厚澤傾訴了一遍。

「對不起，我知道這樣很冒昧，可是我真的很痛苦。我不知道她到底在想什麼，更不知道發生了什麼事。我千里迢迢飛這趟不是想爭什麼，只希望至少能和她談一談。」

「我明白。」

雖然這樣說，但顧厚澤有種直覺，范月姣不可能跟他回紐西蘭的。

「如果你知道她在哪裡的話，能告訴我嗎？」

「她沒來找我，我也不知道她人在哪裡。」光是范月姣就已經天下大亂，再加上魏大為事情一定更加失控。

魏大為禮貌地點頭表示理解。他拿出名片，寫下自己的手機號碼。「如果你見到她，」他把名片遞給顧厚澤，「可不可以麻煩打這個電話通知我。」

「當然。」顧厚澤收下了名片，也給了魏大為自己的電話。

魏大為在電話中輸入顧厚澤的電話號碼，順手撥了電話。

幾秒鐘不到，顧厚澤聽見自己的手機鈴聲響了。

面對著眼前那片黑暗，范月姣心想，與其漫長無盡的等待、出爾反爾的煎熬，她寧可像這樣做個更明快的了結。

這是最好的方法了。答案只有兩種——他來或者他不來，清楚而明快。如果他來，一切如同過去一樣，這是一種——她最熟悉的那種選項。

如果他不來，那麼答案就是另外一種。

月姣睜開了眼睛，看了看手錶，一點五十分——這時候，他應該已經看完了病人，正用著午餐，或者在趕回住處收拾行李的路上。

她擦了擦淚水，輕輕地按下了傳送鍵。

簡訊送出之後，她後退了一步，就在懸崖邊坐了下來。靜靜地等著最後的答案。

開著車奔馳在往小木屋的路上，顧厚澤整個腦袋都是范月姣那封簡訊。

你問我：一起去吃晚飯，好嗎？我說好。我們是那樣開始的吧。那時候，我們在癌症病房，但你的臉上洋溢著一種美麗的風景，就像現在我所面對的這個青山、綠水、瀑布、懸崖……

在懸崖邊，你曾問我，什麼是愛？我回答了，也證明了。

能為你做的，我都做了。過了這些年，我問自己，我還愛你嗎？如果用當年我告訴你的話檢查的話，是的，我仍然愛著你，我在乎你超過我自己——這是千真萬確，誰也無法改變的事實。

但反過來，如果用同樣的標準問你，你愛我嗎？答案你自己應該很清楚。

我想過把我所知道的一切公諸於網路，但我知道這樣做會傷害你。我在乎你超過我自己，所以我不能這樣做。因為不能恨你，所以我只能恨我自己。恨自己這麼沒用，少了你的愛，什麼都不是。

或許這是最後一件我能做的事情了。正因為愛是那麼痛苦，所以，我只能用更強烈的恨來停止它。

我恨我自己愛你，恨這樣的愛讓我別無選擇。

再見了，我的最恨，我的最愛。

月姣

幾年來，同樣的鬧劇、一模一樣的模式，不知道已經重複過多少次了。

他完全可以想像，等他趕到懸崖時，等著他的一定又是許多不可思議的理由、責怪、戲劇性的情緒、跳崖自盡的威脅。

就像一個多月前他們發生衝突的那個晚上一樣。

那是他頭一次知道她用公司的名義跟地下錢莊借了那麼多錢。當范月姣向他提議一起落跑時，顧厚澤忍不住對她大吼大叫。

才吵了幾句，她就拿美工刀往自己的手上割了一刀，鮮血直流。

「那個顏經理到底是誰的朋友？」她嚷著。

顧厚澤不理會她，她立刻又堅決地劃下第二刀。

「是誰跟我說他可以信任的？」

他氣得跑到廚房找出一把利刃，也在自己的手腕劃了一刀。鮮血直流。「妳別想再用愧疚感操控我，無論妳怎麼樣我都不會愧疚的。」

她像個發作的乩童似地在手上連劃好幾道，顧厚澤不甘示弱，跟著也給自己又劃了一刀。

她露出一種堅決的笑容。「好啊，你要玩是不是？」說著，她走到他面前，把美工刀擱上脖子。顧厚澤看著她。

「有種一起死啊。」她把美工刀勒得更緊。

他們就這樣無言對峙，持續了好幾分鐘。最後是顧厚澤受不了了，哽咽地說：「妳可不可以不要這樣……」說著他情緒崩潰，開始號啕大哭。

警覺到范月姣可能有邊緣性人格異常問題是最近這一、兩年的事。

對於邊緣性人格，曾經有位教授用了個生動的比喻：這個疾病的患者像一件衣服，當有人靠近時，他會非常興奮。有人把他拿出來，他感激涕零。一旦被人穿上，他會曲意討好、一心一意變成這個人。過不了太久，他又開始擔心這個人會脫下他。他開始恐懼、害怕。為了證明對方不會拋棄他，他會戲劇化地割腕、自我傷害，測試對方的愛是否真正存在。一旦對方終於忍受不了開始疏遠他，他又會轉為憤怒，徹底爆發出來。

就像昨天在高速公路的高架橋上，當她問他：「所以——你來接我，是因為你愛我？」時，他就警覺到了潛藏在這個問題背後嚴重的危險性了。從懸崖事件、機票事件，到她去跟地下錢莊貸款讓財務狀況越發惡化，都是一樣的行為模式。所有的問題，都被她內在害怕被拋棄的恐懼簡化成了「愛」與「不愛」，對與錯的極端思考。

如果等一下出手把她推到懸崖底下去呢？畢竟他手上有的簡訊就是她的遺書——一個連顧厚澤自己都覺得毛骨悚然的想法突然浮現。

他開始在腦海中沙盤推演。

把她推下山谷。報案。然後警察來了。他們問他為什麼會在現場？他把簡訊給警察看。然後呢？接下來警察一定會問，范月姣什麼時候回到臺灣的？有沒有來找他？找他做什麼？還有，如果魏大為也出現了，一定會質疑，為什麼隱瞞了范月姣的行蹤，刻意不告訴他……

不行。一連串的疑點，不但無法交代，更為之後上蜜月遊輪的計畫增添很多不必要的變數。

換個方式，如果把人推下懸崖，取走手機，然後神不知鬼不覺回診所，假裝自己根本不在現場，什麼事都沒發生過呢？

還是行不通。一早送范月姣上山時，遇見了附近的鄰居，還打過招呼的。等她的屍體被發現之後，警察東問西問，最後還是會找上門來。到時候一定破綻百出。

更難的是把范月姣推下山谷。顧厚澤覺得自己根本不可能做到。擺脫她是一回事，殺掉她又是另外一回事。行不通。完完全全、徹徹底底行不通的想法。

如果，他又想，單純只是范月姣單方面自殺成功了呢？如果這次他根本就不趕過去救她呢？

理解到什麼都不做，可能是他所有的選擇中最好的決定時，顧厚澤把汽車開進了前方不遠處一家西餐廳前的停車場。

萬一她沒自殺呢？

那也沒什麼損失，不是嗎？他只要找一個沒看到簡訊的藉口——沒電了，病患有緊急狀況……就只是一個交代而已。更何況，她也不能總是有求必應。

他走進餐廳，問服務生：「你們接受刷卡嗎？」

「當然。」

他坐下來點了餐。趁著空檔，在腦海中又把整個過程仔細地沙盤推演了一遍。她自殺成功之後，就算警方在她手機發現她發了簡訊給自己，他只需要宣稱自己出去用餐，忘了帶手機，沒及時看到簡訊就行了。警察根本沒有任何理由不相信他的話。等吃完飯，他會刷卡付帳，向櫃檯索取收據。收據上的時間、地點以及費用會證明他所說的全都是真的。

服務生把沙拉端了上來。

現在他需要做的，只是好好地、慢慢地把這頓飯享用完就行了。

「可以麻煩妳幫我們拍張照片嗎？」男孩和女孩就站在懸崖前面。二十多歲的情侶。相信愛情、相信未來。

范月姣接過相機。咔嚓。她按下了快門，幫他們拍了照片，又把相機還給他們。

「這裡真美，不是嗎？」男孩對女孩說。

女孩展開雙手，像要把整個山谷的空氣都吸進肺裡。「是啊，死了都讓人覺得安心的一個地方。」

他們又走來走去，站在這裡拍拍照，又在那裡拍拍照，待了沒幾分鐘，他們又回到汽車上，離開了。

於是懸崖又恢復了原本空空蕩蕩的面貌。

只剩下范月姣一個人，孤單地面對著整個山谷。過去三個小時以來，一直都只有她一個人。幾隻藍鵲發出嘎嘎的聲音。牠們拖著長長的尾巴，飛到樹上，又飛走了。

他不會來了，答案已經很清楚。

如果可以的話，她真的希望就這樣跳下去，一了百了。但暫時她還不能這樣做。一種毅然決然的心情，給了她超越絕望的力量，讓她繼續支撐下去。

4

熱騰騰的白米飯冒著煙，紅燒魚、宮保雞丁、蔥爆蛋、熱炒空心菜就在餐桌上。顧厚澤和范月姣兩個人安靜地坐在小木屋的桌子前吃晚餐，彷彿什麼都沒發生過。

「簡訊傳過來的時候，我在餐廳吃飯。回到住處收拾行李時，才想起忘了手機在診所充電。等回診所拿手機才讀到妳的簡訊。我嚇了一跳，連忙趕過去懸崖，但妳已經不在那裡了。」顧厚澤對范月姣解釋。

「我想也是。」范月姣抬起頭看了他一眼，又低下頭默默地吃飯。

她臉上有一種宛如暴風雨之後溫暖和煦的陽光，讓顧厚澤覺得有點毛骨悚然。

沒多久前，他的確去了懸崖。沒有預料中的記者、警察，也沒有圍觀的人。他甚至還爬到懸崖下的山谷轉了一圈，什麼都沒有。

「魏大為今天跑來診所找妳。他把妳和他的事情，全告訴我了。」他試圖轉變話題，小心翼翼地說：「他問我妳在哪裡，我沒告訴他。他留了一張名片給我，拜託我如果見到妳的話，打個電話給他。」顧厚澤拿出魏大為的名片，遞給范月姣。

范月姣看了一眼那張名片。「如果我跟大為回紐西蘭的話，或許對大家都好。」

顧厚澤有些意外，但他不動聲色。「妳怎麼會這樣想？」

「你和周曉琪想殺詹董的事，我都知道了。」

「妳在胡說八道什麼？」

她拿出手機，播了一段竊聽的錄音。

「妳背著我竊聽我的手機？」

范月姣關掉錄音檔案，淡淡地說：「你背著我偷偷做的事情，應該更多吧？」

「妳想怎麼樣？」

「我在簡訊裡面寫了，我不會傷害你的。你幫我再做完最後一件事，我就打電話聯絡大為，跟他一起回紐西蘭去。」

「什麼事？」

「你曾經認真地愛過我的，是吧？」

顧厚澤沒有回答。

「如果可以的話，我希望你能把你曾經愛我的心情，對著鏡頭說一遍……」

「我不明白。」

她笑了笑，從抽屜拿出數位攝影機，擺在桌上。「我希望你能回到你最愛我的那個時刻，把曾經有過的心情說出來。我想把這份心情保留下來，當成生命中最珍貴的紀念。」

顧厚澤一臉狐疑地看著范月姣。

「算是個美好的告別吧，也算是給自己的青春一個交代。」

顧厚澤還是很難相信。「我還是不懂。妳為什麼要這麼做？」

「絕望。」

「絕望？」

「徹底的絕望。」她說：「我已經累了，不想繼續活在絕望裡了。」

「五、四、三、二……」她沒喊一，直接按下了遙控器上的錄影鍵。

他們並肩坐在一起，對著攝影鏡頭。

顧厚澤開始說話：「曾經——」

第一句話才起了個頭，范月姣就喊停。

顧厚澤有點不解地看著她。

她拿起遙控器，按了停止鍵，又把檔案刪除。「我要你回到那個最美的狀態，融入那個狀態，把那種心情表達出來。要用現在進行式敘述，明白嗎？」

顧厚澤有點為難地看著她。

「現在，我們重新再來一次。」

五、四、三、二……她又按了一次錄影鍵。

我知道妳很愛我，但是我很抱歉……

她又按了停止鍵，面無表情地刪去了檔案。「我要的是最愛我的心情，不是你的懺悔。」

她說完看著他，不發一語。

顧厚澤一臉不悅的表情說：「那樣的心情我已經記不得了。」

范月姣氣得去房間拿了一把美工刀，坐下來，還是一句話不說。

看著美工刀，顧厚澤說：「我沒有力氣跟妳玩這些了。妳想要我怎麼說妳就寫下來吧。反正妳怎麼寫，我就怎麼唸。」

范月姣握著美工刀刀柄，把刀刃推出來，在手臂上慢慢地劃了一刀。

顧厚澤找了張衛生紙遞給她，說：「當初是妳給我機票，要我作選擇的。既然我們都已經作了選擇了，妳這又算什麼呢？不是說要好好告別的嗎？」

她冷冷地說：「我是想好好告別啊，你呢？」

他避開她的目光，起身，不停地抓著頭，在餐桌旁走過來，又走過去。他來來回回走了好幾趟，過了一會兒才又走回范月姣面前，做了個深呼吸。

「妳把傷口清理好，我們再繼續吧。」

和月姣在一起，是我生命中最好的時光，是老天給我最美的恩賜。忘不了我們一起度過的每個清晨、黃昏。忘不了我們一同走過的每一片森林、溪谷。忘不了星空底下，我們曾經許下的美麗誓言……

錄影持續著。但范月姣拿起刀片，又在自己的前臂劃下了第二刀、第三刀。三道血痕沿著手臂滑落，匯聚在手腕內緣，滴落下來。

顧厚澤停了下來。「妳到底要我怎樣？我又不是個詩人。」

「你曾經認真地愛過我的，不是嗎？你愛我的時候不是這樣，你自己很明白，不是這樣……」

他抓住她的手，拿著衛生紙壓迫她的傷口。

他把自己關在臥房裡想了將近十分鐘，還拿出紙筆把講稿整理了一下，才走出來。她按下遙控器上的錄音鍵。他吞了一口口水，開始說：

那一次，我把汽車開到懸崖上，想結束自己的生命，但月姣說她愛我。我問她，什麼是愛？她說：在乎對方超過自己，就是愛。我問：怎麼證明？她說：如果你一定要證明的話，把車開下去吧，我陪你。我很震撼，抱著她痛哭，從沒想像過，愛可以這樣。我下定決心，我的這一生，要用同樣的愛來回報她……

他用眼角餘光觀察她，注意到她的眼角有淚。

是的。這一切都是真心話。或許正因為曾經是真心話，所以聽起來特別諷刺。他不記得這一切到底是在什麼時候變質的？如果生命中他曾堅信的這些都能走樣變質，還有什麼不能隨波逐流的呢？荒謬的情緒陣陣湧上，但他繼續說下去。

感傷的感覺很快淹沒一切。他邊說著，邊發現自己的視線模糊，不知怎地，竟開始痛哭起來……

范月姣把紅酒倒進兩個酒杯，遞給顧厚澤一杯。

「一起喝完這瓶酒，算是給彼此餞行吧。」她說：「我們好好告別吧。」
他們舉杯，互相祝福。顧厚澤只喝了半杯酒，就放下了杯子。
「妳打算什麼時候聯絡魏大為？」
「我不回紐西蘭了。」
「妳打算去哪裡？」
「我跟你去同一個地方。」
「不是說好，好好地告別的嗎？」顧厚澤直覺她的話不太對勁。
她露出深不可測的笑容。「應該說一起好好地跟這個世界告別吧。」
顧厚澤感覺頭有點暈，警覺地問：「妳給我吃了什麼？」
「別擔心，只是安眠藥……要不了幾分鐘，你就會沉沉睡去。」
「妳想幹什麼？」
「別擔心，你不會感覺到任何痛苦的。不管你去到哪裡，我都會陪著你的。」
眼皮越來越沉重，顧厚澤恍然大悟。「妳讓我錄的不是什麼青春的紀念。」
「應該說是我們的殉情遺言才對。是我們留給這個醜陋世界最溫柔的告別。」
「妳這樣做，到底想證明什麼？」
她不回應，只是笑著。
他想奪門而出，范月姣一個箭步跑到門口，鎖住了大門。她轉身過來對顧厚澤說：「沒有用的，你過不了我這一關的。就算你過了這一關，沒車鑰匙你一樣走不了多遠。」

顧厚澤伸手去摸自己的口袋，發現鑰匙不見了。

「到時候你昏倒在路邊，我會開車去把你拖回來。我會打開瓦斯，溫柔地在你的身旁躺下，我會牽著你的手，依偎著你……」

「我不要死。」

「你不會死的，」她冷冷地笑著說：「全世界的網路都會流傳我們殉情的畫面，在這個故事裡，我們的愛情、我們的生命都會永恆地延續下去的。」

絕望。現在他明白她的意思了。

一個念頭閃過顧厚澤的心頭——他得刪除那段錄影。沒有影像，故事就無法成立。故事不成立，她追求的目的就無法達成。

說時遲，那時快，他飛奔上前，但范月姣比他搶先一步，取走了桌上的攝影機。

「給我，」他伸長了手說：「那不是殉情遺言，那是妳騙我說出來的話，都是假的。」

她後退一步，關掉電源。「你的話是真的，」她搖著頭，「背棄了那些話的你才是假的。」

「給我。」

兩個人就這樣隔著桌子兜圈。隨著顧厚澤步步逼近，范月姣節節後退。顧厚澤突然立住腳，一個轉身反方向過來追逐范月姣。他伸手扯住范月姣的手臂，將她撲倒在地上。范月姣趴在地上，弓背彎腰，用身體保護攝影機，兩個人就在地上拉扯。顧厚澤抓著范月姣的左肩和左髖，硬將她的身體扳過來。一轉身，范月姣用腳抵住顧厚澤肚子，試圖把他踹開。混亂中，顧厚澤攫住攝影機背帶，順勢把攝影機從范月姣手中扯出來。

顧厚澤起身才後退兩步，范月姣已經爬起來，從背後攀住顧厚澤，另一隻手伸過來搶攝影機。

顧厚澤猛烈地晃動身體，試圖甩開范月姣。但越是這樣，她越是死命緊抱。顧厚澤緊緊抓住攝影機，用背抵住她的身體往後直撞，只聽碰的一聲，把范月姣撞在牆壁上。但范月姣仍糾纏不放，於是他又前進，繼續往後猛撞。

碰——碰——碰——

連續連撞了幾次，范月姣終於鬆開了手。

顧厚澤搖搖晃晃坐回桌前操作攝影機。開機畫面很快出現，他才按鍵進入檔案夾，就聽見范月姣的聲音說：「你再動，我就把你們的對話Po上網。」

顧厚澤回頭，看見她高舉著手機，顫抖著手。

「不要逼我。」她臉部表情扭曲地說。

和小琪的對話曝光固然會破壞計畫，甚至讓他們身敗名裂，但本能反應卻告訴他，不刪除檔案，他根本沒有活下來的機會。

顧厚澤毫不猶豫地勾選檔案，按下觸控螢幕上的刪除鍵。

「不可以。」她驚慌失措地大叫。

□確認　□取消

螢幕出現最後一個確認畫面。

「你沒有權利這樣做。」范月姣丟下手機，衝上來扯住攝影機。

顧厚澤試圖保護攝影機，但一個不留意，身體被范月姣扯倒在地上，連同攝影機也被奪走了。

范月姣抓著攝影機往後退，打開攝影機的記憶卡夾，取出裡面的ＳＤ卡。顧厚澤狼狽地站起來。「妳想幹什麼？」

她打開身後的窗戶，對著顧厚澤得意地笑了笑。

顧厚澤還沒來得及靠近范月姣，記憶卡已經被范月姣丟到窗戶外去了。他連忙轉身想衝到房子外去，卻發現自己天旋地轉。

范月姣走到他面前，張開雙手作勢阻止他。「別浪費力氣了。你睡著之後，我會去撿回來，裝回攝影機裡面去的。」

顧厚澤覺得視線越來越無法對焦。清醒的時間剩下不多。他想。

「你看，」范月姣說：「我們白白地浪費了這麼多年。」

「可是我還不想死，」他對她嚷著，「我還不想死……」

「看看周曉琪把你搞成了什麼樣子？你這樣活著，有什麼意思？」她詭異地笑著，「這樣做都是為了你好。明白嗎？」

他放聲哭了起來。

「沒事了，」她說：「沒事了。」

說時遲那時快，顧厚澤猛然抓住她的頭髮，不顧一切把她整個人往窗戶的方向推，並且用力砸。

——聽見玻璃爆出破裂的聲音，他心想，最後一次機會了。

顧厚澤繼續死命地把她的頭往玻璃用力砸，一砸再砸，直到所有在她臉上那些複雜糾結的表情變得鬆弛，掙扎的力量消失……整個人癱軟在地上。

現在腦袋裡只剩下一點幽微的光了。他得做些什麼，確保她不會在他醒來之前甦醒。

他拖著沉重的身體，從桌上取過來剩著的半杯酒。他一手捏著她的鼻子，小心翼翼地把紅酒沿著她的嘴巴灌。

謝天謝地，她的吞嚥反射還在。

灌著酒，顧厚澤覺得自己已經開始搖晃了。

半杯酒幾乎灌完時，她嗆了一下，反射性地開始咳嗽。咳著咳著她睜開了眼睛。顧厚澤抓住她的頭髮，想再往地上砸……卻一下子就被她推開了。

她緩緩地爬起來，看了一眼地面上的紅酒，又用手抹了抹嘴唇。

「沒有用的，」她冷冷地笑了笑，「等你睡著了，我至少還有五、六分鐘的時間清醒著……五、六分鐘的時間已經很足夠了。」

天旋地轉，他已經無法思考了。內心深處彷彿有個聲音催促他，快逃，逃到一個五、六分鐘之內范月姣無法殺死他的地方。

逃到哪裡去呢？

一轉身，顧厚澤看見開敞著的洗手間大門——是的，洗手間。

一看見顧厚澤起身往洗手間跑，范月姣立刻反應過來，「你休想。」說著驚慌地也衝了過去。

顧厚澤才衝進洗手間，還來不及把門關上，范月姣已經衝到門外，死命地把門往裡推。顧厚澤用力抵住門，拚命抵抗，眼看著門被一點一點地推開——等雙腳幾乎被推到馬桶基座時，他忽然靈機一動，使出吃奶的力氣，一個深蹲之後使勁一推，總算把門推回門框，迅速拴上門閂。

「你出來。」她又驚又急地拍打著門：「顧厚澤，你出來！」

意識正一點一滴地消失。

顧厚澤打開廁所的通氣窗，又打開水龍頭沾溼所有的毛巾，用力地往門底下的縫隙塞、塞、塞……

半夢半醒之間，他拿出口袋裡的手機，找出留在他手機裡的通訊紀錄，按了最上面的一個電話。

砰——砰——砰。他聽見范月姣用力地撞擊著大門。

嘟——嘟——嘟。手機裡，電話鈴聲響著。

碰——碰——碰。大門震動著。

有人接起了電話。「喂。」他聽見手機有人說話，聲音彷彿聽過，但他不記得那人是誰。

「救我，我在小木屋。」他有氣無力地說：「范月姣——」

他想再告訴他小木屋怎麼走，卻說不出來。

碰——碰——碰。衝撞的力道透過門板一陣一陣傳過來。不知道是因為對方累了，還是他的知覺正在消退，所有的音量似乎都在降低。

手機那頭的人似乎還說了什麼，但他已經無法分辨了。

5

顧厚澤先是聽見了敲門的聲音。

碰——碰——碰。聲音有點遙遠。接著他睜開眼睛，發現自己躺在廁所裡。他有些訝異，又花了一些時間，終於想起剛剛發生的事，警覺地坐了起來。

碰——碰——碰。聲音顯然是從小木屋門口傳來。

「顧醫師，你在裡面嗎？」是診所小姐曼青的聲音，「是我。」

聽見曼青的聲音，他鬆了一口氣，搖搖晃晃地從地上爬起來。打開廁所的門，他注意到范月姣就在門口地板上安詳地睡著。

頭還有點暈。「來了。」他對門口喊著。

跨過范月姣的身體，穿越客廳，他打開了大門。

「謝天謝地，我們差點要撞門了。」迎面而來是曼青以及身後的魏大為。「魏先生打電話給我，說你就在小木屋。問我小木屋在哪裡。我打電話找你，你沒接，我很擔心，就帶他趕上山來了。」

魏大為一見到范月姣躺在地上，連忙衝了過去，蹲到她面前，一手摸著頸動脈，一邊回頭問顧厚澤：「她怎麼了？」

「沒事，她吃了安眠藥，睡一會兒應該就醒了。她頭上有傷口，我先讓曼青幫她消毒、包紮。」顧厚澤回頭問：「曼青，車上有醫療箱嗎？」

曼青點點頭。「我過去拿。」

他們合力把范月姣抱進臥房。一會兒後，曼青也把醫藥箱拿過來了。

趁著曼青包紮傷口的空檔，兩個人從臥房走出來。魏大為滿臉疑問。「到底怎麼回事？」

顧厚澤找出手機裡范月姣發給他的簡訊。「你才離開簡訊就來了，不過我手機忘在診所沒看到。我先去餐廳吃飯又回家處理了一些事，等回診所拿手機才看到，嚇了一大跳，連忙趕了過來。」

魏大為把手機上的簡訊看了一遍又一遍。

他和范月姣的確曾經交往過，顧厚澤說，但早在一年多之前他們就和平分手了，之後兩個人一直維持著工作夥伴的關係。一個多月前，她不告而別，從此沒有任何音訊。如果不是早上魏大為到診所來，他根本不知道她的行蹤。

魏大為交抱雙手，一語不發地聽著。

「見到她後，她威脅我要割腕，」顧厚澤停頓了一下，「她有自殘的習慣，這你知道吧？」

魏大為點點頭。「在紐西蘭時，她曾為了割腕進過一次醫院。不知道是不是婚禮給她太大壓力了？」

「也許吧。」

顧厚澤告訴魏大為，這次發作的情況不太一樣。之前她先是妄想顧厚澤和女病人有不正常的關係，把痛苦都歸咎在這件不存在的事上面。等她在紐西蘭得知女病人嫁入豪門的消息，又妄想顧厚澤打算聯合這個女病人殺害她的老公，謀奪財產。

「她告訴我，她已經跟蹤我好幾天了，搜集任何支撐她幻想的蛛絲馬跡。她的情緒非常不穩定，試圖自殺、自我傷害，還用頭去撞玻璃。為了安撫她，我只好把隨身的安眠藥放進紅酒裡面騙她喝下，沒想到被她發現了，逼我也喝下紅酒。她很生氣，責怪我，說一切都是我造成的。她不想活了，也不讓我活下去。她揚言要打開瓦斯殺死自己、也殺死我。我就是在那時候躲進廁所裡面，打電話給你的……」

魏大為不安地搓揉著手指。「現在該怎麼辦？」

「我建議還是讓她先到醫院住個幾天吧。先給一些鎮定劑幫忙她度過急性期，之後再做打算吧。」

他點點頭。「看來也只能這樣了。」

「如果你覺得有需要的話，我可以轉介她住進醫學中心的精神科加護病房，我在那裡有熟人。」

「那就拜託你了。」他對著顧厚澤鞠躬。「臺灣這邊，我已經不熟了。」

顧厚澤打了電話，把對魏大為說過的話重新說了一遍，精神科加護病房很快就安排好了。

「我想，目前平靜對她是最好的處方。因此，在她的狀況穩定之前，你是不是暫時先不要去見她？」

「當然。」他說。

魏大為堅持要親自開車送范月姣到病房去，顧厚澤沒理由反對。為了確保她不會途中醒來鬧事，顧厚澤從曼青車上的急救箱中找出了鎮靜劑，又給范月姣補打了一針。

臨走前，魏大為對著顧厚澤深深行了一鞠躬。「謝謝你，顧醫師。」

「沒事，」他說：「你們先過去。我收拾一下，馬上過去病房與你們會合。」

「真不好意思，麻煩你了。」

「應該的。」他說：「病房朱主任還在等我，我順便過去關照一下。」

等魏大為的汽車走遠了，顧厚澤回頭往小木屋的方向走。

他花了一點時間，才在廚房抽屜裡找到汽車鑰匙。找到鑰匙之後，他又走出大門，繞過小木屋，走到房子後面。他走向帶著裂痕的那扇窗戶，裂痕中心的血跡還清楚可見。長年缺乏整理的小木屋後頭，雜草已經高到他的膝蓋了，但這不構成太大的問題。記憶卡一定就在窗口附近。

顧厚澤輕撥草叢，在附近搜尋了一下，沒花多久時間，就找到了那張記憶卡。

第五章

1

遊輪繼續往日本的方向全速前進。好不容易，小琪終於把詹董從賭場拉出來，來到最頂層。這是他們蜜月之旅的第四個晚上，游泳池畔的露天電影已經結束一會兒了，船尾甲板上一個人影也沒有。詹董比小琪略矮，挺著比小琪還要大的肚腩，一隻手牽著小琪，步伐緩慢。

詹董天生財運，小琪總算是見識到了。一個晚上不到，他就在賭場連贏了二十多萬元，想停都停不下來。儘管詹董根本不缺錢，但看得出來，贏錢還是讓他心情愉快。

小琪拉著詹董走到船舷，扶著欄杆停了下來。她說：「吹吹風多好。我可不希望整個蜜月的回憶都是賭場。」

「連沖繩那種地方妳都能瞎拼那麼多，我得多賺點錢養妳啊。」

「公司股票都已經天天上漲了，遊輪上賭場的錢你也不放過，」小琪打趣地說：「留點錢給別人賺行不行？」

「錢衝著我一直來，我也沒辦法啊。跟妳說一個秘密，」詹董說：「我已經開始放空超邁的股票了，妳猜賺了多少？」他用食指比了一。

「一億？」

詹董得意地說：「這才只是三分之一。」

「原來那天你在碼頭跟潘小姐說叫她不要太貪心，是認真的。」

詹董哈哈大笑。「當然是真的。」

「我不懂，公司那麼多人，你為什麼單挑她當貼身主秘。是因為人長得漂亮嗎？」

「哈哈，長得漂亮的確是優點，不過這不是最重要的重點。」

「重點是什麼？」

「潘心彤這個人啊，做事認真、俐落，就是有點太單純。」

「太單純你還用？」

「認真、俐落容易啊，難得的是單純，太單純就更難得了。不找這種人當自己人，找什麼人呢？」

「你開口閉口自己人，『自己人』那麼重要啊？」

「當然，在江湖生存的第一個法則就是搞清楚誰是敵人、誰是自己人。」

「什麼樣的人算是自己人？」

「就算眼前已經沒有好處了，還願意跟著你、挺你的人，就是自己人。」

「敵人呢？」

「正好相反。就算眼前有很大的好處，還是想消滅你、取代你的人。」

「你把我當成敵人，還是自己人？」

「看妳的表現囉。」說著在小琪臉上吻了一口，又去吻小琪的脖子、胸部。

「喂，別這麼不安分。」

「這裡又沒別人。」詹董嬉皮笑臉地說著。他拉開小琪的襯衫，一隻手伸進襯衫底下，在她的腰部游移。

小琪拉開詹董的手，整理了一下自己的襯衫。「很討厭欸。小孩都幾個月了。」

一大片雲聚攏過來，遮蔽了天上的明月。

「變天了。」小琪說。

「現在說這個很掃興欸。」說著，詹董的手又伸進了小琪的襯衫裡。

「你忘了心臟科醫師怎麼交代的？待在這裡別動，我下去房間拿件衣服，立刻回來。」

詹董像個小孩似地嘟起了嘴。

「等我一下，馬上回來。」

小琪笑了笑，轉身離去。她經過棧板走道，轉個彎，穿越星空劇院廣場，又繞過游泳池，來到後方的吧臺，停了下來。

小琪摸出手機，Wi-fi的訊號已經連上了。她鍵入：

一切就緒。

2

心彤和毅夫才同居一個禮拜，公司就有人向毅夫母親通風報信。錢麗華勃然大怒，和毅夫攤牌，限期內要毅夫搬出現在的住處，否則就停止他的零用金。

心彤威脅他：「你要是敢搬出這裡，我們就算散了。我說到做到。」

毅夫愁眉苦臉地說：「我一個月薪水才六萬多，吃飯、養車、交房租、和朋友交際應酬都得花錢，沒零用金，錢從哪裡來？」

「你有點骨氣好不好，省吃儉用有那麼困難嗎？」

過了期限，毅夫依舊如故。毅夫母親氣得把他薪水之外的零用錢全都停了。六萬多塊的薪水，毅夫一個多禮拜就花光了。心彤也好不到哪裡去。每個月四萬元的信託全被預支完了，另外五萬多的月薪，光信用卡最低應繳利息就吃掉了將近三萬元。發薪日才過兩個禮拜不到，兩個人就得開始縮衣節食。

連吃了三天自助餐，毅夫受不了了。他推開餐盤，不高興地說：「我又不是豬，為什麼要吃這些垃圾。」

心彤二話不說，隔天就拿了三個包包去二手包店賣，換了十多萬元。「我一共十個包。現在賣了三個，還有七個。吃到山窮水盡，你就回家領你媽的零用金。」

「賣包包妳不心疼？」毅夫問。

「心疼也強過你去跟你媽認輸。」心彤說：「好了，現在有錢了，你想吃什麼高級料理？」

聽心彤這麼說，毅夫倒是不說話了。兩個人最後走進便利商店，買了壽司和飯糰，就坐在路邊小公園的涼亭裡面吃。

從進董事會辦公室上班起，心彤沒見過詹董出現，倒是有個叫阿不拉的傢伙天天來報到。這個人整天盤踞會議室，呼朋引伴，泡茶、飲酒、唱卡拉ＯＫ樣樣都來。不但如此，還不客氣地把董事會辦公室裡的員工全當成服務生一樣使喚。

心彤跑去問趙主秘這號人物到底是何方神聖。趙主秘小心翼翼地說：

「阿不拉是幫詹董進出股票的大紅人，妳千萬別得罪他。」

阿不拉的賓客三教九流，什麼開文具店的、經營生態農場、開書店的、在私立大學當兼任講師的……心彤看這些人遞出來的名片漫無章法，好奇地又跑去問趙主秘。

趙主秘說：「這些人全是金主。名片上的身分全都是副業，裝飾用的。」

偶爾，下了班之後心彤也被阿不拉叫過去吃吃喝喝。辦公室有臺卡拉ＯＫ。有一次，心彤忍不住手癢抓起了麥克風開始唱歌。心彤一唱歌，阿不拉眼睛全亮了。他說：「看不出來，哇，噗囉（Pro）級的噢。」

儘管阿不拉其貌不揚，但為人隨和、有趣、不擺架子，心彤並不討厭。漸漸心彤和阿不拉越混越熟。有一次，心彤心血來潮問阿不拉怎麼認識詹董的，阿不拉說：

「我出社會的第一個工作就是當詹董的司機。後來詹董收購了一家陶瓷公司，有一天，詹董問我有沒有像樣的西裝。我說沒有。他皺了皺眉頭，帶我去買了兩套新的西裝，還把自己的一個高級皮包送給我。從明天開始，他對我說，你就是那家陶瓷公司的董事了。董事？我對詹董說，我根本什麼事都不懂。詹董說，沒事，開會的時候只要人到，表決的時候跟著他舉手就行了。那時候我當司機的薪水一個月才三萬多，當董事一個月的車馬費就有五萬塊。那家公司問題很多，重整的時候，黑道、白道，還有工會抗爭、媒體、民意代表，什麼人都來了。那時候，我和王副總兩個人輪值，兼董事、兼司機又兼保鏢。他值班時，我休息，我值班時，他休息。有時候場面比較大，就我們兩個人都出動。那時候，每天出門時都得帶槍，戰戰兢兢地。詹董中槍那次，還是我和王副總把他從現場拖出來。詹董中的三槍中，其中一槍離心臟只有一公分。醫生說，只要再偏那麼一點點，他就完蛋了。唉，他這個人就是福大命大。」

「是啊，福大命大。」心彤說。

阿不拉興致來了，把詹董如何違約交割入獄，怎麼樹倒猢猻散，後來只剩下他和王副總時如何在監獄外維持他的事業、等待他出獄等等，一路娓娓道來。

「關了兩年半，詹董出獄了，他說在監獄中都盤算好了，決定培養我們一個當操盤手，另一個當經理人。呵，有句話叫沐猴而冠聽過沒？」阿不拉看著心彤，問：「潘主秘，妳今年幾歲？」

「三十歲。」心彤說。

「詹董坐牢時，妳小學都還沒畢業呢。」說著他嘆了一口氣，「時間過得可真快。」

辦公室同仁湊錢歡送趙主秘榮退。心彤身為新任主任秘書，算來是主人。她本來只是禮貌性邀請阿不拉，沒想到阿不拉竟然想都不想就說要出席。

或許因為沒長官在，那天氣氛特別喧鬧。下半場阿不拉帶頭說要划酒拳，所有人都附和。阿不拉說：

「你們派代表出來跟我划拳。輸了我罰兩杯，贏了，你們全罰一杯。怎麼樣，敢不敢？」

大家都說好，推派趙主秘當代表。

幾拳划下來，整桌的人少說全喝四、五杯了，阿不拉才只喝了兩杯。趙主秘連連搖頭說這樣不行，換人換人。換上了年紀僅次於趙主秘的汪大哥，結果還是連輸了三杯。眼看一桌子人已經喝得搖搖晃晃，阿不拉忽然轉身問心彤：

「怎麼樣，潘小姐有沒有興趣單挑？美女有優待，酒喝不下，唱歌也行。」

「找我單挑划酒拳？哈。」心彤一臉譏諷的表情，「我划拳資歷可是從小學起算，你別後悔噢。」

「哈哈哈……在我阿不拉的字典裡面，沒有後悔這一個詞。」

在大家的鼓譟下，心彤捲起袖子，開始划拳。幾拳比劃下來，心彤才喝一杯，阿不拉已經連灌六杯酒了。

「算了吧，」心彤挑釁地說：「喝酒過量可是有害健康的，別勉強了。」

阿不拉賭性堅強，儘管已經站不穩腳步了，仍然追著心彤還要划。「潘主秘今天只是運氣好。」

「是噢。」心彤說：「那就再來囉。」

心彤老實不客氣，又贏了阿不拉四杯酒。灌完了三大杯，阿不拉還要繼續拚命，眼看他搖搖欲墜，心彤說：「這一杯先讓你賒著吧。今天晚上看你能賒幾杯。」

阿不拉不服氣地笑著說：「衝著這句話，今天晚上我一定讓妳抬著出這扇門。」

鬧了一整個晚上，心彤沒被抬出去，反倒是阿不拉欠了心彤一百杯酒。

心彤笑咪咪地問：「阿不拉先生，欠我的一百杯酒，怎麼解決啊？」

同仁全都來幫腔：「對，怎麼解決？」

「我唱一百首歌還妳。」

「誰稀罕你唱歌？」

大家又幫腔，齊聲說：「對，不稀罕。」

阿不拉有點面子掛不住，問心彤：「妳有多少存款？」

「多少存款是什麼意思？」

「妳把錢拿來，我幫妳做股票。賺1％抵一杯酒，100％抵一百杯，這樣公平吧？」

同仁紛紛抗議：「不公平，我們也要。」

阿不拉說：「我欠心彤一百杯酒，又沒欠你們。」

心彤故意斜眼覷阿不拉。「我可是很窮的，存款都拿出來了，萬一你賠錢怎麼辦？」

「笑話。妳去打聽打聽，我阿不拉股海征戰二十年，賠過錢嗎？妳問問他們。」

眾人都說沒賠過。

「怎麼樣，想賺一倍的話就叫乾爹。」

「這什麼世界，你輸我一百杯酒，我還得叫你乾爹？」

「妳想好了。我乾爹可不是隨便當的噢。」

心彤沒叫乾爹，滿屋子的同事紛紛起鬨，上上下下已經乾爹乾爹地熱絡喊成一片了。心彤看見連趙主秘都喊乾爹，差點笑彎了腰，只好也叫了聲乾爹。阿不拉樂不可支，拉著心彤的手笑咪咪地說：「好好，明天我就帶乾女兒去號子開戶。」

「不公平，乾爹。」同仁說：「我們也都叫了。」

阿不拉心花怒放。「知道了，知道了……你們看有多少錢，明天全都匯到心彤那裡去。」

眾人紛紛鼓掌叫好。

看見阿不拉拉著心彤的小手一直撫摸，同仁說：「乾爹，心彤已經有男朋友了，你不能這樣一直吃豆腐。」

阿不拉才不管，他說：「妳替乾爹跟男朋友說，叫他別擔心。妳乾爹又老身體又不好，能做的也就只有摸摸小手了。」

股票代操的事心彤本來以為只是鬧著玩，沒想到隔天，大家把錢都帶來了，有五萬的，也有八萬、十萬的。趙主秘最誇張，拿了五十萬也要入股。看大家這麼興高采烈，心彤不好多說什麼。她賣了四個皮包換了二十萬現金，連同大家的錢一共一百一十萬，當天下午就跟著阿不拉去開戶，把錢全數匯進新開的戶頭，說好印鑑放在心彤那裡，買賣全由阿不拉代操。

心彤把阿不拉以及買股票的事都跟毅夫說。毅夫神秘地說：「我猜阿不拉一定是要幫詹董炒超邁。」

「你怎麼知道？」

「昨天我媽幫超邁林天宇總經理約了詹董一起吃飯，我還在現場。」

「真的假的？你媽不是跟你嘔氣嗎？你怎麼會在現場？」

「當然是真的。妳以為我喜歡跟啊？我是副總兼特助，只要是公事我都得在現場。」

故事是這樣的。一年前，林天宇父親林錫坤在一場車禍中意外喪生，叔叔林錫明董事長兼總經理獨攬大權，引發家族裡其他董事不滿，共同推舉林天宇擔任總經理，從此開始了叔侄共治的局面。半年下來，雙方由於經營理念不同，分歧不斷，逐漸演變成一場經營權的明爭暗鬥。為了增加持股，侄子林天宇這邊一方面向銀行質押股票借錢，另一方面到處尋求金主援助——就在這樣的情況下，找上了詹董。

「論規模，弘發是老三、超邁是老四，一旦吃下超邁，詹董立刻翻身變成老大，」毅夫說：「詹董對超邁垂涎已久，現在有這種好事從天上掉下來，雙方當然一拍即合啊。我猜從明天起超邁要有一波漲勢了。」

心彤半信半疑。「局勢那麼好，你自己怎麼不搭順風車賺一筆？」

「我當然想啊，問題是我哪來的本錢？」

儘管過去兩個多月來，超邁早已從十幾塊漲到二十塊，但隔天果然如毅夫所言，一開盤就直接跳空漲停。股價連續飆了好幾天，漲勢凌厲。

股票漲到三十塊錢那天，阿不拉走進辦公室對心彤說：「你們的錢我已經先獲利了結了。淨賺65%，有急用的人可以先領走。」

心彤說：「你炒超邁，對不對？」

「妳怎麼知道的？」

「不炒超邁，哪來那麼高的獲利？」

阿不拉只是笑而不語。

「我只是不懂，」心彤問：「超邁才漲50%，你怎麼有本事賺65%？」

「妳不知道幫你們賺錢壓力多大啊？我老人家放著好幾億進出不管，就顧著你們那一百多萬一天到晚做當沖，累死人了。」
心彤笑著說：「乾爹人最好，我最崇拜了。」
阿不拉得意洋洋，一手拉著心彤的手，一手輕輕撫摸著。
心彤刻意倚著阿不拉，風情萬種地說：「乾爹，什麼時候幫我再做一票？」
阿不拉笑咪咪地說：「漲多了總要休息一下。再看看，再看看。」
果然隔天股價立刻由紅翻黑，一蹶不振。
又隔一天，心彤告訴毅夫阿不拉已經獲利了結，幫她賺了十三萬。還說要休息一下，再看看。
毅夫歪著頭說：「這就蹊蹺了。」他找了一份報紙給心彤看。
報紙上刊載著超邁獲利衰退，以及轉投資營建案銷售不如預期的消息。「我媽說這些利空消息全是叔叔林錫明放出來的。」
「林錫明為什麼要放空自家公司的股票？」
「為了爭奪經營權需要的資金，侄子林天宇這邊從父親那裡繼承的股票質押的差不多了。他叔叔林錫明算準了他剩的股票就算全質押借錢，頂多也只能再吃進五千張股票，才會決定放空打壓股價。一旦盤面股價維持不住，林天宇那些質押的股票被銀行斷頭，他就只能被迫退出這場經營權之戰了。」
心彤又問：「林錫明這樣丟股票，難道不怕公司被詹董搶走嗎？」
毅夫想了想說：「嗯，我也覺得有點奇怪……不過，林錫明可能算準了詹董這個老狐狸，不至於笨到陪著林天宇繼續砸錢護盤吧？否則阿不拉也不至於一聽到風聲，立刻搶著放空股票。」

「你不是說詹董對超邁垂涎已久嗎？」

「就算詹董真的想吞下超邁，也不至於願意用這麼高的價格買。我猜，他的算盤一定是先賺些現金落袋為安，等股價被他們叔侄搞到趴在地上時，再進場撿便宜。」

「難怪媒體說詹董老謀深算。」心彤若有所悟地說。

「我猜後續一定還有一大波。」停頓了一下，毅夫忽然說：「妳不是說阿不拉還欠妳35%嗎？沒事妳就去多纏著他吧。這麼好的題材只賺十三萬太虧了。」

「是太虧了。問題是，沒錢就算你知道題材好有什麼用？」

「說得也是，」毅夫做了個深呼吸說：「這樣，妳去纏阿不拉吧，錢我來想辦法。」

趙主秘退休，詹董又不進辦公室，辦公室裡面沒大人，心彤樂得天天進會議室去陪著阿不拉唱歌、喝酒。每隔幾天，心彤就纏著阿不拉說：「乾爹，我們什麼時候進場？」

阿不拉神秘地笑笑，說：「還早，還早。」

「乾爹，股票要怎麼做才能賺錢，你教我嘛。」

「簡單，」阿不拉又喝了一大口酒，神秘地說：「逢低買進，逢高賣出。」

心彤一臉無奈的表情，又說：「行情不好的話，做空也行啊，乾爹。」

「做空哪那麼容易，」阿不拉看著心彤，意味深遠地說：「要學戒、定、慧，才能賺錢，懂嗎？」

心彤雖然不懂，但還是使勁地點頭。

本來毅夫一個禮拜還在新居住上五、六天，漸漸越來越少，有時甚至一個禮拜只出現一、兩天。起初心彤還勉強忍耐，到了後來，這件事幾乎成了隨時引爆的火藥庫。

心彤找佳嘉吐苦水，佳嘉建議心彤：「既然他把新居當旅館，憑什麼妳就必須獨守空閨？妳舊居的租約不是還有一、兩個月才到期嗎？」

心彤覺得佳嘉的話有道理，沒事乾脆也回舊居過夜。心彤不在新居過夜，毅夫來了找不到心彤，急得打電話到處找人。

電話中他問心彤：「妳這樣算什麼？離家出走嗎？」

「你可以另外有家，我就不行？」

兩個人開始冷戰，心彤索性不回新居，也不接毅夫的電話。冷戰了三天，毅夫受不了了，直接到辦公室找心彤。

心彤正和阿不拉談話，交代秘書辦公室的助理讓毅夫等一下。毅夫在櫃檯旁的沙發上坐了十幾分鐘，等阿不拉離開後，助理小姐才帶著他走進心彤辦公室。

心彤讓毅夫在她辦公桌對面坐下來。

「我媽逼我去上海，今天派令下來了。」說著拿出了公文給心彤看。

心彤看著公文，賭氣地說：「你去上海啊。」

毅夫說：「可是我不想去上海。」

「不想去上海，你就聽你媽的，我們散了吧。」

「問題是我想跟妳在一起。」
心彤氣得大吼：「想跟我在一起你就辭職啊。那麼多零用錢都敢不拿了，稀罕你媽這麼一點薪水？」
「問題是她是我媽——」
心彤打斷毅夫，對他大吼：「你到底是男人還是媽寶，你自己想清楚。」說著站了起來，「對不起，還有好多事情要處理。我得送客了。」
午休時間，心彤走出辦公室門口，發現毅夫還等在那兒。
「你從剛剛到現在都待在這裡沒走？」
「我出去轉了一圈，又進對面咖啡店喝了杯咖啡。」他說：「我想好了。我媽要是繼續逼我，我就辭職。」
「沒了工作，你怎麼辦？」
「工作去找就是。只要能跟妳在一起，做什麼我都可以。」
心彤只覺得鼻頭一酸，視野開始變得模糊了。
「又怎麼了？」
「沒事。只要你有決心，再苦我都陪你撐。」她拿衛生紙擦了擦眼淚。「今天早上阿不拉跟我說，林天宇因為持股不足被解除董事職務了。他讓我統計一下，看看這次帳戶有多少錢要委託他操盤。我猜，這次詹董應該又有一波攻勢了。」
毅夫打開手機看了一下盤勢，皺著眉頭問：「我還以為股票應該只剩下十幾塊錢，沒想到還有二十三塊。」

「二十幾塊算什麼？阿不拉說，詹董要是拿到超邁，把弘發的業績灌給超邁，漲到五十塊都還算便宜。」心彤說：「我手上還有三個包，全賣了換現金投資，有個一、二十萬吧，外加上次給阿不拉代操的錢，湊個五十萬差不多吧。你呢，能弄到多少錢？」

「這幾天被妳和我媽搞得心神不寧，哪有心思去想弄錢的事？」

「你的Porsche呢？」

「車是公司的，大小章我拿不到。」

「你朋友那邊呢？能調度一些嗎？」

停頓了一下，毅夫臉上閃過難以理解的表情。他忽然說：「這樣好了，明天我帶妳去朋友的證券公司開戶頭。」

「我在阿不拉那裡已經有戶頭了。」

「我知道。」毅夫說：「但明天我帶妳去我朋友那邊的證券公司再開一個帳戶，阿不拉進我們跟著進，他出我們也跟著出。」

「你哪來的錢？」

「細節晚上見面說。總之，我得走了。」說著轉身急著要往外走。

「欸，」心彤叫住他，「你不吃中飯？」

他回頭看了心彤一眼，笑了笑，搖著頭說：「晚上見。」說著走開了。

晚上吃飯時，毅夫忽然從口袋拿出一張支票來。心彤見到上面寫著「新臺幣陸仟萬元整」，嚇了一大跳。「你哪來這麼多錢？」
「妳不是叫我去調度一下嗎？」
「你跟誰調度的？」
「我跟我媽公司暫時調度一下。」
「她同意借錢給你？」
「我沒告訴她。」毅夫搖搖頭。「反正是穩賺不賠的生意，賺了錢之後立刻把錢還她。她不會知道的。」
「這樣不好吧？」
「跟朋友調度和跟我媽調度還不一樣都是調度。」他附到心彤耳邊說：「這次我媽也進場了。」
心彤還是皺著眉頭。
「我和我媽的事，妳就不用多操心了。」毅夫又說：「她的錢裡本來就有我的那一份，暫時跟她借一下有什麼關係。」

3

把船票交給顧厚澤那天下午小琪就和詹董一起飛去香港參加藝術拍賣會。小琪不懂藝術，對拍賣的興致本來不高，不過那天下午在會場看預展，撞見一張和她ＬＶ包包上的金黃色南瓜一模一樣圖樣的版畫，心裡動盪了一下。

「那是日本當代藝術家草間彌生的版畫。」詹董說。

被詹董「帶出場」的場合小琪向來謹言慎行，不過那天因為范月姣的緣故她的心情不好，莫名其妙地對詹董開了口，想要那幅畫。

在這之前，無論詹董做了什麼對小琪好的事，她總有辦法打從心裡不領情。詹董專門給小琪派了座車，配了司機——小琪覺得就是為了監視自己。他每個月撥二十萬元給小琪作治裝費用，還請了造型設計師擔任小琪的顧問——小琪覺得他存心把她當成花瓶。小琪身上的珠寶被周遭的官夫人、董娘比了下去，詹董帶她去買了數百萬的首飾、玉飾和項鍊。小琪說服自己，這些收藏與投資只是掛在她身上展示，如此而已。

詹董身旁有位藝術顧問，聽小琪開口要那幅版畫，立刻潑過來一桶冷水。「版畫買著好玩可以，但沒什麼投資價值，增值空間有限。」

小琪回頭看詹董，詹董一句話不吭。看詹董不說話，小琪一臉訕訕的表情，沒再多說。看完預展，兩個人和藝術顧問坐在附近的咖啡店討論。小琪本來以為討論的話題會是藝術、美學、風格之類的大學問，不想從頭到尾，話題全圍著市場的八卦轉——哪個藝術家的油畫公開拍賣的成交值多少錢，哪個知名大畫廊聯手哪些金主，準備開始炒作哪個新進藝術家，敲定了歐洲哪些美術館的展覽……

總之，重點是誰漲了誰又跌了，誰賺了誰又賠了。小琪聽不明白誰是誰、更不知道哪個畫廊、哪個富豪又是怎麼回事。從頭到尾，只聽得到錢錢錢錢錢錢……噹噹噹地響著，聽得她越聽越無趣，哈欠連連。

詹董不太有自己的主張。藝術顧問說這個藝術家，歐洲富豪排隊爭著搶畫，一畫難求，詹董便在目錄上打一個大勾。藝術顧問說那個藝術家又因為亂搞金主的女人，得罪了主力，聯手他的朋友放空那個藝術家的作品，不建議買進，詹董便把原先打勾的地方打上一個大大的叉。

拍賣會就在當晚，詹董和小琪被奉為上賓，安排坐在拍賣會第一排。坐第一排的人全都光鮮亮麗，小琪一個也不認識。看著第一排的人熟絡地打招呼、寒暄，小琪心想，或許光鮮亮麗的人都彼此認識吧。正百無聊賴時，右邊坐進來一個女明星，看了小琪一眼，掂量了一下小琪，不微笑也不打招呼，坐了下來。女明星小琪有印象，她老公是小琪高中時代最迷的男偶像。當時娛樂版連續三天頭條都是他們婚禮的消息——小琪簡直恨透了她。

看小琪無精打采，詹董讓小琪把拍賣的號碼牌拿在右手，一手拉著小琪的左手。輪到詹董打勾的藝術品上場拍賣，詹董就捏小琪的手。詹董一捏，小琪立刻就舉號碼牌。

本來小琪還覺得好玩刺激，不過詹董小心翼翼，連拍了幾幅畫沒得標後，開始變得有些無聊。

「剛剛只是舉舉手，熱熱身。」詹董附到她耳邊說：「好戲在後頭。」

拍賣進行到第十八個標的，工作人員拿出一幅奈良美智的小號油畫——上面畫了一個雜誌上常常出現，看起來有點邪惡的大眼睛娃娃，預估價兩百萬到兩百五十萬元港幣。小琪瞥了一眼詹董手上的目錄，打了三個勾。

拍賣開始，拍賣官才喊第一個價，光是現場就有幾十隻手舉了起來，還不說電話線上的。喊到兩百萬港幣時，詹董捏了捏小琪的手，小琪連忙舉牌。

拍賣官一路往上喊價。詹董一直捏著小琪的手，小琪手上的牌就一直舉著不放。喊到三百萬時只剩下稀稀落落幾隻手。眼角餘光瞄見右手邊的女明星也舉著手，小琪興致全來了。拍賣價喊上四百萬元時，全場只剩下她和那個女明星還高舉著牌子。小琪用力地抓住詹董的手，就怕他鬆手。拍賣官連喊了兩個價，小琪還是舉著。標價到達四百五十萬時，那個女明星終於放棄了。

拍賣官望向接電話的工作人員，工作人員搖了搖頭。

拍賣官落錘時，小琪注意到身旁的女明星轉頭看了她一眼。那一刻，小琪覺得過癮極了。她這輩子從沒想過自己會坐在她身旁，更不用說在拍賣會的時候修理她。

隔天他們從香港飛回臺北，回到家中，詹董從行李中神秘地拿出一個用牛皮紙袋包紮得密密實實的包裹交給小琪，他說：

「謝謝妳幫我在香港拍到這麼多好畫，這是我一點小小的心意。」

小琪拿剪刀仔細剪開包裝，發現竟然是那天她在預展看上的那幅草間彌生的南瓜版畫，差點尖叫起來。「那天我沒舉手，怎麼會有這幅版畫？」

「給妳一個驚喜啊。」

「藝術顧問不是說版畫沒什麼增值空間？」

「送給妳的是禮物嘛，又不是投資。」

小琪和詹董分房睡，草間彌生的版畫就掛在小琪的房間。一早小琪睜開眼睛就看見窗外的陽光射進來，照著大大小小黑色圓點的金色南瓜，閃爍著瑰麗的色彩，莫名其妙就覺得開心極了。

隨著蜜月日期一天一天靠近，小琪心情變得有點煩躁。愛一個人愛到願意犧牲一切的熱情，小琪可以理解。但恨一個對你好的人恨到非殺他不可的理由，小琪卻一點把握也沒有。

她常常問自己，就這樣和詹董平庸、富足地過上一生，難道不行嗎？

詹董安排私人病房和婦產科權威吳院長給小琪做產檢。做完超音波之後，吳院長宣布小琪肚子裡的孩子是男嬰，詹董欣喜若狂。慎重起見，吳院長建議小琪順便做羊膜穿刺，以及基因晶片檢查。

「基因晶片可以檢驗出將近五百種左右的基因異常問題。」吳院長說：「一方面妳也三十四歲了，另一方面詹董年紀也不小，我建議還是做了比較安心。」

看見詹董一直點頭，小琪也不好拒絕。

穿刺沒有想像中可怕，儘管痛的感覺還是有的，但感覺和打針差不多，整個過程不到一分鐘就結束了。

穿刺做完後小琪開始覺得頭痛、噁心，在吳院長和詹董的堅持下暫時住進醫院觀察。

住院那幾天，詹董每天都來看小琪。有時候一天甚至來了三次，每次來都是笑盈盈的表情。報紙每天沸沸騰騰刊載著詹董惡意併購超邁的煙硝戰火，小琪雖不過問，但詹董對她殷切的關心，她心裡有數。

出院前一天，詹董帶著任希群律師出現在小琪病房，他笑咪咪地向小琪介紹：

「任律師是我高中同學，也是我最信任的朋友。財務上的任何問題，妳都可以找他商量。」

任律師拿著一份和詹董事先商量好的遺囑，當著小琪的面前唸了一遍，讓詹董一字一字地抄寫了一遍，慎重起見，還特別請了法院委任的公證人來做公證。

辦完手續，送走公證人之後，詹董起身如廁，病房只剩下任律師和小琪。

「妳很幸運。」任律師語重心長地說：「我覺得詹董把對自己前妻和孩子心中的虧欠都彌補到你們母子身上了。」

同一天，小琪收到了顧厚澤的簡訊，他決定和她一起上船動手殺掉詹董。距離蜜月郵輪出發只剩兩天。顧厚澤的簡訊寫得意志堅定，小琪的內心卻動搖到了極致。

出院那天，詹董和吳院長一早就聯袂過來病房看她。吳院長忽然拿出一份DNA親子鑑定書，請小琪簽名。

「DNA親子鑑定？」小琪一臉訝異的表情看著詹董。

詹董雲淡風輕地說：「既然羊水都抽了，就順便做吧。血我剛剛也抽了。」

「你懷疑小孩不是你的？」

「這是昨天任律師建議的。他考慮到萬一出了什麼狀況，有這個證明對妳和孩子比較好。」詹董補充說：「律師嘛，妳也知道，想的總是比較多。」

吳院長笑咪咪地說：「結果一出來，我們立刻以雙掛號信函密封，寄到府上給你們兩位。妳放心，這份鑑定是雙盲測試，除了我以外，沒有人知道結果。至於我，不管結果是什麼，法律上我都有保密責任的。」

情勢至此，小琪知道自己根本沒有說不的空間。「報告什麼時候出來？」她問。

「大概一到兩個禮拜。」吳院長回答。

差不多也就是他們的蜜月旅行結束之後——簽名時，小琪忽然明白，這幾個禮拜以來，一切的猶豫都是多餘的。

情勢根本沒留給她任何選擇的餘地。蜜月結束時，詹董非死不可。

4

儘管詹董本人未曾正面承認收購超邁的意圖，併購的傳言卻不曾間斷，搞得市場硝煙四起。這頭市場派指責公司派持股太低，那頭公司派又指責詹董過去諸多違反證券交易法的不良紀錄，根本無心經營公司……每天報紙上沸沸揚揚都是超邁的新聞。

股價一路爬升，很快漲回三十元，氣勢如虹。毅夫賣了幾張股票，不但幫心彤把賣給二手商的包包都買回來，還帶著心彤去挑拍婚紗照的禮服、婚紗。

行情一好，會議室就難得見到阿不拉的人影了。偶爾阿不拉出現，大家紛紛圍過去熱絡地問東問西。

「乾爹，我的投資好不好？」心彤拉著阿不拉的手嬌聲嬌氣地說。

「好，好，妳的投資好得不得了，賺12%了。」

「什麼時候下車？」心彤問。

「引擎才發動呢，下什麼車？」

下次見到阿不拉時，心彤又問。阿不拉說：「賺15%了。」

「這次怎麼那麼慢？」

「不慢，不慢，15％已經很多了。」

拍攝婚紗當天，心彤和毅夫隨攝影組移動到老式日本房子拍攝。中午休息時間，兩個人領了婚紗公司準備的便當，坐在日式房子的榻榻米用餐。毅夫拿出手機看了一下股票的盤勢，問心彤：「妳知道到現在為止我們賺多少錢了嗎？」

心彤搖頭，心想，最多不過就是十幾％。

看心彤沒接腔，毅夫說：「我們已經賺了八百四十萬元了。」

「多少？」心彤嚇了一跳。

「八百四十萬。」

「不是才漲十幾％嗎？」

「是啊，我們本錢六千萬，十幾％八百多萬沒錯啊。」

心彤放下了便當盒，發了一下愣。她一個月的薪水五萬塊，八百四十萬她得賺一百六十八個月——將近十四年才行。換成一百萬元一個的愛馬仕包，八個還有找。

攝影助理捧著電腦把心彤從思緒中拉回來。「要先看看剛拍的照片嗎？」

「好啊。」毅夫興高采烈地說。

心彤收拾了便當盒，湊過頭來一起看。照片拍得唯美浪漫，電影劇照似的。從小到大，心彤不知道憧憬過多少次，自己穿著婚紗出現在這樣的畫面裡。照理說她應該非常陶醉才對。可是莫名其妙地，賺錢的感覺就是滿滿地占住了她的感覺，揮之不去。那種衝擊既夢幻，又真實。相形之下，照片裡那些甜甜美美、朦朦朧朧的感覺，似乎都被比下去了。

毅夫口風不緊，朋友全買了超邁。股價狂飆，不只毅夫資產增值，朋友們也都雨露均霑。連續幾天，毅夫都從日本築地空運當日新鮮海鮮，呼朋引伴到日式餐廳大快朵頤。

每次餐會介紹心彤，毅夫都特別強調她是詹董的主任秘書。心彤不以為然地說：「你這樣介紹我，別人還以為我有多少內線。他們要是問我超邁的事，我怎麼回答？」

「妳就老實回答，妳什麼都不知道。」

「你把我捧得高高的，就是為了讓我丟臉？」

「哎呀，妳不知道啦，妳越這樣說，他們越覺得妳一定有『真正』的內線。」

果然這樣一介紹，毅夫的朋友全都來跟心彤遞名片，套交情。

碰到有人打探詹董的意向，心彤就老實說：「詹董好久沒進辦公室，我知道的也都是看報紙的。」

朋友都說心彤口風太緊。毅夫連忙紅酒在一旁陪道歉。「抱歉噢。公開場合，諸事不便。大家乾杯、乾杯，有好事小弟一定不會忘了大家。」

毅夫有情有義，朋友也不遑多讓，各式感恩大餐、有福同享大餐、全民團結自強大餐紛紛出爐。從北義大利空運來的松露、南法空運來的鵝肝大餐、西班牙的伊比利火腿……各式山珍海味，酒池肉林，夜夜笙歌不斷。

股價繼續漲，頂級酒莊的紅酒就開個不停。心彤用手機的ＡＰＰ掃描紅酒標籤，發現眼前的紅酒每瓶少說上萬元身價。想到一口就吞下了上千元紅酒，心彤簡直瞠目結舌，心想著，要是能直接換成現金該有多好。

毅夫為了女朋友和母親鬧彆扭已經不是第一回。為了討好心彤，毅夫的朋友「大嫂」長、「大嫂」短地開始稱呼心彤。最初心彤聽著覺得彆扭，客氣地說：「還早呢。」

大家看心彤一臉喜孜孜的模樣，叫得更是殷勤了。股價一路狂漲，很快突破四十元大關。毅夫的朋友刻意湊錢包下餐廳，辦了「四十感恩大會」。特別從日本情商三星廚房的主廚來臺親自掌廚。當天頂級大吟釀、修道院啤酒、香檳、白酒、紅酒更是一瓶接著一瓶。宴會最高潮，華格納的結婚進行曲響起。毅夫和心彤被拱上臺。

「沒有大嫂，大家有沒有今天？」好友小巴抓著麥克風在臺上激昂慷慨地問。

「沒有。」

小巴高喊：「大嫂、大嫂、大嫂——」

大家也跟著喊：「大嫂、大嫂、大嫂——」

小巴高舉酒杯說：「來，大家舉杯，祝毅夫和大嫂永——浴——愛——河。」

「永——浴——愛——河。」

「聲音不夠大。我們再來一次，祝毅夫和大嫂怎麼樣？」

「永——浴——愛——河。」

心彤和毅夫深深一鞠躬。心彤接過麥克風說：

「大家盛情，無以回報。今天就唱首歌，獻給大家。祝大家財源滾滾，滾滾財源，滔滔不絕。」

隨著伴唱帶音樂，心彤開始唱起歌來。

在直銷大會似的激情氛圍中，看著大家盡情歡笑、乾杯，心彤感觸良多。一時之間，她忽然有點能夠理解那個紙醉金迷的世界真正迷人之處了。一個金錢物質無虞匱乏，人與人互相祝福、盡情歡笑的世界──儘管知道是個瘋狂又虛幻的夢，卻沒有人願意醒來。

那天兩個人都喝得過頭了，踉踉蹌蹌走在馬路上，毅夫對心彤說：「到今天為止我們一共賺了多少，妳知道嗎？」

「不知道。」

「超過一千萬了。」

心彤忽然說：「一千萬很夠了。你把股票賣掉，本錢還你媽吧。」

毅夫沒接腔。走了幾步他說：「要不然，妳去問問阿不拉吧。」

連著好幾天心彤都沒見到阿不拉進公司，股票一直在四十元上下多空交戰。心彤讀到報紙報導證管會要調查超邁股票不正常漲跌的消息，一顆心七上八下的。好不容易終於見到阿不拉來會議室，立刻纏著阿不拉問一堆問題。

阿不拉神秘地笑著，對心彤說了一個故事。

「妳知道柔道選手有種技巧叫鎖喉嗎？」他問。

心彤搖頭。

「所謂的鎖喉，就是用手掌抓住衣領，勒緊脖子。被鎖喉的人無法及時反擊，又喘不過氣來，只好投降。」看心彤點頭，阿不拉又說：「詹董對我說，他以前柔道比賽一旦被鎖喉，第一個念頭就是把投降的念頭徹底拋棄。寧可昏倒，也決不投降。」

「我不明白，這樣做的意義是……」

「鎖喉時，對手考驗你窒息的極限，你也考驗對手耐力的極限。當你快昏厥時，對手也快撐不住了。詹董說，每次他都狠狠地瞪著對手，讓對方感受到他求勝的意志力。你很痛苦，他更痛苦。那時候，較量的就是誰有更能承受痛苦的意志力。他等待機會，直到對方撐不住了，意志開始動搖的瞬間，用手肘傾全力一擊，扭轉情勢。」

「詹董昏迷過嗎？」

阿不拉笑了笑。「就我所知，沒有。」

「你是在暗示我，詹董一定會繼續買超邁的股票，是嗎？」

「剛剛只講了鎖喉的故事，其他我可什麼都沒說。」

回家後心彤把阿不拉說的故事一五一十又跟毅夫說了一遍。毅夫得意洋洋地說：「我就說吧，擔心什麼？詹董這個人不會這麼容易就認輸投降的。」

隔天心彤接到詹董從基隆港打來的電話，說是需要補充心臟藥物，請心彤幫忙。心彤放下電話立刻趕往詹董指定的藥房買藥，請公司派車，火速前往基隆港。

抵達基隆港時，旅客已經開始陸續登船了。

詹董看見心彤很高興，對著小琪介紹說：「這就是婚禮那天歌藝震驚全場的潘心彤小姐。」

「我知道。」小琪說。

「她現在是董事會的主任秘書，以後就是自己人，公司有什麼事妳都可以直接找她。」

心彤對小琪點了點頭。「夫人好。」她注意到小琪的肚子比之前大了些。

小琪也點了點頭。「叫我小琪就好。」

「小琪姐。」心彤又重新叫了一次。

詹董問了心彤一些辦公室的近況，還跟她話家常。聊了一會兒，心彤忍不住問詹董：「詹董，我看到報紙，說證管會約談你。」

「那個啊，沒事。」詹董笑著說：「我跟孫副主委是老朋友了，喝喝咖啡，話家常。」

「是噢，」心彤說：「昨天我問阿不拉超邁股價還會不會漲，結果他什麼都沒說，只講了你柔道比賽的故事。」

「什麼柔道比賽的故事？」

「鎖喉的故事。」

「哈哈，那是我跟阿不拉胡扯的。妳聽聽就好，別當真。我才沒有那麼不知死活。」詹董意味深遠地笑了笑，又問：「妳也進場了吧？」

心彤點點頭。

「有賺到錢嗎？」

心彤又點點頭。

「哈哈哈，」詹董笑著說：「有賺錢就好，可別太貪心噢。」說完勾著小琪的手，轉身上船。

「蜜月愉快。」

詹董聽見了，回頭過來，開心地說：「謝謝。」

船出發時，詹董和夫人都站在甲板上。心彤也開心地站在碼頭上，仰頭跟他們揮手送別。心彤一直記得他們兩個人當時揮手的樣子，還有臉上洋溢的笑容。

回家後，心彤把在碼頭和詹董的對話一五一十地告訴毅大。「股票我看還是賣了吧。」她說。

「詹董叫妳別太貪心，又沒叫妳賣。」毅夫有不同的解讀，他想了想，告訴心彤：「看著吧，我相信後面一定還有一大波漲勢的。」

5

小琪摸出手機，Wi-fi的訊號已經連上了。她鍵入：

一切就緒。

前方就是通往樓下船艙的樓梯出入口，小琪靜靜地等待著。遊輪在海面上安靜走著，引擎的聲音低沉而單調。更遠，是黝黯的海面延伸到模模糊糊的海天交界處。

一會兒，回應來了。

收到。

月牙兒已經完全隱沒到雲層深處，星空變得暗淡無光。深秋的天氣早晚溫差大，沒幾個小時前還熱熱鬧鬧的游泳池，現在剩下了風的聲音在空蕩蕩一片的廣場迴盪著。

一會兒，樓梯間的鐵門被打開，一道錐形的光透了出來。一個罩著帽兜的人走出來，擋住了光。他小心翼翼地關上門，四下又恢復了原先的陰暗。

小琪衝過去，緊緊地抱著他，就在陰暗中激動地吻他。

「我愛妳。」顧厚澤說。

「我也愛你。」

商店街大部分的商店已經關門，只剩角落幾家異國風情的酒吧、音樂沙龍裡頭隱隱約約傳出笑鬧聲，小琪走向電梯間，按了呼叫鈕，走進電梯裡。

順利的話，五分鐘之內，詹董應該會被推到海裡去。等小琪回到船艙拿了外套，再回到甲板上開始嚷嚷的時候，一切應該已無可挽回了。

電梯下降到海景套房樓層，門一打開，就看到櫃檯的印尼籍服務人員。

「嗨，詹太太。」她笑臉盈盈地用英文問候她。

小琪用不太流利的英文回答：「對不起，我忘了鑰匙，妳能幫我開門嗎？我得幫我先生拿件外套。」鑰匙就在小琪身上，但她需要有管家做她的不在場證人。

「當然。」管家領著她走到房間門口，熱心地打開大門，退出房間。

小琪從行李箱找出自己的外套披上，又找出詹董的外套。她在房間的沙發椅坐了下來，又看了看手錶。

全速行駛的船要停下來並不容易。就算遇到緊急狀況而真停下來，光是掉頭再回到詹董落海的地點，少說也要花半個小時以上。在這樣冰冷的黑夜裡一旦落海，等船回頭，就算真的找到人打撈上來，恐怕早變成一具屍體了。

小琪拿著詹董的外套起身往外走。走在長廊上，她感覺到似乎有些什麼不太對勁。又走了幾步，才驀然發現，引擎聲似乎停了下來。

「妳注意到遊輪引擎好像停下來了嗎？」小琪問櫃檯的服務人員。

「這時候不應該停下來的。」服務人員也覺得奇怪。

小琪二話不說，連忙搭著電梯往甲板的方向趕過去。

小琪快步穿越商店街，爬樓梯上頂樓。推開鐵門時，她注意到甲板燈光變亮了。船尾方向似乎有工作人員影影綽綽地走來走去。

小琪三步併作兩步連忙往船尾方向疾走過去。繞過游泳池，穿越星空廣場，又轉了個彎，燈光變得亮晃晃地。船舷旁，一艘救生艇正被緩緩地放下來。巨大的探照燈，對準海面探照著。

「發生了什麼事？」小琪攔住一個不良於行的船員，用英文問他。

「有人落海了。小姐，妳不要過去……」

「我先生剛剛在那裡——」小琪面露慌張表情，上氣不接下氣地奔跑過去。工作人員愣了一下，轉身也跟在小琪後頭。

迎面的是一群圍著在討論的工作人員。一見到小琪跑過來，一個工作人員轉身阻止她：「小姐，這裡發生了一些意外——」

一跛一跛追趕上來的船員連忙說：「落海的是她先生——」

另一個年紀較長的男人示意讓小琪加入。他說：「妳好，我是船長。妳說落海的是妳先生？」

正要回答，小琪赫然發現被包圍在人群中的人竟然是詹董。一時之間，小琪有點愣住了。

「小琪。」詹董叫她。

「你們認識？」船長詫異地問。

小琪反應過來了，連忙抓著詹董的手說：「他是我先生。」

「落海的不是妳先生？」

詹董點了點頭。「我看到那個人，爬上了……那裡……」他指著甲板旁的欄杆，「我要阻止他，可是來不及了。」他餘悸猶存地指著身旁另一個人，「他也看到了。」

順著詹董手指的方向看過去，那個人正是顧厚澤。一接觸到顧厚澤的視線，小琪立刻避開了。

她知道顧厚澤有話想對她說，但現在他們只能裝出互不相識的模樣。

「沒別的機會了。明天一早船就抵達日本了。」顧厚澤的聲音從船艙的電話中傳來：「我把安眠藥放在游泳池吧檯的日光燈座底下，妳摻在飲料裡面讓他喝。等他昏睡之後，再把他拖到陽臺推下海。」

艙房內，浴室門內傳來詹董淋浴的水聲。

「弄昏之後你要過來嗎？」小琪問：「我一個人沒辦法把他推下去。」

「監視器會錄到我的。妳得想辦法自己把他推下去。」

「到時候警察來了，我怎麼解釋？」

「妳就說妳睡著了，他半夜起來夢遊、閒蕩……妳根本不知道他什麼時候落海。」

「萬一他們找到他的屍體，發現他被下了藥，怎麼辦？」

「他半夜落海，妳隔天發現他不見了才報案。誰找得到他的屍體？」

「可是我去游泳池拿藥，監視器錄到我，到時候怎麼自圓其說？」

「吧檯那邊沒有監視器，我勘察過了，不過通道附近的監視器會錄到妳。將來萬一有人問，妳就說妳剛剛散步時掉了東西回去找。」

浴室那頭有些動靜。「我得掛電話了，」小琪說：「還有，別再打電話了，我們簡訊聯絡。」說完掛斷了電話。

浴室門打開，詹董穿著一身浴袍，從煙霧中走出來。「洗個熱水澡真好。」他邊擦著溼頭髮，邊走過來。「妳在跟誰講話啊？」

「我打電話請room service送消夜和紅酒過來。」

「真難想像這種天掉到水裡去的滋味。」詹董若有所思地說：「我剛剛想起來了。落海那個人應該就是賭場坐我那桌的那個人。他輸了一大疊籌碼，十萬美金有吧，不甘心，又換到隔壁桌，好像又輸更多。會不會是輸了錢，想不開……」詹董若有所思地說：「為了這麼些錢連命都沒了，還真不值得。」

「是啊，真不值得，為了這些錢。」小琪若有所思，她披上了外套，淡淡地說：「我的房卡好像掉在甲板那邊了，我去找一下，馬上回來。」

「妳請他們給妳換個新的不就得了。」

「沒關係，我去找一下，應該就在吧檯附近。」

小琪披了件外套，打開房間大門，正要往外走，聽見手機響了。

「吳院長，你好。」詹董接起了手機

一聽到吳院長，小琪的心臟抽搐了一下。她猶豫了一下，輕輕把門帶上，迅速走到櫃檯，拿起櫃檯的電話，撥電話到顧厚澤的房間。

顧厚澤一接起電話就問：「藥拿到了嗎？」

小琪掩著嘴巴，對著話筒急急忙忙地說：「剛走出房間時，聽見婦產科吳院長打電話給他。」

「婦產科吳院長？」

「除了親子鑑定結果之外，這時候吳院長沒有道理打電話給詹董。怎麼辦？」

顧厚澤那邊沉默了幾秒鐘。「妳房卡帶在身上嗎？」

「帶著。」

「妳現在就回去刷卡進門，直接找個東西把他敲昏。」

「他要是反抗怎麼辦？」

「衣櫥裡面有熨斗。妳一進門就打開衣櫃找熨斗，抓住熨斗對準他頭部用力敲。妳只有一次機會，千萬不能讓他還手、不能讓他大叫，知道嗎？後續的動作都跟原先的計畫一模一樣。」

小琪猶豫著。「有沒有可能吳院長打電話不是跟他說這件事？」

「妳沒有時間確認了。」

小琪沒接腔。

「我們一切的努力就為了這一刻啊，別猶豫了。」

掛斷電話，小琪轉身回頭往房間走。她顫抖著手，取出房卡刷門禁，就在門禁亮起綠燈時，房間內忽然傳來一聲巨響。小琪連忙打開大門，赫然發現詹董趴倒在沙發前的地上，額頭撞出了一道傷痕，流著血。

「藥。」詹董全身冒冷汗，蹙著眉頭，虛弱地說：「在浴室，換洗衣物裡。」

小琪連忙跑回浴室去，翻找詹董的衣物，很快找到了那瓶硝酸甘油舌下片。看著那瓶藥片，小琪猶豫了一下。

念頭一轉，她打開瓶蓋，把藥物全倒進抽水馬桶，按沖水鈕。

小琪裝出翻箱倒櫃的模樣，弄出各種聲音之後，跑回詹董身邊，問他：「找不到啊，不在你的衣服裡面。」

詹董眉頭深鎖，只是搖頭，撫著胸口直冒冷汗，嘴巴似乎還嘟囔著什麼重要的事，但小琪聽不清楚。沒一會兒，詹董就不省人事了。

她搖晃了詹董幾下，一點回應也沒有。

一連串的意外狀況讓小琪有點手足無措。她起身來回踱步，又拿出手機撥電話給顧厚澤。

「怎麼辦？」小琪說：「剛剛才進門，就發現他心臟病發作倒在地上，他要我拿藥，我故意不給他，現在已經昏迷不省人事了。」

「妳確定他不省人事？」

「我搖過他了，沒反應。」

「妳用手在鼻子前感覺一下，還有呼吸嗎？脈搏呢？」

小琪照做。「有呼吸，但脈搏很弱、很快。」

「那好，妳先別慌，照原定計畫，把他拖出陽臺，推到海裡去。」

小琪看了詹董一眼。「可是，」她說：「我剛剛叫了客房服務的人送消夜，他們可能隨時會到。」

顧厚澤想了一下。「妳仔細聽我說。趕快去浴室找條毛巾，弄溼，蒙住他的鼻子和嘴巴，別讓他呼吸。」

「你要我悶死他？將來萬一警察過問，怎麼辦？」

「他現在心臟打不出血液，全身缺氧，沒有人能分辨到底是心臟病發作，還是被妳悶死的。客房服務的人要是來了，妳就說他心臟病發作了，趕緊求救。否則，要是時間允許的話，妳一樣把他丟到海裡去。明白嗎？」

小琪掛斷電話，慌慌張張衝進浴室拿了一條毛巾，打開水龍頭沖水泡溼，走回客廳來，蹲了下來。看著詹董蒼白的臉，小琪做了一個深呼吸。

餐車輪子發出咕嚕咕嚕的聲音。

服務人員邊哼著歌邊把餐車推到了門口。他按了門鈴，但沒有人應門。等了一會兒，還是沒有人應門。

他又按了一次門鈴。還是沒人應門。

他打了個電話給組長，確認房號沒錯之後，又按了第三次門鈴。「客房服務。」他喊著。

正打算把餐車推回客房部時，門被打開了。

一個女賓客驚慌地說：「我先生心臟病發作了，他需要醫師。」

6

直升機在深夜的海面上空行駛了約莫四十分鐘後，終於降落日本福岡機場。他們把詹董推上救護車，一路閃著紅燈依噢依噢地直奔醫院。

抵達急診室時，門口已經等著一群專業的醫護人員。他們在詹董全身吊掛點滴、氧氣筒，又注射各種藥物，把他推進這個房間做這個檢查，又從這個房間推出來，再送到那個房間做那個檢查。等詹董差不多做完了所有的檢查，被安置在加護病房時，窗外的天空已經泛著魚肚白了。

一個日本主治醫師帶著另外一個小醫師以及護士從加護病房疲憊地走出來。護士拉下口罩，用中文喊著詹先生家屬、詹先生家屬。小琪立刻走上前去跟他們點頭致意，主治醫師也摘下口罩跟小琪解釋病情。不熟悉的醫學名詞加上護士不流利的中文翻譯，小琪理解得有限，聽得出大意是心肌梗塞，情況危急，必須在加護病房治療與觀察。

「他會醒過來嗎？」小琪問。

醫師表情看起來不樂觀。他嘟囔著一串日文，翻譯的護士說：「我們盡力而為，但家屬要有心理準備。」

小琪沒有問什麼心理準備，只是肅穆哀戚地點了點頭。

「醫療費用不少，沒有問題嗎？」醫師問。

「沒問題，」小琪說：「錢，我們很多。」說完才覺得好像不太得體。

醫師點點頭，轉身正要離去，被小琪叫住了。「我先生的病情可以暫時保密，不要告訴任何人嗎？」

日本醫師露出一臉很能理解的表情，用英文說：「當然。」

天色越來越亮。小琪一個人坐在家屬等候區，舉棋不定。

電話上，小琪轉述日本醫師的說法讓顧厚澤知道。

「妳通知公司了沒有？」顧厚澤問。

「沒有。」

顧厚澤那頭沉默了一會兒。「如果這樣默不作聲，等人死了忽然通知公司，他們應該會懷疑吧？」

「可是吳院長那通電話……」小琪說：「萬一通知了公司，人來了，他也醒了，我們一切的努力不全部泡湯了？」

顧厚澤沒說話。

「且戰且走吧。」小琪說：「你按照原定計畫回臺灣吧，這裡我一個人就可以。我們保持聯絡。」

十點鐘，加護病房開放探視。小琪走進加護病房探視詹董。大大的氧氣面罩罩著他的半張臉，嘶嘶地發著氣體流動的聲音。小琪注意到他的手、腳全都水腫了，摸起來冰冰涼涼的。

護士小姐把詹董身上的衣物以及隨身手機、皮包都交給小琪。一一把東西都塞進皮包時，小琪注意到詹董手機上有阿不拉的簡訊：

老大，今天有什麼指示？

小琪靈機一動，跑回詹董病床旁，用詹董的手機撥了視訊電話給阿不拉。

視訊一接通，螢幕才傳來阿不拉的影像，立刻就聽見他說：「是，董事長，有什麼指示？」

小琪對著鏡頭說：「我是周曉琪。」

阿不拉在電話那頭稍稍愣了一下。「夫人好。」

「董事長昨天心臟病發作了，現在人在日本福岡的醫院加護病房。」

小琪聽見阿不拉的聲音喃喃地唸著：「怎麼會這樣？昨天跟他通話時人還好好的。」

小琪把鏡頭對準詹董一會兒之後，又把鏡頭拉回來。

「昨天晚上在船上，他洗完了澡，突然發作，連忙聯絡直升機送到這裡來。情況很不樂觀。」

阿不拉一句話都說不出來。

「前幾天他跟我說過，他打算出清超邁股票的決定。」

「是。」

「全部出清還需要多久時間？」

「很難說。這要看盤勢。」

「你盡快出清吧，少賺一點也沒關係。詹董這邊能撐多久，我沒什麼把握。」

阿不拉沉默了一下，似乎還在消化這突如其來的消息。過了一會兒，才說：「再給我兩、三天時間吧。」

「嗯。還有。詹董發病的消息，公司的人還不知道，你千萬別走漏消息。」

「這我懂。」阿不拉想了想，忽然問：「之前詹董交代過，這次操作要和錢麗華董事那邊同進出，是不是也知會她一聲？」

「你覺得有必要嗎？」

「我建議還是知會她一聲比較好。」

小琪想了想說：「好。但詹董病發的事，在你出清股票之前，無論如何都要保密，包括錢董事。」

「明白。」阿不拉說。

掛斷了手機，小琪安靜地在詹董床前又坐了一會兒。

現在她有一個不通知公司詹董病倒的好理由了。這一切都是詹董清醒的時候交代的，她只是忠實地執行。

放下阿不拉的電話，錢麗華立刻交代唐主秘趕快去處理賣超邁股票的事。她試圖撥電話給詹董確認這件事，可是詹董沒有接電話。她覺得事情怪怪的，可是到底怪在哪裡，她也說不出個所以然。

唐秘書才離開辦公室沒幾分鐘，又走回來了。「賣股票的事，毅夫那邊要不要也通知他一聲？畢竟他拿走的是公司的錢。」

錢麗華想了想，搖搖頭說：「該吃的苦頭，就讓他吃吧。」

急診室每四個小時開放一次，每次小琪都進去看詹董。詹董的病情一直沒有起色。有一次進加護病房，正好遇見主治醫師在更改醫囑，給詹董換抗生素。

透過翻譯，醫師說：「這是最後一線、最強的抗生素了。燒沒退的話，就無計可施了。」

隔天，詹董還是發燒。主治醫師說：「他的心臟衰竭，肺部、腦部有水腫，血液裡到處都是細菌。妳最好有心理準備，可能就是這幾天的事了。」

小琪準備了一本記事簿，把每天進去看詹董的時間、情況、醫師講的話全都記錄下來。她還在醫院附近的旅館訂了一個房間，讓郵輪公司的人把行李送到旅館去。除了晚上回去休息外，整天都守在醫院加護病房外頭的家屬等候室。

每天收盤，阿不拉都會打電話過來詹董手機跟小琪做報告。第四天，收盤時間還不到，詹董的手機就響了。小琪接起電話，阿不拉氣喘吁吁地說：

「整個市場都在傳說詹董放棄超邁了。一開盤股票就跳空跌停，一路長黑，現在整個市場都是恐慌性賣壓……我這邊還剩下將近一成還沒賣掉，剩下的我可能要花一點時間處理了。」

「你辛苦了。詹董知道的話，一定會很高興的。」

「他情況還好嗎？」

「不好。」小琪直截了當地說。

阿不拉不知道該說什麼。最後只說：「夫人，妳自己多保重。」

「嗯。」

詹董的狀況越來越差。主治醫師甚至沒多解釋病情，只問：「該通知的家屬親人，都通知了嗎？」

「通知了。」小琪說。

主治醫師離開之後，小琪叫詹董：「謙仁，謙仁。」他茫然看著前方，眼神裡面有種無法形容的孤絕與迷茫。她又更大聲叫他，狠心掐他手臂，但他只是微微地縮了縮手，嘴巴發著無法辨識的聲音。

聽著心電圖監視器嘟嘟嘟地發出又急又壓迫的聲音，小琪有種篤定的感覺，知道他再也不可能醒過來。

現在她已經沒有不通知公司的藉口——也不需要了。

她起身走出加護病房，拿出手機撥電話給任律師。

7

聽到黃總經理通知詹董在郵輪上發病的消息，並且指示種種緊急安排時，心彤一時還沒反應過來。

「怎麼會這樣呢？」她說：「出發那天，詹董還叫我買了心臟病的藥，送過去基隆港給他。」

「現在說這個也沒有用了。」黃總經理說：「記者會的事我辦公室的汪秘書已經在處理了，妳這邊全力準備後天臨時董事會的事吧。有什麼問題隨時回報。」

掛斷電話，心彤坐在座位上發了一下愣。

三天前，股票開始爆出巨量上下震盪時，她心中就曾閃過不祥的感覺，那時還曾為了這個特地打電話給毅夫。毅夫還一副專家的口吻說是換手整理，沒什麼好大驚小怪。沒想到股價隔天又繼續下跌，毅夫自己也覺得有些不對勁，要她趕快去問阿不拉，阿不拉還回簡訊說：「你們的投資一切安好。」沒想到今天就發生了這樣的災難。

手機響了，是毅夫來電。心彤接起手機。

「外面都在傳是詹董在市場倒貨，真的還是假的？」他焦急地問。

「是真的，」心彤掩著嘴巴低聲地說：「詹董在蜜月旅行途中心臟病發作了，現在人在日本醫院，已經病危，馬上就要開記者會了。你趕快想辦法在最短的時間內把股票全部賣掉。」

「我想賣啊，問題是想賣也賣不掉。怎麼辦？只差一塊錢就跌破成本價了。」

沉默持續著。

算了算詹董病發的時間，心彤恍然大悟。三天前盤勢不對時，阿不拉早已經在大賣股票了。

「繼續賣吧。」心彤說：「公司要開好幾個臨時董事會，還有好多事情得忙。我得掛電話了。」

心彤立刻召集秘書室的所有同仁。要做的事情有很多，包括律師趕赴日本的機票、交通食宿、發出臨時董事會的會議通知、準備董事會會議的議程、相關的文件、資料、列印、裝釘與發送，並且要一一通知參與會議的所有董事，並確認後天的會議有三分之二以上的法定人數出席。

分配工作後，大家分頭忙碌了起來。一整個下午，心彤都在電話、傳真以及電子郵件之間忙得團團轉。好不容易會議通知發出去了，心彤又得拿著董事名單，親自打電話給董事們確認後天是否出席開會，每確認一位，就打一個勾。

輪到錢麗華時，心彤猶豫了一下，不過還是硬著頭皮打了過去。

記者會之後，詹董病危的消息透過網路見報，查詢電話紛紛湧入。詹董的病情一日數變，總經理又在前往日本的途中，能拍板決定的人統統不在公司。接到詢問電話時，心彤戰戰兢兢，只能就記者會公關稿的內容反覆闡述。遇到無法回答的問題，她就把記者的電話轉到公關室去，過了一會兒記者又打了回來，火冒三丈地說，公關室要她回來問董事會辦公室。

隨著時間過去，事情的變數越來越多。過了下班時間，律師還在飛往日本的班機上。為了和律師確認議程細節，心彤只好留在公司等候。

股票賣掉了嗎？

她發了一個簡訊問毅夫。沒有任何回音。

儘管下班時間已過，但是電話仍然一通接著一通。到了十一點，心彤讓助理先回家，一個人留在辦公室留守。十一點半，律師通知他已經抵達福岡，登記入住飯店。心彤連忙把議程以及文件都e-mail到律師的電子信箱，等待律師做最後的確認。

趁著空檔，心彤又檢查了一下手機。原來毅夫已經打過兩通電話找她了，她連忙回電。

「我媽知道我挪用公司的錢了。」電話中毅夫說：「她發了很大的脾氣，限我三天內把錢一毛不少地還回公司，還威脅說要走法律程序，讓公司告我，還要告妳。她說要讓我們兩個人都坐牢。」

「股票賣掉了嗎？」

「一張也沒賣掉。」

兩個人都沒說話。沉默持續了一下，心彤又問：「你打算怎麼辦？」

「老實說，我也不知道該怎麼辦。」

又有電話插播進來了，是任律師的電話。「先這樣吧，我得接電話了。」心彤說。

心彤根據律師的指示做完最後的修改並且確認議程時，已經半夜一點半了。她拉開董事會辦公室的沙發倒頭就睡。整個晚上心彤都在做惡夢，她一會兒夢見自己缺了這份文件在會議中被黃總經理咆哮，一會兒又夢見臨時董事會上所有的董事都在爭吵，警察帶著手銬就站在門口要找自己和毅夫，不知怎地，吵吵鬧鬧的聲音變成了股票看板的數字，紅紅綠綠地，全在空中翻飛……

半夢半醒之間，手機響了。「喂。」她睡眼惺忪地接起了電話。

是黃總從日本打來的電話。「剛剛值班醫師告知董事長已經接近彌留狀態，隨時都可能往生。律師和我商量，覺得會議還是盡快召開比較保險。妳趕快聯絡諸位董事，看看臨時董事會能不能提早到今天？」

「提前到今天幾點鐘？」

「能提前到幾點鐘就提前到幾點鐘，」黃總經理說：「我怕他撐不過今天了。」

一掛斷電話，心彤整個人都清醒了。她看了看手錶，清晨六點鐘。這個時候打電話去找董事還太早，於是她走進盥洗室漱洗，簡單地梳了個頭，整理服裝儀容。

八點半，吃完早餐回到辦公室，心彤找出昨天那張打滿了勾的董事會名單，把昨天打過的電話，全部重新再打一次。

好不容易，心彤終於完成了總經理交代的任務，湊足了兩個董事會分別需要的法定人數。現在三位謙益投資的董事已經坐在會議室裡面了。另外還有九位弘發貿易的董事在外面的辦公室等著在謙益投資董事長之後，緊接著開下個董事會。

心彤坐在會議室長桌的左後側，操作著電腦上面的通訊軟體，並且把畫面以及會議資料都透過投影機投上銀幕。通訊軟體接通之後，鏡頭上出現了詹董躺在加護病床上的視訊畫面。他臉上罩著大大的氧氣面罩，身上是心電圖導線，病床旁全是瓶瓶罐罐的點滴，任律師以及黃總經理就擠在瓶瓶罐罐旁的兩張椅子上。

攝影鏡頭對準詹董之後，黃總經理叫喚著詹董。感覺不出來詹董到底聽到了沒有，但他虛弱地動了一下。

「臺北看得到我們嗎？」黃總經理就在詹董的床旁。

「可以。」心彤說。

「聲音呢？」

「很清楚。」

「好，我說明一下。詹董的健康狀況不佳，因此今天不列入出席。我徵得詹夫人同意，透過Skype讓大家探視他一下，順便給他加油。」黃總經理說：「七位董事之中，有三位在臺灣，我和任律師則在福岡透過視訊跟大家開會，目前已經達到三分之二的法定人數，因此我在這裡宣布，謙益投資股份有限公司的臨時董事會開始。」

時間是下午三點五分，議程已經顯示在銀幕上。議題只有一個，就是改派周曉琪取代詹謙仁身為弘發貿易公司的法人董事代表。主席迅速走完主席致辭、報告事項等必要程序，進入討論事項。

「任律師是詹董的遺囑執行人，」黃總經理補充說明，「這在他的遺囑上是清楚記載的。」

任律師點了點頭。

黃總經理讓心彤匆匆念完議案之後，詢問大家的意見。

現場一片沉默，沒有人說話。

「好，如果大家都沒有意見的話，我們是不是舉手表決？」

大家全舉起了手。

主席宣布議案通過，謙益投資正式改派周曉琪擔任弘發貿易的董事法人代表。

「如果沒有臨時動議的話，我宣布會議結束。」

黃總經理讓在臺北的心彤恭送三位謙益投資的董事離開會議室，順便把等候在外面辦公室的九位弘發貿易董事請進來，緊接著召開弘發貿易公司的臨時董事會。

錢麗華就是九位弘發貿易的董事之一。走進會議室時，心彤和她眼神有短暫的交會。心彤知道錢麗華在瞪她，但她裝作沒看到。

會議同樣由黃總經理代理主席。在更短的時間內，就通過了推舉謙益投資新任的董事法人代表周曉琪擔任董事長的議案，結束了會議。小琪把臉湊近到鏡頭前，對大家說：「謝謝大家。我代表詹董，謝謝大家。」大家恰如其分地拍了拍手，不過分熱烈，也不過分冷淡。

心彤看了看手錶，時間是三點二十三分。十八分鐘之內，幾十億資產的經營權就這樣轉手易人，感覺上非常不真實。

會議結束，心彤故意留在會議室裡面低著頭收拾視聽設備，裝出忙碌的樣子。

只聽見一陣咔噠咔噠的高跟鞋聲從遠而近，等她抬起頭來，錢麗華已經來到面前。

心彤猶豫了一下，站了起來。

錢麗華惡狠狠地看著心彤半天，咬牙切齒地說：「妳別以為妳做了什麼事我不知道。妳這個賤人、小偷。」

說完也不等心彤說話，逕自轉身走開了。

連著幾天，股價已經跌掉了將近25%，毅夫帳戶裡還剩著將近三分之二的股票套牢賣不掉。

「已經賠了兩百萬，繼續這樣跌下去，還不知道要賠多少。」毅夫放下了便利商店買回來的便當，喃喃地唸著：「還說什麼『你們的投資一切安好』。」

心彤不高興地說：「幾天前我提醒成交量異常放大時，說只是換手整理，沒什麼好大驚小怪的人是誰？」

「當初要不是認識阿不拉，怎麼會掉進這個坑？」

心彤越說越火大，「當初你賺八百多萬時，我說股票乾脆賣了吧，你賣了沒？你叫我去問詹董，詹董說有賺就好別貪心，你聽了沒？你媽不也買了超邁嗎？難道也是我害的？」

「我媽的超邁早就出脫了。」

心彤扯著嗓門說：「你媽這麼厲害，你怎麼不去問她？她要放空超邁，為什麼不告訴你？」

「我跟她關係這麼糟，還不是因為──」毅夫欲言又止。

「還不是因為什麼？你說。」看毅夫不說話，心彤提高音量又問了一次，「你說啊？」

「妳自己心裡有數。」

「原來你跟你媽關係不好是我害的。」心彤越想越氣，起身穿越客廳，打開大門。她站在門口，忿忿地指著外頭，嚷著：「既然如此，你回去跟你媽道歉，聽她的安排啊。」

毅夫起身走到門口，把門關上。「妳不要一扯到我媽就歇斯底里好不好？」

「你知道你媽今天在公司開完董事會，當面罵我什麼嗎？」心彤激動地說：「她說我是賤人、小偷，還說不會放過我。我是小偷、賤人嗎？她憑什麼侮辱我？」心彤越說越氣，「從假造學歷、工作到買房子、投資炒股票，哪一次不是這樣？哪一次你媽不是怪我？」

毅夫被心彤說得啞口無言。

心彤把門打開，「你走。」她說：「你回去跟你媽認輸，回去當她的乖兒子，不要來找我。」

毅夫把門關上。「妳何必逼我跟我媽認輸呢？」

心彤又把門打開，指著門外。「你不走的話我走。」

「逼我跟我媽認輸，妳有什麼好處？」

心彤像尊雕像站在那裡，一動也不動。

毅夫深吸一口氣，用力吐了出來之後。「好，是妳逼我的。」說著轉身走出門口。

心彤氣還沒消，衝過去站在門口對毅夫大吼：「你最好永遠都不要再回來。永遠不要再回來。」看見毅夫頭也不回，氣得砰地一聲關上大門。

心彤收拾長桌上的餐盒，把剩餘的飯菜、竹筷全丟到垃圾桶。擦完了桌面，心彤打開水龍頭彎著腰洗手。洗著洗著，她忽然覺得自己好委屈，淚水就這樣湧了上來。嘩啦嘩啦的自來水、雨滴似的淚水，心彤全管不了了，任它們聚成一股漩渦旋呀旋地，往水槽洩水孔流。

隔天，阿不拉把賣超邁的錢匯回了心彤戶頭，獲利高達將近20%。心彤把錢領出來，在辦公室連本帶利一起發給大家。現場洋溢著一片歡樂氣氛。心彤看大家嬉鬧得有點忘形了，制止同仁說：「詹董快死了，你們別太過分。」辦公室才又恢復了應有的肅穆。

退休的趙主秘難得也出現在辦公室。和同仁寒暄敘舊了一會兒之後，他把心彤拉進辦公室，神秘兮兮地問：「我聽唐主秘說妳侵占了他們公司的錢，錢麗華氣得要去告妳？到底發生了什麼事？」

「你今天專程來就是為了這件事？」心彤問。

趙主秘點點頭。「我已經是退休了的人，本來沒我的事，但我不相信妳會做這種事……」

心彤嘆了口氣，把自己跟毅夫一路走來的大小事都一五一十地對趙主秘說。聽完心彤敘述，趙主秘深思熟慮地看著心彤好一會兒。「我跟妳說句真心話，」他說：「錢董事的這個兒子，妳還是離開他吧。」

「你真這樣覺得？」

「他是不可能給妳帶來幸福的。妳乾脆離開他吧。」

心彤一句話不說，只是咬著嘴唇。她越想越委屈，眼淚忍不住流了下來。

「心彤啊，」趙主秘說：「我說這些話，出發點是為了妳好，如果覺得不中聽，還請不要介意。」

心彤哽咽地說：「主秘，謝謝你跟我說這些。」

趙主秘嘆了一口氣。「打這種官司，對妳、對毅夫、對錢董事的公司都是傷害。只要妳下定決心離開毅夫，錢董事那邊官司的事，主秘負責幫妳搞定，好不好？」

心彤擦了擦淚，點了點頭。她握著趙主秘的手說：「主秘，我真的不知道該如何感激你才好。」

心彤每天帶著兩個空行李箱上班，下班後就到河濱的房子把東西搬回原先住處。連續搬了三天，毅夫赫然出現在房子裡。

「你來幹什麼？」

心彤走進客廳，注意到電視機上方牆壁空白處，已經掛上裱框完成的婚紗照。

「他們今天打電話給我，說已經裱裝好了。」毅夫一副手足無措的模樣，「我想妳在忙，沒有通知妳，直接讓工人掛上去了。」

裱好框的婚紗照中，心彤與毅夫騎在白馬上互相依偎。看著婚紗照燦爛的笑容，心彤百感交集，一句話也說不出來。

「怎麼了？」

心彤不知道該怎麼形容，只是搖頭。「我累了。」

「我知道。其實我何嘗不是？只是，今天看到婚紗照片，我覺得自己好像被重重地敲了一下。照片提醒了我曾有的美好時光、夢想……如果妳要跟我分手，是因為妳不再愛我，對我失去了感覺，我可以接受……我真的可以接受。但如果是為了這些錢向我媽認輸，我不能接受。」說著毅夫哽咽了起來。「我都沒有認輸，我不能接受妳就這樣認輸了……」

「等等，」聽毅夫這麼說，心彤一肚子感傷忽然煙消雲散了。「誰說我向你媽認輸的？」

「唐主秘都跟我說了。」

「唐主秘又是聽誰說的？」

「當然是趙主秘。」毅夫說：「她說，我媽找趙主秘跟妳談條件，趙主秘說妳接受了。」

心彤愣了一下。「你說趙主秘來找我，是你媽的意思？」

毅夫點點頭。「難道妳不知道嗎？」

一時之間，心彤那種被背叛了的感覺又出現了。

「妳聽我說，今天我已經把所有的股票都出清了，錢明天一早就匯回去給我媽。」毅夫熱切地說著：「我不想放棄，妳也不要放棄好不好？再給我一個機會，我真的會更努力的……」

毅夫越是滿腔熱血文藝腔，心彤越覺得腦袋清醒。

「你賠了多少錢？」

「一千三百多萬。」

「這一千三百多萬元，你打算怎麼還？」

毅夫從皮夾裡面拿出一疊彩券，攤在心彤面前。

「這什麼意思？」

「記不記得我們第一次一起唱卡拉ＯＫ的那個晚上，妳贏了我一張五十塊的彩券。我問妳買彩券幹什麼？妳說買個希望啊，白痴。」

心彤拿起彩券看了看。一疊彩券共有兩百張，每張包牌一百二十六注，金額各是六萬三千元。

「朋友說這樣包牌，中獎機率較高。」

「一百二十六萬元的彩券，」心彤睜大眼睛說：「你在開什麼玩笑？」

「連同之前虧損的一千三百多萬，外加彩券成本一百二十六萬，共一千四百五十萬。下個禮拜前籌出這一千四百多萬，這是唯一的希望了。」

「要是沒中呢？」

「兩萬多注彩券，總會中的。中多少我們繼續拗多少。」

「要是輸光光呢？」

毅夫沒回答。

心彤板著臉，一句話都不說。

「真要走到那一步，我還是不會放棄。」毅夫義憤填膺地說：「那個趙主秘只是嚇唬妳罷了，我媽不可能真讓我去坐牢的。了不起我去跟我媽道歉，聽她安排乖乖去相親就是了。」

心彤被毅夫說得簡直無言。毅夫又說：「相親又怎麼樣，最壞就是回到像從前和景柔相親那樣。那時候我們那麼苦，不也撐過來了嗎？」

8

同一時間，詹董的心臟，停止了跳動。日本醫院的護士小姐細心地把詹董身上的點滴、心電圖導線全都清理乾淨。

「已經聯絡好了日本的葬儀社，一會兒就過來了。」黃總經理向小琪回報。

小琪點點頭。「我想和他單獨相處一會兒。」

黃總經理一副很能理解的表情，退出房間，關上了大門。

連著幾天在醫院煎熬下來，小琪已經疲憊不堪。但眼前詹董的手機上還有三通吳院長的未接來電。

小琪安靜地在詹董屍體旁坐著想了好一會兒。幾分鐘之後，她下定決心，回撥了電話。

「喂。」接電話的是吳院長本人。

「我是周曉琪。」

電話那頭吳院長顯然愣了一會兒，才說：「大嫂，妳好。」

「你打電話找董事長有什麼事嗎？」

「我看到報上詹董住進日本醫院的報導，特別打個電話過來關心一下。詹董狀況還好嗎？」

小琪平靜地說：「他剛剛走了。」

「走了？」

「我正在收拾他的遺物，看到他的手機上有你的未接來電……」

電話那頭，吳院長沉默了好久才說：「我真的很慶幸那天打了電話給他。到現在，我都還可以感覺到他聽到消息時那種高興的感覺。」

「我不懂你的意思。」

「鑑定報告的結果詹董沒跟妳提？」停頓了一會兒，吳院長說：「鑑定報告確認了妳肚子裡是詹董的骨肉，報告已經寄出去了。」

小琪愣住了，一句話都說不出來。

吳院長嘆了口氣，若有感觸地說：「留下這個孩子，他也不枉費跟妳一場了。」

「所以，」小琪再確認了一次，「我肚子的孩子，是詹董的孩子。」

「是的。」

小琪壓抑著激動的情緒，不知道該跟吳院長再說什麼。最後她只淡淡地說：「謝謝。」說完掛斷了電話。

「為什麼會變這樣？」她喃喃自語。

一定是弄錯了。

她得再找另一個婦產科醫師，重新再做一次親子鑑定。

小琪從皮包裡面找出指甲剪，拾起詹董的手，開始一隻手指、一隻手指替他修剪指甲。

一定是弄錯了。她心裡想著。她找出衛生紙，小心翼翼地把指甲仔細地包起來，收拾到皮包裡去。她又找出詹董額頭側面一小撮頭髮，連同毛囊一根一根拔下來。拔著、拔著，她忽然體悟到，弄錯的機會其實是微乎其微的。

手機簡訊通知響了。顧厚澤傳來的訊息寫著：

一切都順利嗎？

不是終於如願以償了嗎？一時之間，一種無可言喻的絕望，鋪天蓋地而來。「為什麼？」她喃喃地唸著。是誰對她開了一個這麼卑鄙、惡毒的玩笑呢？

一個連出手反擊的機會也沒有的玩笑。

「為什麼這樣對我——」一股無法抑遏的怒火自胸中燃起。

小琪激動地把手機往地上摔，又掃落床頭桌上所有的東西。她還氣不過，又抓起病房的椅子往地上砸。

「為什麼這樣對我——」

病房外的黃總經理以及醫護人員都衝進來，「董事長。」他們抓住小琪，安慰她：「妳肚子裡還有小孩，妳要節哀。」

繼續掙扎著，眼前的視線變得一片模糊，一股無處抒發的憤怒變成了一種無可承受的傷痛，小琪終於失控地放聲哭了起來。

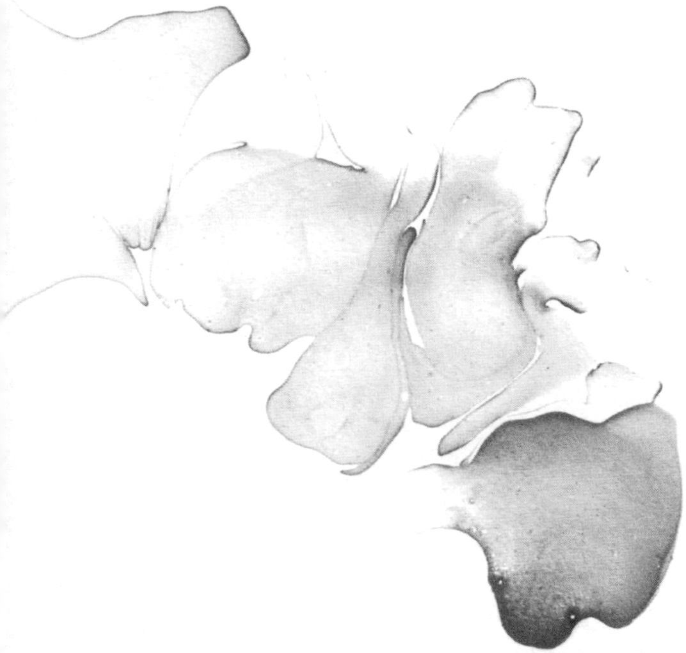

第六章

1

我們用了十五組體染色體短相連重複序列作為檢驗標記，你可以看見胎兒細胞的DNA和父親的檢體——不管是頭髮或指甲，都是一致的。

這次換了另一間診所，另一個醫師，結果還是一樣的。報告有好幾頁，上面密密麻麻都是醫學名詞，還有圖表，小琪其實完全看不懂。

小琪問，我可以把這個小孩拿掉嗎？

郭醫師不好直接拒絕，裝出深思熟慮的表情說：胎兒不小了，妳是不是再考慮考慮？

小琪又開始失眠了。過去失眠時，多吞幾顆安眠藥，總是多少能睡一會兒，但這次她情況完全不同。每天小琪都在陽明山別墅客廳看見詹董。

門診時顧厚澤讓小琪形容詹董的樣子。小琪說他就坐在客廳裡，背著她抽菸，凝視著窗外，一句話都不說。

然後呢？

我吃了兩顆安眠藥，躺在床上。到了兩點鐘還沒睡著，我又去客廳，看見詹董還坐在那裡不走。又吃了兩顆安眠藥，結果還是沒睡著。四點鐘，我出去，他還在。一整個晚上我就這樣一分鐘也沒睡著。

下次再看見詹董時，妳告訴自己，這只是想像，不是真的，知道嗎？顧厚澤說。

好，我試試，小琪說。

到了晚上，詹董還出現在同樣的地方。小琪不斷地告訴自己，這只是想像，不是真的。可是詹董還在那裡。她鼓起勇氣繞過沙發，走到他面前，理直氣壯地對他說，你已經死了，你不應該出現在這個地方。你不是真的。

詹董說，我是死了，可是妳還活著。我活在妳心中。我活在妳肚子的胎兒裡面。

你再不走，我喊人了。

不要喊。妳這樣喊，別人只會覺得妳瘋了，對妳沒有好處。

你到底想怎麼樣？

詹董點了根菸自顧自地抽了起來。煙霧彌漫中，他問小琪，孩子也是妳的骨肉，妳為什麼要弄死他？

我不想有你的孩子。

當初不是說好了？錢、房子、珠寶、公司都給妳了，妳為什麼後悔了？

小琪決定不理會詹董。她又吃了四顆安眠藥，把自己擺平到床上，結果還是一樣睡不著，只能在床上輾轉反側到天亮。

妳還看到詹董嗎？門診時顧厚澤又問她。

只要一個人獨處，就會看到他坐在那裡。

他跟妳說話了嗎？

小琪知道如果回答是，顧厚澤一定接著又問，他都說了些什麼？詹董的話她當然無法對顧厚澤啟齒，只能捏造一個。接著顧厚澤一定又會問：妳又怎麼回答？結果小琪又得再捏造另一個……一個又接著一個問題下來，小琪很清楚，很快她就窮於應付了。

於是小琪說，他沒跟我說話。

失眠的情況有改善嗎？

有改善。小琪又說。但實際上並沒有。任何時候，小琪只要一個人待在陽明山的別墅，詹董就會出現，安靜地坐在那裡，抽著菸。小琪試圖離開陽明山別墅，住到飯店去，但不管她走到哪裡、睡在哪裡，詹董還是會出現。小琪每天都失眠，她痛苦極了，問詹董，你為什麼老是跟著我？

孩子也是妳的骨肉，妳為什麼要弄死他？

小琪不知該怎麼回答，邊哭邊說，我不知道該怎麼辦啊，根本沒有人幫我……

詹董就這樣又點起了菸抽著，一臉悲傷的神情，淡淡地看著小琪哭。

小琪自顧自哭了一陣子，才安靜下來。她對詹董說，我們做個交易。

詹董捻熄了香菸說，我喜歡交易。

如果我不弄死小孩，你可不可以回到你該去的地方，不要再出現。

妳可要下定決心。

我已經下定決心，不會後悔的。

那好，我們成交。

做完交易隔天晚上，神奇地，詹董消失了。

告別式那天，公司董事會以及行政部門的員工全都動員了。拈香的政要、名流、上市櫃公司老闆、親朋好友、賓客上千人，連交通警察都出來指揮交通了。

小琪的致辭由心彤負責起草。為了這篇文稿，心彤被搞得每天心神不寧。她忽然想起這種文情並茂的稿子高翔每天廣播上都在唸，於是找了高翔幫忙。高翔果然不負期待，對小琪做了幾次貼身採訪，加入更多細節，反覆幾次修改，終於定稿。

在喪服襯托下，小琪一張素淨的臉顯得楚楚可憐，她挺著微凸的肚子，強忍著悲傷在賓客面前致辭。一段一段與詹董之間的故事，對詹董的懷念、感恩，在她恰如其分地娓娓道來下，惹來淚水、哭泣聲滿場橫飛。

喪禮結束，發引辭客，靈柩直接運往火葬場。看著煙囪冒出的黑煙裊裊，心彤感觸萬千。喜宴那天唱著〈童話〉時詹董伉儷和賓客們在臺下忘情隨歌聲搖擺、詹董和小琪敬酒時臉上笑盈盈的表情、詹董在遊輪上揮手告別的身影……全都歷歷在目。才沒多久，活生生的一個人，如今卻已煙消雲散。心彤內心無限感慨。一個偌大的公司，瞬間物換星移。一切是如此真實，卻又那麼虛幻。

撿骨完畢，心彤與公司重要幹部陪著小琪捧著骨灰罈趕赴靈骨塔安厝，等儀式如禮進行完，又陪著小琪抱著牌位回到陽明山。

等一切都安置妥當，已經接近黃昏了。

替周曉琪寫喪禮致辭的同時，心彤早琢磨好了辭呈。一早出門前，心彤就把辭呈擱在衣服裡。好不容易忙完了喪禮，心彤覺得差不多也該是時候了。

心彤在詹董靈前燃了一炷香。祭拜完畢一轉身，心彤看見詹董夫人就站在她面前。

「夫人，」一說出口心彤立刻改口，「董事長。」

小琪說：「這些日子以來，辛苦妳了。」說著對心彤深深一鞠躬。

心彤受寵若驚，連忙也深深一鞠躬。

「這麼空空蕩蕩的一個地方，只剩下我們母子兩個人，」小琪說：「往後的日子，妳一定要多幫我。」

心彤不知道該如何回答。「董事長，有件事……」她扭捏了半天，硬著頭皮把辭呈拿了出來，交給小琪。

小琪讀完了心彤的辭職信，一臉錯愕的表情。她不解地問她：「為什麼？」

「我和辛副總——妳見過的。」

「我知道。」

「我們的事，錢董事反對——她強烈地反對我們在一起。我想，我不能繼續留在這裡給妳添麻煩。」

「她為什麼反對你們在一起？」

心彤沒說話。

「因為妳沒背景嗎？」

心彤點點頭。

「妳今年三十歲了嗎？」

心彤又點點頭。

小琪把辭呈還給心彤，定定地看著心彤。「背景不是這個世界的全部，懂嗎？妳這麼年輕，只要相信自己，就沒有什麼是不能改變的，妳明白嗎？」

心彤若有所思地點點頭。

「這個公司裡面我一個人都不認識。妳一定要留下來幫我，好嗎？」小琪說完抓住心彤的手，過來抱住心彤，就在心彤的懷裡啜泣了起來。

心彤有點不知所措，只好用拿辭職信的手，拍了拍她的背。

董事長就職上任第三天，當心彤陪同小琪走到旗艦店門口時，王副總早帶著業務部重要幹部以及旗艦店主管排列在門口等著歡迎小琪了。

弘發貿易從進出口家具、衛浴設備起家，漸漸擴展到生活起居、文具、家電、3C、美妝用品。自營通路這幾年開始經營大型旗艦店，雖然急起直追，但顯然起步有點晚。

做完簡報，王副總介紹旗艦店主要幹部，並且帶領小琪參觀旗艦店。小琪所到之處，員工連忙停下手上的工作。小琪也一一和員工問候、握手致意。

行程結束後回到董事長辦公室，小琪問心彤：「妳覺得公司旗艦店怎麼樣？」

心彤遲疑了一下。「老實說，我覺得那根本是個大型雜貨店。連我這種有員工優惠的人，都很少在那裡買過東西。」

說完心彤忐忑地望著小琪，沒把握自己是不是把話說得太重。

「嗯。我只是不明白，聽各式各樣的簡報也三天了，這樣的話為什麼沒有一個人對我說過？」

心彤沒回答，問題牽涉的層面很大。

小琪又問：「我想找些專家學者來公司演講，改變大家的品味、觀念。妳覺得怎麼樣？」

「公司的觀念、品味是該改變。」

小琪從皮包裡面找出一本書交給心彤。「這是一本關於家具設計趨勢的書，之前我聽過這個簡麗君教授的課。」

心彤接過書，快速地瀏覽了一下。精裝的封面、內頁是設計概念感強烈的家具，以及設計概念的解說。她說：「這些觀念很好、也很重要。」

「那就請她來演講吧。妳去和人事行政部門討論一下，從品味、觀念甚至是公司運作的角度，看看還需要什麼新的觀念、有什麼適合演講的人選，提個系列演講的計畫來看看吧。將來我會親自主持每一場演講，就把這個當成和員工溝通的第一步吧。」

心彤鞠了個躬，轉身要離開辦公室。走了幾步，忍不住停下來說：「董事長。有件事不曉得該不該說……」

「妳說。」

「要解決公司的問題，教育訓練當然很好，可是，光教育訓練我想應該是不夠的。」

「為什麼？」

「總公司的採購部門如果太強勢，一直把有問題的商品往旗艦店塞，旗艦店的採購就算品味好也沒有用。」

「採購部門憑什麼這麼強勢？」

「黃總經理年紀大了，太太又時常住院，公司從採購到營運，幾乎都由王副總以及他的人馬一手包辦。」

「這個王副總，就是錢麗華董事的妹婿？」

心彤點點頭。

「所以，妳的意思是說，如果不改變採購部門的想法、對商品的品味，無論我們怎麼訓練員工，都只是白費力氣？」

心彤點點頭。「不過，我覺得系列演講的計畫，還是要辦的。」

「我也跟妳說件事，」小琪說：「前幾天，錢麗華就跑來跟我說了不少關於妳的事，要我把妳換掉。」

儘管不算意外，但錢麗華這個動作還是讓心彤感到不悅。她裝出鎮定的表情。

小琪又說：「我開門見山問妳幾個問題，妳介意嗎？」

「董事長請問，我沒有什麼不能說的。」

「錢麗華說妳過去當王副總的秘書時扯過他的後腿，怎麼回事？」

「她真的那麼說？」

心彤做了個深呼吸，開始把王副總和小涵，還有她以及趙強四個人之間的恩怨情仇，全一五一十地說給小琪聽。

聽到心彤在趙強和小涵的婚禮上鬧的笑話時，小琪咬牙切齒地說：「王八蛋，換成我也會那麼做的。」

得到小琪不請自來的支持，心彤有點意外。

「我再問妳一件事，錢麗華還說妳欺騙、挑撥，還侵占他們公司的錢去買股票，害他們公司賠了一千多萬。」

「胡說八道。」心彤激動地說。

她把自己和毅夫一路走來，跟錢麗華周旋的故事，開始掏心掏肺地對小琪一件一件交代。從婚禮那天遇見毅夫，一直說到超邁股票套牢，毅夫被迫回去向錢麗華認錯，接受母親安排的相親……

心彤覺得自己很委屈，說著說著不知道為什麼，竟哽咽了起來。「不管我做什麼，總是被誤解、扭曲，我好像永遠格格不入……」

小琪遞了一張衛生紙給心彤，「我相信妳。」

心彤有點驚訝。「為什麼？」

小琪笑了笑。「詹董曾對我說過，在商場行走，要生存下去的第一個法則，就是搞清楚誰是敵人，誰是自己人。而詹董說了至少三次以上，妳是自己人。」小琪看著心彤，問她：「如果我想改變這個公司，妳願意和我一起打這場仗嗎？」

「董事長。」

「以後叫我小琪吧。」

「小琪姐，謝謝妳相信我。」

小琪伸出了手。「以後我們一起努力吧。」

2

從毅夫盜用公司的錢買股票賠錢，到要求周曉琪開除潘心彤碰軟釘子，接二連三的事情讓錢麗華已經夠嗆了，一早瞥到報紙上周曉琪明星似的照片，更是讓她怒火中燒。

弘發貿易董事長走馬上任

周曉琪：強化商品　整合虛實通路　推動變革

這篇報導的下方是一篇側寫，標題驚心動魄地寫著：

年收入百億的行業——寡婦

讀完報導，錢麗華一個人坐在斯諾比斯公司董事長辦公室，又生了一會兒悶氣。她拿起手機撥電話給錢麗慧，哇啦哇啦地開始抱怨了起來。

聽完錢麗華一肚子的苦水，錢麗慧附和說：

「哪有人董事長這樣幹的？一個人在報紙上大發厥詞，把黃總和我們家老王全晾在狀況外，這不是擺明了給他們難堪嗎？」

「變革？」錢麗華忿忿地說：「一個連公司日常運作的管理經驗都沒有的人，變革個屁？」

「姐，妳知道黃總老婆最近心臟病發作又住進加護病房去了嗎？」

「是嗎？」

「大概是受到詹董意外發病的刺激吧，黃總動了心思，跑去跟周曉琪說想退休多陪陪老婆。沒想到周曉琪直接就問他，誰適合繼任他的職位。黃總想了想，當然就推薦了我們家老王。」

「她怎麼說？」

「她竟然說了一大堆不太放心老王的話。她拜託黃總暫時再撐一下，等她找到適合的總經理再退休。」

「真的假的？」

「黃總親自跟我們家老王說的，哪假得了？」錢麗慧又說：「她才剛上任，有什麼對老王放心不放心的事情？我猜，八成是潘心彤在周曉琪旁邊挑撥。潘心彤這個賤貨，從前在當老王秘書時就專給他找麻煩。」

聽到潘心彤，錢麗華氣得一句話都說不出來。

錢麗慧說：「姐，與其這樣被周曉琪和潘心彤聯手欺負，不如我們在董事會硬幹算了。」

「周曉琪手上控制四席，外加任律師一席獨董共五席。我們就算把工會董事算進來也不過四席。四比五怎麼硬幹？」

「黃總手上控制的那兩席呢？」

錢麗華搖搖頭，「黃總這個人說得好聽是重情感，說得難聽就是不想得罪人。妳別看他嘴巴上支持我們，真正要他選邊站，結果很難說。」

「詹董喪禮那天他還跟老王說，他打算連弘發的股票都一起賣掉，自由自在地陪老婆到處去遊山玩水。姐，妳何不——」

「妳瘋了。吃下那些股票少說也要六、七億，妳姐哪來那麼多現金？」

「那天我碰到了超邁林董，一見面劈頭就跟我說：妳不是要介紹錢麗華的公子給我們家林風樺認識嗎？怎麼到現在連個影子都沒有？」

「妳想叫林董去買黃總的股票？」

「姐，當初詹董說要併超邁，市場反應多好。反過來，如果林董併弘發，市場一樣買單啊。何況林董他們增資才通過，妳想，只要黃總願意賣，他們豈有不買的道理嗎？這筆買賣，我看妳就讓毅夫和林風樺去談吧。」

「林董跟妳提相親，妳跟人家談合併？」

「林董就這麼一個女兒。妳也就這麼一個兒子。不管相親或者合併，談到最後還不都是同一件事？難不成，妳還放著這個大好機會，讓周曉琪去買黃總經理的股票？」

錢麗華愣了一會兒，沒說話。

「姐，毅夫也不是小孩子了。挪用錢的事他都跟妳認錯，也答應妳去相親了。年輕人啊，妳總得給他一個舞臺才行。大禹治水都知道要靠疏導，何況是人？」

隔天錢麗慧就找毅夫提了這件事。

毅夫問：「這事是妳的意思，還是我媽的意思？」

「是我建議你媽讓你去做的。你媽很猶豫，但我力保你，跟你媽拍胸脯保證，說你能辦好這件事。怎麼樣，有沒有興趣？」

「我有興趣。」毅夫說：「對方是誰，妳給我電話，我去約。」

「林風樺。」

「林錫明的那個女兒？」

錢麗慧點頭。

毅夫臉上露出不悅的表情。「不會又是相親吧？」

「你也老大不小。連你表妹年底都要結婚了，你也不能老是怪你媽。」錢麗慧說：「總之，事情很單純，就是聊一下，你給自己一個機會，也給你媽一個交代。你要喜歡，我不反對，要是你不喜歡，你媽也沒逼你非娶誰不可。」

「是嗎？」

「你媽只是不希望你找到的對象，愛你的錢勝過你本人。」

毅夫問：「要怎樣才能證明對方不是愛你的錢勝過本人呢？」

「我也不曉得答案。不過，」錢麗慧說：「如果一開始那個人就比你有錢，至少，她因為錢而愛上你的機會就小很多。」

毅夫又問：「那樣的對象，就算愛得不深刻，也可以共度一生嗎？」

「你以為愛得深就是幸福嗎？你以為那些彼此爭吵、傷害的人，愛得不深嗎？很多時候，人生就是因為選擇了那種沒那麼深刻的愛，所以擁有了幸福。」

「妳在說我爸跟我媽？」

「你爸爸愛你媽媽，這毋庸置疑。反過來，你媽跟你爸爸在一起，或許一開始的出發點不『浪漫』，但她如果自己不覺得幸福，怎麼會期望你也跟她走一樣的路呢？」

「這樣說，她還不是愛我爸爸的錢甚過於愛他的人？」

「那就看你對愛的定義是什麼了。愛一個人要負責任，愛錢也是要負責任的。你媽跟你爸爸在一起一輩子，生育了你，幫你爸爸創了事業，現在你爸爸走了，你媽繼續為你爸爸的家庭、事業努力，沒一天鬆懈過。你能說你媽愛你爸爸的錢勝過他的人嗎？」

毅夫沒接腔。

「那個姓潘的呢？如果從一開始她表現出來的就是欺騙、偷竊，甚至鼓勵你與家人對立，你覺得她會為愛負責任嗎？」

氣氛一下子掉到冰點了。

「阿姨，不談這個好不好？」

「你總說你媽不相信你，現在好不容易幫你爭取了機會，阿姨能做的，也就是這些了。怎麼樣，做不做？」

毅夫想了想。「我可以做，但妳能不能答應我一件事？」

「什麼事？」

「我跟潘小姐的事，你能讓我媽暫時不再逼我嗎？」

「我可以跟你媽談一談。但我不保證她會聽我的。」

3

小琪對顧厚澤說，我在公司辦一系列的講座，你來演講吧。

顧厚澤猶豫了一下。一定要這樣嗎？他問，妳為什麼不直接把公司賣掉？

我會賣掉的，但不是現在。

為什麼不是現在？

詹董喪禮才過沒多久就賣公司，未免太急了。

顧厚澤沒說話。

小琪又說，先把公司賣相弄得好一點吧，將來賣的價錢也高一點。她把帶來的行李箱放在桌面上，轉個方向，推給顧厚澤。她說，這是你需要的三千萬元。

顧厚澤打開行李箱，看了一眼。裡面是扎扎實實的一百捆現金，每捆三十萬元。

你還要還多少？小琪問。

一千兩百萬。

錢的事我來想辦法。小琪說，我才接了這個公司，有很多事都得從頭開始，你能幫我嗎？

此時此刻，弘發貿易股份三級主管以上的幹部全聚集在演講廳裡面聚精會神地聆聽著演講，把將近兩百人的禮堂坐得滿滿的。

心彤就坐在演講廳的第一排，緊挨著周曉琪。這是系列演講的第三場，也是心彤最期待的一場。主講者正是她的偶像——顧厚澤醫師。

投影螢幕上是顧厚澤的最後一張幻燈片了。心彤看了看手錶，距離下班時間只剩下二十分鐘左右。

儘管網路上所有搜尋得到的顧厚澤的相關訪談、影片她全看過了，但看到顧厚澤本人，她還是興奮異常。趁著顧厚澤喝水的空檔，心彤回頭環顧了一下全場的聽眾。氣氛有點死沉，零零落落地有不少人睡得歪歪斜斜。

要把觀眾反應歸咎於顧厚澤演講不精采，心彤是不同意的。那些曾經給心彤帶來救贖的觀念與想法——如果能夠理解的話，對公司或者是對個人的生涯發展、學習成長，幫助其實是很大的。可惜以公司的現狀來看，顧厚澤口中所謂的由下而上，用個人的價值重新定義公司願景，甚至是組織文化，對大部分的員工來說，簡直就是天方夜譚。

「打造一個讓每個人都有歸屬感的地方，是周董事長的美意，相信一定也是大家的願景。今天先講到這裡，謝謝大家。」

顧厚澤深深一鞠躬。臺下響起了一陣掌聲。

主持人是人事行政部經理，她拿著麥克風上臺。「顧醫師不但是專業的精神科醫師，擁有EMBA的學歷，還擔任過麥肯錫的管理顧問，可說是經歷豐富。他好幾本膾炙人口的著作，相信許多人都曾經讀過。謝謝顧醫師今天特別蒞臨，給我們帶來這麼精采的演講。現在，」她繼續又說：「我要開放現場，讓大家提問或者回饋，機會難得噢，請大家把握時間。」

臺下一片沉默，持續了將近十秒鐘之後，終於有人舉起了手。

「王副總，」主持人說：「請。」

心彤回頭一看，坐在第二排的王副總正接過工作人員傳來的麥克風，起身向前，轉身面對聽眾。他清了清喉嚨說：

「我不曉得為什麼我們每個星期要浪費時間聚在這裡，聽這種東西。公司共同的願景有什麼需要討論的呢？當然是錢。說句難聽一點的話，如果不是為了多賺一些錢養家活口，何必來上班呢？商場本來就是你死我活的殘酷戰場，你想找歸屬感、想療傷養病，對不起，公司不是你該來的地方……」

這麼不客氣地冒犯董事長請來的賓客，在詹董時代從來沒有出現過。或許因為搞不清楚風向，臺下的員工一片錯愕的表情，紛紛把目光轉向小琪。

小琪僵硬地微笑著。「等一下演講結束，麻煩妳送顧醫師。」她靠近心彤耳邊說：「送走顧醫師之後，請王副總到我辦公室來一下。」

王副總仍繼續滔滔不絕地說著，一點也沒有停下來的意思。

作為演講的策劃者兼顧厚澤的超級書迷，心彤覺得自己似乎有責任站出來說些什麼。儘管很清楚公開與王副總唱反調百害而無一利，但最後她還是按捺不住衝動，舉起了手。

看見心彤高舉的手，主持人有點手足無措，拿不定主意該如何處理這樣的場面。最後，小琪終於看不下去，起身接過了主持人的麥克風，打斷了王副總。「王副總，今天難得顧醫師來到公司，我們還是讓大家有發言的機會吧。潘主秘，妳有什麼問題，請說。」

心彤就在王副總凌厲的目光中起身上前，接過小琪手中的麥克風，她轉身面對觀眾，聽見自己的心臟撲通撲通的聲音……

五點十分，當林風樺一身剪裁合適的羊毛線衫搭配牛仔褲的時髦打扮出現在毅夫面前並且坐下來時，毅夫有點愣住了。

眼前這個女人，跟之前毅夫若有似無的印象完全連結不太起來。那是來自商業名流雜誌中的一篇報導，報導中有張照片，一個外形不怎麼出色的女人，裝模作樣地拿著一杯紅酒坐在吧檯前大談食材的挑選、餐廳創意設計之類的事。直覺上就是一家注定賠錢的餐廳，一個沒什麼腦袋的千金小姐。

「六點之前我得離開，一些不必要的廢話，我們就省略吧。」她說。

毅夫直接切入正題，從弘發貿易股權分布的比例、黃總經理的意願，以及關於股權結構的設計、未來董事會席次的分配，還有可能的方向做了簡短扼要的說明。

聽完之後林風樺沒表示任何意見，只問：「既然你媽志在弘發的經營權，為什麼自己不買下黃總的股權？」

「我媽著眼的是弘發和超邁將來的合作。」

林風樺笑了笑。「既然如此，我就問得更直接了。幫你媽拿到弘發貿易的經營權，我們有什麼好處？」

「弘發貿易兩席董事對妳爸來說可能只是小意思，但如果從未來策略聯盟或者合併的角度來看，這兩席董事所代表的意義，可就非同小可了。」

演講結束後，心彤陪伴顧厚澤離開會議室，搭乘電梯到公司樓下。有機會第一次跟顧厚澤獨處，她既緊張又興奮。

「不好意思，我們公司比較草莽。王副總就是這種個性，請你不要介意。」

「怎麼會呢？」顧厚澤一派雲淡風輕的表情說：「能有交流就是好事。」

電梯打開，心彤忍不住說：「見到你我真的很開心，我是你的超級書迷。」

「是嗎？」

他們一起穿越大廳來到公司門口，停了下來。心彤從皮包裡面拿出顧厚澤的著作，問顧醫師可否為她簽名。

「好的。」

簽完名，心彤又問顧醫師可不可以和她合照。

「可以。」

一邊自拍，顧厚澤想起，他其實見過心彤。

時間是詹董喪禮那天。透過別墅房間的門縫，顧厚澤看見心彤陪小琪捧著詹董的骨灰罈走進來。單獨看時，小琪是好看的，但和心彤走在一起，就被心彤身上某種更健康、性感的青春比了下去。不知道為什麼，那之後，心彤襯衫沒有扣上的兩顆釦子，以及開敞的前襟底下雪白的肌膚和隱約若現的乳溝，不時在顧厚澤腦海浮現。

自拍結束之後，心彤雀躍地又問：「我能和你握個手嗎？」

「當然。」恰如其分地，顧厚澤又和她握了手。

站在電梯口等電梯時毅夫對林風樺說：「沒想到今天這麼順利。」毅夫看了看手錶，五點五十五分。他笑著說：「進度已經超乎我原先的預期了。」

「今天算久了，」林風樺也看了看手錶，「一般我開會很少超過三十分鐘的……」

毅夫沒接話。看著電梯指示燈顯示著：1、2、3、4、5……

沉默中，毅夫想起小學時，有個隔壁班女生是母親手帕交的女兒。每天放學後，她都會應母親要求來家裡和他一起做作業，那個女生長得乾乾淨淨的，不但字寫得漂亮，功課也總是做得很快。他喜歡跟那個女生在一起，可是跟她在一起不得不苦苦追趕得的心情至今仍然鮮明——或許那正是他母親找她來家裡和自己一起做功課的企圖吧。

按捺不住滿心的好奇，毅夫問：「我在名流雜誌看見過妳的一篇專訪，妳跟我印象中長得不太一樣。」

「專訪？」

「好像是妳經營的一家新餐廳開幕，妳接受訪問……」

「噢，你講的應該是富華林董的女兒林風華。我的樺有木字邊，她的沒有。我很倒楣，常常有人搞錯，誤以為我就是那個醜女。」

電梯停了，門打開，裡面一個人也沒有。

他們一起走進電梯。電梯關門往下走。

樓層指示燈閃爍著：23、22、21、20……

忽然，電梯發出奇怪的聲音。先是電燈熄滅，緊急照明燈亮了起來。電梯速度變慢，漸漸停了下來。

毅夫忙著按電梯上的按鍵，沒有反應。他又按緊急通話鈕。「有人嗎？」

沒有人回應。

他懊惱地又按了一次緊急通話鈕。「有人嗎？」

結果還是沒有人回應。

過了好一會兒，對講機裡終於出現聲音了。「對不起，剛剛線路有點問題……好了，現在監視器可以看到你們了。」

毅夫抬頭看了一眼上方的攝像頭。「到底發生了什麼事？」

「請不要慌張。電梯故障了。」

「我當然知道電梯故障了，到底出了什麼問題？」

「我們正在聯絡電梯公司的人。」

毅夫聽見林風樺罵了一聲「白痴」，心領神會地看了她一眼。

毅夫又問：「從剛剛到現在過了那麼久，電梯公司的人還沒聯絡到嗎？」

「電梯公司下班了。他們也在緊急聯絡維修人員。對不起，我們已經在催了。」

辦公室門打開，王副總走了進來。小琪瞥了他一眼，邊瀏覽電腦上的網頁邊說：「你坐一下。我馬上好。」

王副總一句話都不說，自顧自在辦公室沙發上坐了下來。

小琪又在電腦上瀏覽了一會兒，才坐過來沙發區。她一副以逸待勞的架式，安靜地看著王副總。

王副總一臉老大不悅的表情說：「董事長怎麼會用潘心彤這種秘書？一點禮貌都沒有，剛剛在外面還不讓我抽菸，我可是她之前的上司。唉，這個公司還有沒有倫理？」

「不好意思，」小琪說：「禁菸是我規定的。我對菸味過敏。」

王副總笑了笑，改口說：「原來是新規矩，早說嘛。我這個人最懂規矩了。只要打過招呼，我一定盡量配合。我最討厭什麼都不說，等人到現場菸都點了才說禁菸。人與人之間，最重要的就是尊重，董事長說對不對？」

小琪笑了笑。「今天就是為了系列講座的事，請王副總過來打聲招呼的。」

「既然董事長這麼客氣，我也就直話直說了。像這樣的教育訓練，在我看來，根本就是脫褲子放屁。今天這個講者說的這些理論去唬唬外行還好，拿來放在我們這種每天都在打仗的公司根本就是花拳繡腿。他是EMBA碩士，說難聽一點，我們公司比他學歷高的博士都還一大堆呢。」

聽王副總又嘰哩呱啦地講了一堆，小琪不耐煩了，打斷他：「所以，王副總的意思是，就算我今天請你來打招呼，你也不能配合？」

王副總面有難色地說：「這不是配合不配合的問題。我們公司高級主管一個小時的成本多少，董事長知道嗎？把這麼高的成本都放在這裡，聽這些虛無縹緲的講座，董事長說這有意義嗎？這種沒意義的演講，我勸董事長，能不辦就不辦吧。」

「好，既然王副總不支持，」小琪說：「往後的系列演講，你就不用出席了。」

說完小琪站了起來，一副送客的架式。

王副總站起來，有點惱羞成怒地看著小琪。對峙了幾秒鐘之後，他說：「董事長還是別這麼一意孤行吧。繼續這樣搞下去，將來不出現的恐怕不只是我一個人。」

「你是在威脅我嗎？」

「我只是就事論事。」王副總說完，轉身離開了。

少了空調，電梯漸漸變得有點熱。毅夫脫下外套，鬆了鬆領帶，解開領口，拉著衣領快速抖動。

毅夫說：「妳不介意我脫外套吧。」

「隨便。」林風樺說：「喂，你幾月幾日生的？」

「我？」毅夫邊脫外套便問：「幹嘛問這個？」

「我想算算我們兩個人是不是八字不合，不然為什麼才第一次見面就出這種事？」

「妳幾月幾號生的？」

「一月一號。你呢？」

「不會吧，」毅夫睜大了眼睛：「我也是一月一日生的。」

「你騙人。」

「我幹嘛騙妳。」

「等一下，你幾年生的？」

毅夫說了出生的年份。

「天啊，我們同年同月同日生……會不會我們也同年同月同日——」

「呸呸呸，」毅夫說：「妳在胡說八道什麼。」

「出門前我算過，今天這個日子對我這種八字——流年流月流日都不順。光是我一個人已經不順了，再碰上另一個一模一樣的，天哪，這叫禍不單行。」

「怪力亂神。」毅夫說：「我才不信。」

「我保證，今天十二點以前我們兩個人鐵定走不出這個電梯了。」

「迷信。」

「要不要打個賭？」

「打賭？」毅夫看著林風樺，得意地笑了笑，「賭什麼？」他問。

「賭一場電影？」

「成交。」

說完，電梯內又恢復沉默了。

「我們還是別罰站，坐下來吧。」毅夫自顧自地在電梯地板上坐了下來，又從公事包拿出巧克力，「肚子餓嗎？」

林風樺搖頭。

他打開包裝，咬了一口巧克力，在嘴巴咀嚼著，又從外套找出手機，自顧自地玩起遊戲。

林風樺好奇地瞥了一眼。「咦，」她問：「你也玩這個？」

「玩這個？」毅夫暫停了遊戲，轉過頭來看著林風樺。他得意地笑著說：「全臺灣最厲害的彈珠臺之王在這裡，妳不認識？」

「哈，」林風樺一臉不以為然的表情大笑一聲，蹲了下來。「這輩子，還沒有人敢在我面前說彈珠臺遊戲他拿手……」

「是嗎？敢不敢打賭。」

「賭什麼？」

「賭妳要是輸了，叫乾爹。」

「行，賭就賭，誰怕誰。你要是輸了，叫乾媽。」

小琪把王副總剛剛的惡形惡狀繪聲繪影地描述了一遍，又補充了之前推遲黃總經理推薦王副總繼任總經理的事。「他今天這個舉止等於對我公開宣戰了。」她說：「幸好當時黃總經理建議他繼任時，我堅持了下來，否則後果還真不堪設想。看來得趕快另覓適合的總經理人選。」

「我查過公司組織章程。要任命總經理，需要過半數董事出席董事會，並得到出席董事過半數的同意才行。」心彤說：「我們公司一共有十一席董事，小琪姐掌握五席董事，錢董事那邊四席。要掌控總經理的任命，看來非得到黃總經理的炎黃投資兩席法人董事的支持不行。」

小琪想了一下。「妳覺得黃總經理和錢董事是一夥的嗎？」

「我覺得未必。總經理是弘發老臣，年紀大了，最近這幾年學佛，對於爭權奪利比較沒興趣。」

小琪想了想說：「既然如此，妳幫我約一下他的時間，我想找他吃頓飯，順便談一談。還有一件事。」小琪從抽屜拿出一封信，交給心彤。

「這是什麼？」心彤接過信。

「這是昨天收到的檢舉信。」

心彤接過信封，取出裡面的信，認真地讀了起來。

讀完信，小琪說：「辦了這幾場演講，也不是全然沒效果。至少我們想要改革的決心，同仁有看到。」

心彤把信件收起來。「我這邊也收到幾封檢舉信，不過大部分都沒有具名，也沒有具體事項，因此沒有拿給小琪姐看。」

小琪想了想，又問：「這個採購部沈經理應該是王副總的人馬吧？」

「從詹董時代起，公司就採行聯合採購制，聯合採購委員會主委是王副總，沈經理是王副總提拔上來的人馬，現在是委員會的副主委。」

小琪點點頭。「這封檢舉函上面的數字，看起來不像沒有憑據的樣子。妳先代表我跟她談一談吧，看對方想要什麼。記住，低調一點。別弄得雞飛狗跳。」

心彤若有所思地說：「我只是不明白，這個自稱沈經理太太的人，為什麼要告發自己的老公收回扣？」

「是有點奇怪。」

電梯裡，毅夫坐在地板上打著手機裡的彈珠臺遊戲。林風樺趴在他肩膀上，不時發出大呼小叫的聲音。

忽然螢幕畫面消失了。「啊——」兩個人同時尖叫了起來。

林風樺從皮包裡面找出手機。「用我的，我的手機至少還有一半的電。」她打開手機，點出遊戲程式，交給毅夫。

「喂，你們還好嗎？」對講機出現聲音了。

毅夫放下手機，對著監視器說：「還活著吧。」

「告訴你們一個好消息，電梯修好了。」

兩個人一陣歡呼。毅夫站起來，整理了一下服裝、儀容，把手機還給林風樺。

林風樺說：「剛剛的分數我還記得，你差我五十八萬分。你輸了，你得叫我乾媽。」

毅夫說：「妳也輸了。現在才九點不到。」

電梯晃了一下，開始往下移動。

他們走出電梯，穿越飯店大廳，來到門口。

看著飯店外大雨滂沱，毅夫說：「什麼時候雨下得這麼大？」

「你有車嗎？」林風樺問。

「我讓司機先回去了。妳呢？」

她搖搖頭。

「那就叫車吧。」毅夫舉起了手，準備招計程車。

「欸，」林風樺說：「你輸了，先叫乾媽再走人。」

「妳也輸了。妳欠我一場電影。」

兩個人等了半天，好不容易，終於有一部計程車在他們面前停了下來。

「這樣，」林風樺提議，「我們去吃頓飯吧，吃完晚飯之後我請你看電影，看完電影你得叫我乾媽。」

走出辦公大樓時已經晚上九點了。望著大樓外的傾盆大雨，心彤想到出門時忘了帶傘。她找出手機，又撥了個電話給毅夫。心想，如果這時毅夫還沒下班，搞不好可以順道過來接她一起回家。

「您所撥的號碼現在無法接聽——」

掛斷電話時，心彤有點煩。離開辦公室前，她才又打了一個電話給沈太太。同樣的無人接聽、語音信箱提示，一整天下來，她都不曉得聽過幾次了。

心彤揮手招呼計程車，經過的計程車都載著客人，好不容易終於等到一部空車，卻飛奔了過去，一點停下來的意思也沒有。

一走出電影院，毅夫眼尖地注意到前方有個年輕人正拿著大炮鏡頭相機，瞄準他們猛按快門。

「喂。」毅夫衝上前去制止。

那個人轉身往後跑，跑了沒幾步，立刻有部接應的摩托車飛奔過來把他載走了。

林風樺走過來，一臉疑惑的表情問：「怎麼回事？」

「狗仔跟拍。」

「狗仔？」林風樺一臉狀況外的表情。

「我這個人花名在外，八卦報紙、雜誌對我很有興趣。對不起，委屈妳了。」毅夫苦笑，

「希望將來不會給妳帶來困擾。」

「我會有什麼困擾？」

「什麼我的新戀情啦、新歡之類的，反正全是捕風捉影、加油添醋。」

「笑話，是就是，不是就不是，何必擔心別人捕風捉影、加油添醋。」她問毅夫：「你在

乎嗎？」

「我習慣了。在乎也沒有用。妳呢？」

他們繼續往前走。走了幾步，林風樺忽然停了下來。「狗仔不會是你去找來的吧？」

「幹嘛找他們來？我躲都來不及了。」

「最好不是。」林風樺說。

毅夫才打開門，躡手躡腳走進住處的第一時間，心彤就醒了。醒來心彤的第一個念頭就是想起來質問他為什麼一個晚上不接電話，但夜已經很深了，她閉著眼睛想了想，不想讓毅夫覺得自己大驚小怪，最後還是放棄了這個念頭。

隔天心彤把換洗的衣物都丟進洗衣機時，在毅夫襯衫掏出了兩張午夜場的電影票。用餐時她不動聲色，故意問：「昨天晚上我連打了好幾通電話找你，都找不到人也沒回電，你去哪裡了？」

「噢。那個，」毅夫心虛地說：「手機沒電了。」

「你在忙什麼，忙到手機沒電？」

「就我媽那邊的一些無聊事，妳不會有興趣聽的。」毅夫連忙避開話題，「我們談點別的有趣的事吧。」

心彤故意把電影票放到毅夫面前。「這就是你所謂的你媽那邊的無聊事？」

毅夫愣了一下。「妳哪來的電影票？」

「你的襯衫口袋。」

「妳幹嘛搜我東西？」

「洗衣服不需要翻你的口袋嗎？」心彤說：「你沒做虧心事，幹嘛怕我搜你東西？」

毅夫沒有接話。心彤抱著手等著看他怎麼自圓其說。

一陣不算短的沉默之後，毅夫嘆了口氣。「跟妳老實說，昨天我相親去了。」停頓了一下，又補充說：「被我媽逼著去的。」

一時之間，心彤不知道該說什麼。

毅夫又說：「真的沒什麼啦，反正就是個無聊的千金小姐。」

「第一次見面就看午夜場了，怎麼會無聊？這個千金小姐是誰？一定有錢、身材好，又聰明又會打扮吧。」

毅夫忽然靈機一動，拿出手機，在Google網頁輸入了「林風華」三個字。

網頁很快出現了名流雜誌上那張千金小姐拿著酒杯裝模作樣的照片。

「妳看，」他故意把手機遞到心彤面前，「人已經長得抱歉了，品味格調還這麼差。連景柔一根寒毛都比不上，更不用說跟妳比了。妳別擔心了，我就是應付應付我媽……」

4

日式餐廳是小琪聽茉莉推薦的，她自己其實也沒來過，選擇這家餐廳主要的理由是因為貴。貴未必好吃的道理小琪明白，但好吃並不是今天的重點。

配合黃總經理，小琪和心彤也用素食。小琪邊用餐邊關心總經理夫人的病況。黃總經理表示，黃太太目前已經轉到外科病房，心臟外科的一位莊教授正給她做手術前各種必要的評估。

「是不是莊克勤教授？」小琪問。

總經理點點頭。「妳也知道他？」

「聽說是國內最權威的心臟外科醫師，我的一位長輩曾經請他開過刀。」

「的確是這樣沒錯。」

小琪又問：「黃夫人我好像還沒見過。」

「上次詹董婚宴本來她也要去，只是臨時心臟又不舒服……」

「婚宴。是啊，想起來彷彿才只是昨天的事。」小琪感觸良深地說：「說起來還真是世事無常。」

「世事無常。」

小琪抓住機會，說明來意。她表示，黃總退休之後，她會提出新的總經理人選，請黃總經理將來在董事會上支持她提名的人選。黃總經理問小琪心中總經理的候選人是誰，小琪表示目前還在物色，沒有特定人選。

「董事長為了這個請我吃飯實在太客氣了。支持董事長提議的人選本來就天經地義。只是，有件事，我正好也趁這機會跟董事長報告一下。」停頓了一下，他又說：「內人長期為心臟瓣膜疾病所苦，這些年來情況時好時壞。本來我就有退休的打算，詹董的事發生之後，我甚至想把手上股權全都賣掉，好好陪陪內人。正好喪禮那天，我跟王副總提了這些想法，本來只是抒發心情，沒想到錢董事輾轉聽到我的想法，鄭重約了我吃飯，主動表示願意接手我手上的那些股權，當時我沒有多想，口頭上也答應她了——」

小琪愣了一下。「這些股份如果轉移到錢董事手上，所代表的意義，總經理應該很清楚吧？」

「老實說，錢董事跟我提這個時，我還真沒有想這麼多——」

小琪打斷黃總經理說：「總經理考慮出售的股票，可以賣給我嗎？」

黃總經理沉默了一下說：「可是錢董事跟我先提了。」

「如果是價錢的問題，我可以出更高一點。」

「對不起，董事長，妳誤會了，真的不是錢的問題……」

小琪急得眼淚都快掉下來了。「但詹董臨終你也在場的，他的遺願我想你應該也清楚。我自覺有責任把孩子撫養長大，將來完完整整地把公司交給他。這樣我也不辜負詹董的託付。」

「董事長，妳別這樣說，這樣我真的很為難。」

「總經理，你也是跟詹董一起走過來的人，」說著，小琪挺著大肚子起身走到黃總經理面前，二話不說地跪了下來，「求求你，不要讓我對不起詹董的託付——」

「董事長，」黃總經理嚇了一跳，連忙起身，試圖拉小琪，「妳這是幹什麼？」

心彤也連忙起身，試圖幫忙。

小琪不肯起來，哽咽地說：「我代表死去的詹董，還有肚子裡的孩子，求求你，再考慮考慮。」

晚餐結束後從餐廳走出來，小琪的司機早開著車門在門口等著了。

上了車之後，小琪問心彤：「沈太太那邊妳聯絡的怎麼樣？」

心彤說：「我幾乎晨昏定省了，一直聯絡不到人。」

「妳有留言給她嗎？」

「語音信箱、簡訊我都留了。」

小琪點點頭，沒再多說什麼，坐上了司機的車。

看著小琪的車開遠了，心彤又打了一通電話給沈太太，還是沒有回應。

黃總經理給王副總發了一個簡訊，請王副總代轉錢麗華，請錢麗華務必體諒他不得不改變主意的心情。

王副總連忙找了錢麗慧、錢麗華召開緊急會議，三個人就在錢麗華辦公室討論到半夜十二點鐘，擬定了計畫，分派任務。

隔天一早王副總就去辦公室找黃總經理。秘書告知黃總經理一整天都在外頭開會，不進辦公室。王副總問清楚黃總經理開會的地點，直接就去飯店會議室門口堵人。

等了一個多小時，好不容易會議告一個段落。見到黃總經理走出來，王副總連忙迎上前去，畢恭畢敬地說：「錢董事要我約你吃頓飯。」

「唉噢。」黃總經理嘆了一口氣說：「你們這樣，叫我怎麼吃得下飯？」

「老哥，之前都已經說好了的事，你突然這樣……錢董事長這邊真的很難接受。」

「老王啊，你不能只叫我賣你和錢董事人情，不讓我賣詹董還有他孩子的人情吧？」

「要不然你讓我們競價。」

「讓你和周董競價？這傳出去了，人家怎麼說我？」黃總經理皺了皺眉頭說：「你和錢董事能不能和董事長協調一下。只要你們雙方同意，什麼比例，怎麼賣，我都全力配合。」

「事情要真能這麼輕鬆愉快，我何必還來求老哥你？」王副總抓了抓頭說：「錢董想跟你吃頓飯見個面……無論如何，算是我求你了。你讓我有個交代吧。」

「後天我太太要開刀了，今天做了一整天的檢查，我還得去醫院照顧她。」

「要不然，」王副總看了看手錶，「我們就約在醫院底下的餐廳談。吃飯總是要的吧？你去病房看大嫂，七點半下來吃頓飯。大家談一談，不花你太多時間，我保證一個小時之內結束。」

黃總經理面有難色。

「老哥，拜託拜託，」王副總說：「要不然連我也給你跪下了。」

七點半，黃總經理走進餐廳包廂時，錢麗華、錢麗慧、王副總和另外一位穿著白袍的醫師早等在那裡了。

一走進餐廳，所有人全站了起來。錢麗華笑咪咪地說：「心臟外科莊克勤教授，應該不用我多介紹了吧。」

一見到莊克勤，黃總經理連忙上前鞠躬握手。

「坐吧，大家都是自己人。」錢麗華說。

所有人都坐了下來。

一坐下來，莊教授就說：「我們外科醫師平時開膛破肚，說話喜歡開門見山。我知道黃總經理也忙，今天就直話直說了。長期以來，我的基金會一直受到錢董事長的支持、照顧。今天我是奉錢董事長之命，硬著頭皮特別來賣人情吃這頓飯的。」

錢麗華笑著說：「莊教授太客氣了。我知道我和王副總在黃總經理這裡的人情額度已經不夠力了，今天特別拜託莊教授賞臉，來助一臂之力。」

5

沈太太電話打來時，董事長辦公室裡小琪和任律師正討論著最新情勢。

「既然他們掌握了半數以上的董事席次，王副總接任總經理的事，」任律師說：「我想，應該是沒有什麼轉圜餘地了。」

「喂。」心彤接起了電話。

「我是沈太太。」

「妳好，沈太太。我是潘主秘，」心彤放低了聲音，起身往辦公室角落走，「我連續打了好幾天電話給妳，妳都沒接。」

「對不起，這幾天我不方便接電話。」

「是這樣的，關於妳寫來的檢舉信，我想進一步跟妳確認一些細節。」

「妳想知道什麼？」

「信上那些錢的數據，妳怎麼拿到的？」

「錢是我親自經手的。」

心彤忍住興奮的心情，又問：「那些帳目，妳都有登記？」

「五年多來的每一筆錢，我都記錄得清清楚楚。」她又說了一連串供應商以及承辦人員的名字。

「方便碰個面嗎？」

「當然。」於是沈太太跟她約了時間。

掛斷電話前，心彤忍不住問：「我很好奇，妳為什麼要檢舉自己的丈夫。」

「他在外面養小三。」

「我明白了。」心彤說。

掛斷了電話，心彤不動聲色地坐回小琪辦公桌前。

任律師還在滔滔不絕地說著：「根據公司法的規定，董事會解任董事長，需要有三分之二以上董事出席並且得到過半數同意才行。臨時股東會要解除董事長的董事職務，也需要發行股份總數三分之二股東出席過半數同意才行。」

小琪問：「你的意思是說，在目前情況下，他們的股權不足以解除我的董事長職務？」

「是解除不了。但他們掌握了總經理，以及半數以上的董事會席位——」

「我們真的就這樣完全無計可施嗎？」

「弘發沒上市，市場也沒太多股票流通，加上股權又集中在少數大股東身上。要改變目前的態勢，並不容易……」

「我明白了。」小琪注意到了心彤似乎有話要說：「什麼事？」

「沈太太打電話過來了。」她說。

儘管顧厚澤覺得自己根本沒有必要去見沈太太，但小琪還是在電話上花了一點時間說服他。

「這個沈太太告訴潘主秘，她檢舉自己先生的理由是因為他在外面養小三。」小琪在電話中對顧厚澤說：「我們潘主秘覺得對於這方面的事她不是很有把握，希望你能陪她去看看。她說你寫過這方面的書，你是專家。我想想也覺得有道理。商業談判的時候不是都會聘請法律、會計專業顧問嗎？這種時候，當然也需要像你這樣的專業顧問。」

顧厚澤說：「妳何必現在大動干戈呢？把公司的聲譽弄壞了，股價往下跌，對大家都沒好處。」

「這種家族經營的公司，如果經營權掌握在別人手上，我手上那些股票誰還會有興趣？」停頓了一會兒，小琪又說：「我現在需要有人幫忙，但問題是，除了你我能找誰呢？」

聽小琪這樣說，顧厚澤沒再多說什麼。

「沈太太嗎？」心彤問。

她點點頭，坐了下來。

一走進咖啡店，心彤就覺得應該是她了。她看起來有點發福，清湯掛麵短髮、一臉素顏。一襲格子襯衫、半舊不新的牛仔褲。

心彤介紹了自己，也介紹顧厚澤。「他姓顧，」心彤說：「我的同事。」

沈太太跟顧厚澤點了點頭。

服務人員點好餐離開後，心彤拿出手機。「妳介意我錄音嗎？」

沈太太搖頭。「能不錄音嗎？」

「好，不錄音。」心彤收起手機，從皮包拿出隨身筆記本。

「你們想知道什麼？」

「事情從什麼時候開始的？」

「就從五年前他升上經理的那一年開始。」

心彤邊記錄便問：「妳自己呢？從什麼時候開始知道有這件事的？」

「我一直都知道。」沈太太又補充說：「因為從一開始錢就是我負責收的。」

「能把細節說清楚點嗎？」

「一開始，我每個月都得飛香港。那時候，我連出國的經驗都沒有，一出機場，連怎麼坐車進市區都不知道。廠商直接交現金給我，我就把錢一捆一捆地捆在身體，穿上衣服，硬闖海關帶回來，再分給大家。後來錢越來越多，只好在香港開了一家境外公司，讓廠商把把錢匯到那個境外公司去，再想辦法把錢洗回臺灣。分到的錢我不敢存銀行，全放在家裡櫃子，最後櫃子也裝不下了，只好去買新的，櫃子越買越多。」

「小三的事，妳怎麼發現的？」

沈太太沉默了好一會兒，問：「潘小姐，不知道妳結婚了沒？」

「還沒，」心彤說：「不過沒關係，有什麼話妳直說。」

「壯陽藥。」沈太太說。

「壯陽藥？」

「我們老夫老妻之間，已經好久沒做那件事了。可是最近我卻在他抽屜裡發現了壯陽藥。」

「發現了壯陽藥。了解。」心彤說：「妳繼續說。」

「去年年底有幾筆廠商固定回扣沒進來。本來我還想，是不是上頭換了供應商。後來是抽屜裡那些壯陽藥讓我起了疑心。我卯起來跟供應商的經辦人一個一個打電話。幸虧我自己之前跟他們混得還可以，有個看不下去的會計告訴我，這些錢都匯進同一個小三的帳戶了。」沈太太停了一下，「過去他說是為了事業逢場作戲，這我能理解。一直以來，我能睜一眼閉一眼就睜一眼閉一眼，可是像現在這樣，不但錢往小三那裡送，還送她一臺BMW M3跑車……」她又停了一下，試圖平復情緒，「實在太過分了，我跟他這麼多年，一部Honda中古車開了十年，從沒有換過……」說著忍不住哽咽了起來。

心彤遞了一張衛生紙，給她擦淚。
「妳老公知道妳檢舉他嗎？」
「我老公大概從廠商那邊聽到消息了，不但跟我大吵大鬧，還變本加厲地把廠商的回扣都轉到那個女人的戶頭。我告訴他，我要去向公司揭發，他竟威脅我說，錢妳收了也用了，去告啊，最好我們統統一起去坐牢。」說完她嘆了一口氣，自憐自艾地說：「我一個家庭主婦，連英文單字都認識不了幾個，為了他人生地不熟的地方敢去、海關敢闖，什麼境外公司、地下錢莊都敢打交道……陪著他苦了這麼多年，真不知道是為了什麼……」
心彤問：「妳先生背後，應該還有更高層的人涉及這件事吧？」
「當然。憑他一個人何德何能？」
「妳剛剛說每一筆帳，都有紀錄？」心彤問：「包括給高層的錢？」
她點頭。
「妳可以給我這份帳冊嗎？」
沈太太想了一下。「萬一我把帳本拿出來，你們不放過我老公怎麼辦？」
心彤停下筆記，一臉不解的表情看著沈太太。
「我只希望我先生調離那個職位，不要他坐牢。只要沒錢，他就養不動小三。我愛我先生，錢我不在乎，我寧可沒錢，也不要他養小三……」
「所以，妳希望用帳冊交換，一來妳老公調職，二來將來不被公司行政或法律追訴？」
她點點頭。「如果這兩點如果你們能給我充分的保障的話。」

心彤想了想。「如果妳願意的話，我來安排董事長和妳直接談談如何？」

「好。」沈太太說。

下班時間已經過了，正好順路，心彤便搭顧厚澤的便車回家。回程路上，他們討論了一下彼此的觀察。心彤給小琪打了一個電話，把剛剛的談話內容以及和顧厚澤討論的共識都做了簡報。小琪指示心彤直接安排和沈太太見面的時間，並且表示會請教任律師商量相關的法律問題。

已經是初春，天氣卻還比冬天更冷。坐在車上，心彤看見行道樹的楓葉轉紅，笑著說：「怪了，都已經春天了，楓葉才開始變紅。」

「是啊，冬天是暖冬，到了春天天氣反而變冷。連天氣都亂七八糟的。」

走了一會兒，汽車在紅燈前停了下來。心彤忽然若有所思地說：「沈太太這個人，雖然口口聲聲說愛她先生，可是我覺得她愛錢其實遠超過愛她先生。」

「何以見得？」

「過去沈經理只要把錢交給她，在外面和女人亂搞她可以睜一隻眼閉一隻眼，自從先生把錢匯給小三之後，她變得無法容忍了。可見她真正在乎的不是老公有沒有和別的女人上床，而是錢。」

「妳說的固然有道理，」顧厚澤意味深遠地說：「但很多時候，我覺得錢和愛情不一定是截然對立的兩件事。」

「我不明白你的意思？」

顧厚澤想了想說：「就拿兩件衣服來舉例吧。一件是人家免費送妳，另一件是妳願意犧牲一個月薪水去買來穿在身上，妳願意花錢買的那件喜歡的程度一定遠超過免費的，是吧？」

「當然。」

「同樣的道理，有兩個女人，一個是沈經理願意花錢買ＢＭＷ Ｍ3送她當禮物的女人，另一個是免費送上門的，相對的，沈經理一定更喜愛花錢買禮物送的那個女人，不是嗎？」

心彤想了想。「你的意思是說，沈太太真正在意的是先生花錢背後所隱含的心意，而不是錢本身？」

「有可能是這樣。」

「這麼說，你認為愛情可以用錢來衡量？」

「當妳愛一個人越多，願意為他付出或犧牲更多是很本能的——當然，這個付出，不一定只是金錢，有時候，也可以是權勢、肉體、青春，甚至是心力……」

綠燈亮了，汽車繼續往前走。

車內一片沉默。心彤歪著頭想著顧厚澤的話。「我可以請教你一個問題嗎？」

「請說。」他說。

「我有個女性朋友，最近認識了一個男孩子，陷入熱戀。儘管男的口口聲聲說愛她，要跟她終生廝守，甚至還帶她去拍婚紗照片。可是兩個人卻因為家庭反對，一直走得坎坎坷坷。」

「反對的理由是？」

「家世、條件之類的吧。我這個朋友沒有什麼錢，男方家裡一直逼男方去跟有錢人家的女孩相親。」

心彤把從認識毅夫到接受母親條件去相親全轉化為「這個女性朋友」的故事，一股腦地向顧厚澤傾訴。

「這個男的到底更在乎愛情或者錢？我這個朋友現在已經分不清了。」心彤說：「如果你是我『這個女性朋友』，你會怎麼做？」

顧厚澤直覺心彤所謂的「朋友」應該就是她自己，而她所說的這個男人，是個典型在養尊處優的環境下成長的少爺，根本沒有經濟獨立自主的能力，更別說與家庭正面衝突了。誇張的是，他竟然不斷地給這個女孩子承諾，甚至瞞著家人在外面給她租了公寓，還拍了婚紗照哄她。

如果可以的話，顧厚澤會勸心彤直接離開這個男人。不過長期臨床諮商教他學會了直接給答案是行不通的鐵律——病人非得自己經歷這個探索的過程，否則改變根本是緣木求魚。

「我如果是妳這個女性朋友，我或許會試著換個角度，衡量一下這段情感。」顧厚澤說。

「換個角度？」

「不要每次都只是聽他的甜言蜜語。」

一路上，大部分的時候是心彤說顧厚澤聽，偶爾顧厚澤也插入一些自己的看法。雖然氛圍有點諮商的味道，但由於不是門診，對話多了一些聊天似的家常。

汽車緩緩在心彤河濱公園附近的住處前停了下來。

「有件事我一定要跟你說。有段時間，我的狀況很糟……全靠你書中的話支撐我度過那段時間。那時候，每讀一次你的書，我就流一次眼淚。要不是你，我到現在可能都還在死胡同裡面，走不出來。到現在，不管是聽你講話或看到你的文字，我就有一種很安心的感覺。」心彤深吸了一口氣，「我想說的是，謝謝你，你給了我很大的幫助。」

「不客氣。謝謝妳告訴我這些。」

「我就住在這棟樓上面六樓。客廳是一大片落地窗，可以看到河流、公園，夜景很美……」

顧厚澤一點也沒想到，接手了小琪的住處住了進去的人竟然是心彤。一時之間，許多往事在腦海浮現。他就這樣發了一會兒愣，才回神過來，注意到心彤一臉不解的表情看著他。他連忙說：

「我可以想像，妳住的地方一定很漂亮。」

讀到《卦周刊》上那篇報導時，心彤正陪著小琪在咖啡店等著和沈太太見面。

新出刊的《卦周刊》就擺在咖啡店的書報架上。心彤從洗手間走出來，目光才一閃過，就被上頭的標題吸引了。

辛毅夫情變後深夜黏長髮正妹

神秘新歡竟是超邁接班公主

她走到雜誌架前拿起雜誌。封面右側底下是一小張毅夫和一位長髮飄逸的女孩從電影院走出來的照片。她翻找目錄，很快就翻到了那篇報導。

照片有好幾張——狗仔顯然已經跟蹤了三、四天，各式各樣兩個人被跟拍的照片，有瞻前顧後，也有談笑風生的。百貨公司、餐廳、飯店、KTV門口，到處都是。

心彤囫圇吞棗地把內容掃描了一遍，又不動聲色地把雜誌放回雜誌架，慢慢走回座位坐了下來。

沈太太遲遲不出現。時間忽然變得既漫長又難捱。

心彤心中五味雜陳，心裡想著一百種、一千種可能的面對方式，小琪也是。但是現在她們只能沉默地等待。

「可能有人阻止她，也可能她後悔了，」小琪推測，「我直覺事情應該是發生了變化。」

「希望不是，」心彤說：「我再聯絡看看。」她試著打電話聯絡沈太太，但沒人接電話。

她們又乾等了將近一個小時，沈太太還是沒出現。

「她應該是爽約了。」小琪說。

心彤說：「我想也是。」

毅夫放下《卦周刊》，淡淡地說：「就是那個林小姐嘛，跟妳報備過的了。」

聽到這樣的回應，心彤壓抑的情緒終於再也無法按捺，爆發開來。

她激動地從手機找出之前《商業名流》雜誌上那張林風華的照片，推到毅夫面前。「那天你給我看的林風華，跟《卦周刊》這個林風樺根本是兩回事。你存心騙我。」

「我哪存心騙妳？我就是怕妳像現在這樣小題大作啊。」

「《卦周刊》都寫成這樣了，還嫌我小題大作？」

「《卦周刊》的話能信嗎？整篇報導完全是加油添醋、胡說八道。」

心彤翻開雜誌，大聲朗讀：「特偵組連續追蹤五天。發現兩人天天約會，膩在一起吃飯、唱歌、逛街、看電影……連這個也是加油添醋、胡說八道？」

「事情根本不是他們寫的那樣。我跟林風樺純粹是商務往來。」

「笑話，之前你不是告訴我說是相親嗎？」

「是商務往來，我沒騙妳。」

「你之前那樣說，現在又這樣說，你到底要我相信哪一套？」

「事到如今，我老實跟妳說好了，」毅夫說：「黃總把手上的股票全部賣給了超邁的林董。」

「我媽想推動弘發和超邁合併，所以才仲介了林董來買黃總經理手上的股票。我和林風樺是雙方的對口負責人。我們之間純粹是商務往來。」

「仲介？」

我媽只是仲介。」

心彤愣了一下，又問：「商務往來，往來到電影院、ＫＴＶ去了？」

「她是金主，我得投其所好啊。做生意向來都是這樣的啊，有什麼好大驚小怪的？」

「既然這麼光明正大，為什麼不一開始就對我說呢？」

「妳是周曉琪的秘書，又對我姨丈成見那麼大。這種商業機密，我能對妳說嗎？」

「所以你為了商業機密，不惜騙我說你去相親？」

「說到底，這樣做的目的還不是為了妳。」

心彤一臉匪夷所思的表情。「你和另外一個女人天天約會，結果是為了我？」

「不是約會，是商務往來。」

「我不信。」

「妳想想，將來我當了弘發的董事，妳也不是沒好處啊。我不懂，為什麼妳寧可相信八卦雜誌，卻不願相信我？」

「你一而再、再而三地欺騙我，背著我去相親、吃飯、看電影、唱ＫＴＶ，我到底有什麼好處？」心彤放下了碗筷，把雜誌丟到毅夫面前。「從林風樺、汪語晴，還有你這一大串前女友名單裡，你自己說，有我的一席之地嗎？我連這麼一本八卦雜誌都沒立足之處，我能有什麼好處？」

心彤越說越氣，收拾了碗筷往水槽走。

毅夫起身跟在她身後說：「我得有事業才有錢，有錢我才能獨立，獨立了我們才能在一起——」

心彤憤怒地轉過身來，把碗筷全砸在地上，發出巨大的脆裂聲響。「今天在這裡你跟我說清楚，你到底愛錢，還是愛我？」

毅夫看著心彤，一時之間一句話也說不出來。

「你說啊，你到底是愛錢，還是愛我？」

毅夫深吸了一口氣說。「我愛錢，也愛妳，這樣很貪心嗎？」

淚水沿著心彤的臉頰滾落下來。心彤擦了擦淚，轉身打開櫥櫃，二話不說開始收拾行李。

毅夫只好無奈地坐在沙發看。一會兒，心彤收拾好了行李，拖著皮箱咔啦咔啦地穿越客廳，打開大門往外走。

毅夫連忙追了上去，問她：「妳這是幹什麼？」

心彤根本不回應他。只聽見碰的一聲，人已經甩上大門，消失在門外了。

6

距董事會只剩下一天。心彤還是沒有聯絡上沈太太。

小琪讓公司的網管部門主管低調地清查公司伺服器中採購沈經理以及相關人員的電子信箱郵件，網管主管並沒有找到任何可疑的證據。

連續好幾個晚上沒睡覺，小琪的眼睛已經布滿了血絲。

有兩份文件安安靜靜躺在小琪辦公桌上。一份是即將召開的董事會的議程，上面有兩個正式議案，黃總經理辭職案以及新總經理的任命案。另外一份文件是炎黃投資公司改由辛毅夫與林風樺擔任弘發股份有限公司為法人董事代表的正式通知。

儘管聽不到炮聲、也沒有煙硝味，但小琪有種敵人已經兵臨城下的感覺。

心彤敲門走進來，把一份資料放在小琪面前。「小琪姐，沈經理的資料我已經跟人事行政部門調到了。」

小琪看了看，又把資料還給心彤。「妳現在就打他家裡電話。」

「好。」心彤接過資料，開始撥資料上的住家電話。

電話接通了，傳來了清楚的聲音。「喂。」

心彤跟小琪點了點頭。她說：「沈太太，我是弘發董事會的潘主秘——」

一聽到心彤的聲音，沈太太立刻掛斷了電話。

「怎麼辦？」心彤問：「她不接我們的電話。」

「我們現在就過去找她。」

心彤和小琪很容易就找到了位於民生東路社區面公園的這棟五樓獨棟公寓。

按了三次門鈴，終於有個女人的聲音從對講機傳出來。「喂。」

心彤對小琪示意性地點了點頭。「沈太太。我是弘發貿易董事會潘主秘，我們見過面。之前我們不是約好要和董事長碰面嗎？」

對講機裡頭先是沉默了幾秒鐘。「我現在不想見妳們董事長了。」她說。

「妳有什麼困難——」

「對不起，這件事到此為止了。妳們不要再來了。」

小琪靠近對講機，對著對講機說：「沈太太，我是弘發貿易的周曉琪董事長。妳有什麼條件，可以跟我說。」

對講機那頭沉默了幾秒鐘。「對不起，我改變主意了。」說完掛斷了對講機。

小琪又猛按電鈴。過了一會兒，對講機又被接了起來。「拜託妳們回去吧，我的小孩和先生快回來了。」

「能告訴我，為什麼改變主意嗎？」

「告訴妳們理由，妳們就離開嗎？」

心彤和小琪沒接腔。

「我先生認錯了。他保證和小三分手，我也不想再鬧了。」沉默了一會兒，她又說，「現在，妳們可以離開了嗎？」

「沈太太，妳這樣做，對妳先生不見得有利。」

「妳們回去吧。再這樣鬧下去，我先生的生命都不保了，」沈太太用著焦慮的聲音又說：「我還有小孩，我不想跟妳一樣變成寡婦——」

躺在床上的小琪睜著眼睛，直挺挺地瞪著天花板看。

連續六、七天睡不著覺，小琪覺得自己已經徹底走投無路了。

一個多小時之前，她服下了平日三倍劑量的安眠藥，試圖讓自己放倒到床上去。輾轉反側了一個多小時，不但沒睡著，只覺得頭痛越來越嚴重，腸胃深處似乎有些什麼在不停地翻攪。

她抬起左手看手錶上的時間，發現自己的手正不自主地微微顫抖著。

七點鐘，夜晚才正要開始，她卻已經睡不著了。

印象中，浴室櫥櫃裡好像有止痛藥。

小琪坐了起來，起身走進浴室。櫥櫃的鏡面出現了一張陌生的臉。她仔細端詳那張臉，鬆垮的肌膚、暗黑的眼圈、浮腫的目光，雜草似的亂髮糾結著。

看著看著，那張臉竟然譏諷地對她笑了起來。哈、哈、哈、哈……

妳笑什麼？小琪問她。

看妳把自己搞成什麼樣子？

小琪氣得一拳打在鏡面上，捶出蜘蛛網似的裂痕。血液從她的指間流了出來。

「我不舒服，」小琪把司機找來，對他說：「我得去買藥。」

司機問小琪要不要去醫院掛急診，小琪搖頭。

司機又問小琪，是不是請顧厚澤過來？小琪還是搖頭。「載我去買藥。」她大嚷著。

司機載著小琪到附近的藥房門口，讓她下車。

小琪走進藥房裡，看著琳瑯滿目的藥，有點不知所措。

藥房的開放商品架上陳列著各種藥物。有治頭痛、治流鼻水、治發燒、治喉嚨痛、治胸悶、治支氣管炎、治肺炎、治心跳過快、心跳過慢、治胃痛、胃脹氣、消化不良、治肝炎、治療膽囊發炎……

她拿起止痛藥，放了下來。

她拿起止暈藥，又放了下來。

她還拿起了胃藥，也一樣放了下來。

胃藥旁是一整區的硝酸甘油舌下片。一瓶一瓶貼著硝酸甘油片標籤的暗黃色玻璃瓶，吸引了小琪的目光。玻璃瓶映照著藥房的燈光，反射著一種神秘而無法理解的光。她清楚地感覺到自己的心臟還有胎兒的心臟撲通撲通地跳著。一種幾近節拍器的聲音，在意識邊緣滴答滴答地響著。各式各樣排山倒海而來的聲響壓迫著小琪，叫她喘不過氣來。

非得做些什麼才行……

等小琪回過神來，人已經站在藥房門口了。她聽見藥房的老闆大嚷著：「小姐，可以看一下妳的皮包嗎？」

她拔腿想跑，一個強壯的年輕店員堵住大門出口。一轉身，老闆已經從身後抓住了她的手。他們在她的皮包裡面搜出了四瓶硝酸甘油片。

空空蕩蕩的拘留所，只有小琪一個人。

隔著欄杆，顧厚澤對小琪說，我已經請任律師交涉過了。明天任律師會到地檢署去給妳辦交保。

可是我不想在這裡過夜。

我知道。但妳得委屈一下，就一個晚上。顧厚澤問，妳需要什麼嗎？

我睡不著，我需要睡覺。

勝負已經很明顯了。顧厚澤說，把公司賣掉吧。賣了公司，妳就可以睡得好了。

小琪沒說話。

之前妳說詹董喪禮才過，妳沒理由賣公司。現在妳被迫失去了經營權，賣掉股權正好理直氣壯。

我不會輕易認輸的。小琪一雙眼睛死魚似地盯著顧厚澤身後遙遠的地方。我睡不著，我需要睡覺。她說。

小琪躺在地板上試圖讓自己睡上一覺。她翻過來，轉過去，儘管整個人已經覺得疲憊不堪，卻一點也無法入睡。

那個在生命邊緣滴答滴答地響著的節拍器，似乎又變得更快了。

她在不到十坪的拘留室裡踱來踱去。「我不想在這裡，」她像隻受困在籠子裡的野獸發出無力的吼叫聲，「我不想在這裡。」

神經深處，彷彿有著無數看不見的螞蟻嚙咬著。為了對抗嚙咬的感覺，她走到牆壁前，開始用頭撞牆。

碰。碰。碰。碰。碰……

她持續而規律地撞著牆。最後，她終於受不了了，崩潰地放聲大哭。

哭了不知多久，小琪忽然感覺到身後有一雙手，輕輕地撫著她的頭髮。她轉身一看，詹董就站在她的面前。

別哭。詹董說，別哭。

小琪哽咽地說，我好害怕，我不知道該怎麼辦。

詹董說，妳有我的公司、我的孩子，還有我的錢，我的都已經是妳的了，妳沒有什麼好擔心，也沒什麼好值得害怕的。懂嗎？真正的敵人只是妳內心的恐懼。只要妳不怕它們，它們就無法拿妳怎樣的……

詹董過來抱小琪，讓小琪趴在他的肩膀上哭。

詹董輕輕地抱著她，在她耳邊說：別哭，別哭。沒有什麼好擔心的。

她彷彿聽到了生日那天詹董播放給她聽的歌曲。

I started a joke which started the whole world crying...

搖啊搖地。沒什麼好擔心的。詹董說。

儘管眼眶噙著淚水，小琪卻感到一種前所未有的安心。她停止了哭泣，慢慢在牆角坐了下來。這樣的感覺前所未有。

睡吧，詹董說。

隔天一早，辦好交保的手續，小琪和任律師一起走出地檢署。小琪向任律師道謝之後，坐上了司機的車。

一上車，小琪立刻拿出手機，撥了電話給阿不拉。

「今天超邁股價多少錢？」她問。

「我查一下，」阿不拉說：「今天跌了一些。十九塊八。」

「如果我想不惜代價——我是說不惜代價買下超邁的經營權，做得到嗎？」小琪問。

7

當董事會以六比零的懸殊比數一致通過王副總擔任總經理的提名案時，在場與會的人，除了心彤之外，全熱烈地鼓起了掌。

小琪缺席了這次董事會。為了避免出席人數超過三分之二讓對方有機會透過臨時動議發起解任董事長職務的提案，支持小琪的另外四席董事也全都缺席了。

在歡欣鼓舞的掌聲中，心彤感受到無可言喻的羞辱。她有種感覺，彷彿置身受降儀式上，自己是戰敗方唯一的代表。

會議結束後，心彤恪盡職守地站在會議室門口恭送董事離開。

錢麗華刻意走在其他四位董事後頭。等四位董事都離開後，錢麗華走到心彤面前，一言不發地瞪著心彤。在她身後，站著毅夫，一言不發。

「我看妳和周曉琪能在這個辦公室囂張到什麼時候？」說完，錢麗華回頭看了一眼毅夫，轉身走了。

等錢麗華走遠了，毅夫一臉抱歉的神色走到心彤面前說：「我們約個時間談談好嗎？」

心彤甚至連生氣的力氣都沒有了。她看了毅夫一眼，別過臉，轉身走開了。

一整個下午，心彤都在和毅夫共租的住處收拾、打包行李。她邊打包邊哭。好不容易才停下來，看到牆壁上的婚紗照忍不住又開始哭了。

手機響了，螢幕上顯示著：高翔來電。

她猶豫了一下，擦乾眼淚，接起電話。「什麼事？」她沒好氣地問。

「我問妳，如果妳要結婚，妳會拍很多婚紗照嗎？」

「拍那麼多幹什麼？浪費錢。」

「就是啊。照片也就算了、還有什麼ＭＶ……天啊。」

「愚蠢、鋪張、浪費。」

「我們才溝通沒幾句，她就翻臉走人，到現在已經三天不回我電話了……」

「你那個公主病的女朋友不適合你，我早告訴過你了。」

高翔那頭安靜了一下。「妳呢，妳和那個有錢的高富帥，情況如何？」

聽高翔這麼問，心彤變得安靜無比。

電話線上沉默持續了一會兒，高翔忽然問：「要不要去唱歌？」

高翔的歌還是唱得如同往常一樣的好。心彤聽得越high，酒就喝得越多，酒喝得越多就唱得更起勁，兩個人盡興地唱到將近十二點鐘。

離開KTV時，兩個人都已經醉眼惺忪了。

搖搖晃晃走在幽僻的紅磚道上，高翔說：「奇怪，是妳勸我……少喝一些的，結果……結果，妳自己喝得……比我還多。」

「管他的，要心情不好，大家……一起來心情不好。」

「對，一起來心情不好，」高翔提高了聲調，「去他媽的……騙錢的婚紗攝影公司。」

「去他媽的騙錢的婚紗攝影公司。」心彤說：「還有，去他媽的……那些勢利眼，去他媽的那些愛錢的。」

「等等，」高翔說：「還有公主病。」

心彤和高翔齊聲大罵：「去他媽的騙錢的婚紗攝影公司，去他媽的那些勢利眼，去他媽的那些愛錢的，還有，」兩個人同時提高了音量，「公主病。」

心彤笑得淚水都流出來了。

高翔定定地看著心彤，忽然說：「要不然，我們兩個人結婚算了。」

心彤一臉正經地說：「你現在是在跟我求婚嗎？」

「算是吧。」

心彤安靜地想了一下，臉色越來越落寞。

「怎麼了？」高翔問。

「算了，我們都別這麼自暴自棄了吧。」

高翔愣愣地想了想。「好像也是。」停頓了一下，又說：「妳會不會覺得愛情實在很不公平。愛得越多的人，越是吃虧。」

「好像也是。」

「我有個提議，真心真意的提議。三十五歲之後，如果妳還沒結婚，我也找不到更好的對象的話，我們就去結婚？」

「三十五歲，」心彤淡淡地說，「好啊，三十五歲，一言為定。」

他們互相擁抱，互道珍重。

「謝謝妳，心彤。」高翔說。

「應該說謝謝的人是我才對。」

跟高翔揮手告別時那個微笑，不知怎麼，就只支撐到坐上計程車為止。

想起自己還愛著毅夫的這個事實，淚水不爭氣地就又來了。計程車疾速地在暗夜裡行駛著，心彤用手去擦淚，不過淚水卻越擦越多。

電話鈴聲響起時，顧厚澤正做著春夢。

地點就在小琪之前河濱公園旁的住處。顧厚澤把對方抵在長桌上，激烈地和對方擁吻、愛撫，撥開她黑色襯衫前襟的釦子，他們像是野獸，貪婪地交纏著，他剝掉了她的襯衫，她也脫掉他的。他拉下了她的裙子，用手抓住她的大腿、臀部……

他們在長桌上貪婪地吻著對方的肉體。翻轉過來，小琪壓著他的身體，翻轉過去，在他身體底下的那張臉，變成了心彤。

然後他就驚醒過來了。

醒來時夢中那個若有似無的電話鈴聲仍然響著。他伸手撈過手機，惺忪地看見「潘心彤來電」，下意識地接起了手機。

電話中，心彤絮絮叨叨地跟顧厚澤敘述了沈太太拒絕交出帳冊，以及董事會通過王總經理任命案的事。聽著心彤敘述，顧厚澤有種很奇怪的錯覺，彷彿電話裡的聲音是應剛剛那個春夢的召喚而來。

不知道為什麼，心彤說著說著，哽咽了起來。「我覺得我好失敗，我做什麼都失敗……」

「妳先別急，事情或許未必如同妳想的那麼悲觀。」

顧厚澤開始給心彤分析情勢。在他看來，在大老婆的威脅下，沈經理下定決心和小三乾脆俐落分手——這種事，無論用任何角度看都不合常理。他建議或許找徵信社繼續追查，花點時間應該不難查到沈經理和小三還繼續往來的證據。需要的話，顧厚澤說，他可以介紹可靠的專業人員給心彤。

「謝謝。聽你這樣說我覺得好多了，只是……」說著，心彤又激動地啜泣了起來。

感受到話語中還有許多意猶未盡的部分，顧厚澤只是靜靜地聽著。

「對不起，」她做了個深呼吸，試圖克制情緒。「那天在車上我跟你說的那個朋友，其實是我自己。」

「沒關係。」顧厚澤說：「那天我的直覺也覺得好像是這樣。」

「反對我們在一起的家長，就是錢麗華董事。」

「嗯，錢麗華董事。」

除了重複確認她說過的話之外，他其實並沒有多做什麼。然後——就像他過去在門診做諮商時熟悉得不能再熟悉的場景，對方把那些一直沒說出來的話，滔滔不絕地繼續說了下去。

第七章

1

「說說那天早上前往機場的路上，當你聽見周曉琪——」老教授面對著眼前坐在病患沙發上的顧厚澤，又確認了一次，「周曉琪，是吧？」

「是。」

「當你聽見周曉琪的提議時，為什麼放棄了和范月姣一起去紐西蘭的那個決定？」

顧厚澤認真地想了一下。

諮商已經持續進行了三十多分鐘。當年臨床精神分析訓練時，每個住院醫師都被指定讓一位老師給自己做精神分析，透過這個被諮商的過程，學習掌握臨床諮商技巧。老教授就是當年給他做諮商的醫師。

「去紐西蘭的那張機票，對我來說，像是個逃離債主、逃離失敗、逃離一切我無法掌控的事情的方法。」顧厚澤說：「但老實說，我心裡很清楚，就算逃離了這裡，仍然還有一個更巨大的監獄在等著我。周曉琪的那通電話，似乎讓我看到了一個可能逃離這個巨大監獄的出口。」

扼要地記下病歷之後，老教授又問：「監獄的定義是？」

「先這樣形容吧，不喜歡卻又無可脫逃的感覺。」

「能再舉個例子嗎？」

顧厚澤想了想，「小學五年級，母親在父親競選活動結束後的返家途中，意外發生車禍死了。對我來說，那就是一個我不想要，卻又無可脫逃的監獄。」

「脫逃，你試過嗎？」

「那一年，我第一次體驗到什麼是性高潮。我記得很清楚，那是體育課時我們做爬竹竿訓練時，我雙腿交夾竹竿、奮力往上爬，忽然間，一股快感從兩股之間升起流竄到全身。我不曉得那算不算是一種脫逃。但達到高潮的過程，似乎能讓我暫時忘記那種不喜歡卻又無可脫逃的感覺。」

「繼續說。」

「有了那次經驗之後，我開始沉迷手淫。有好幾次我被闖入房間的父親抓個正著，痛罵了一頓。儘管如此，我仍然變本加厲。到了國中，單純的自慰已經不能滿足我。我開始收集女同學的照片，在浴室、在陽臺，甚至在沒有人的操場，對著她們的照片手淫。我甚至去找照片的本人要她們簽名，直到國中畢業前，這樣的照片我一共收集了七十多張。」

「為什麼要本人簽名？」

「照片上的簽名，讓我有一種更真實的連結，讓我在自慰時達到更深的高潮。這件事，一直到十六歲有了第一次性經驗之後才停止。」

「第一次性經驗，可以談談嗎？」

「第一次對象是我高中家教老師——一個大學外文系的女學生。她有一雙好看的長腿，白白嫩嫩的皮膚，總是穿著很辣的短褲來上課。她是哈韓族，為了追星，韓國、日本都去過。後來我們就發生關係了。為了她，我開始進健身房勤練健身。我把她崇拜偶像的海報都貼在房間裡，想像他們是自己的對手，努力練就比他們更好的肌肉與線條。做了有幾十次吧，直到高三下學期她和追求她的學長結婚了。」

「她沒跟你提過有這個學長的存在嗎？」

顧厚澤搖頭。「那個男人是個高收入的工程師，戴著厚重的眼鏡，長得有點營養不良。參加喜宴時我第一次見到他。當時我怎麼想都想不明白，為什麼她會跟那個瘦弱的男人結婚。結婚之後，我們還做過一次。『我們不能再這樣做了。』她說。那之後我沒再聯絡上她，也沒再見過她了。她就像水蒸氣一樣從我的生命中蒸發了。」

「你自己怎麼看待這件事？」

「回頭想想，學測的分數、現實世界的競爭、父親的期待、功成名就的社會壓力，對於當時的我或許就是個監獄吧。我和家教老師之間其實算不上是愛情——儘管我自己當時以為是，怎麼說呢，跟之前的自慰差不多，比較像是試圖脫逃監獄的渴望吧。大學之後，我過了一段荒唐的生活，直到我遇見了范月姣，才試圖改變……這些，當年諮商時，我都跟你說過了。」

老教授點點頭，他翻了翻之前的病歷，閱讀著。

顧厚澤等老教授讀完了病歷，才接著又說：「在那個心灰意冷的時刻，范月姣說：『愛就是為一個比自己更大的目標活著或死去。』我有點被那句話吸引了。我試圖追尋這樣的愛，但這個更大的目標實在太沉重了，漸漸地，我開始感受到身心俱疲……」

「於是這樣的愛，又形成了另一個無形的監獄？」

「我跟范月姣在一起的時間超過其他的女人，那種有點像是用水煮青蛙的過程。可能是慢慢加溫的緣故吧，所以當時並沒有覺得特別痛苦，直到我遇見了周曉琪才開始有了自覺。」

「了解。繼續說。」

「第一次和周曉琪發生關係，是在河濱公園跑步追逐之後。我固定在河濱公園跑步，與其說跑，確切地說，還不如說逃——每次有從監獄脫逃的慾望時，很本能地就會去跑步。感覺中，我的一生好像永遠都在逃。唯獨周曉琪那一次，被她挑釁之後，內心深處某種很強烈的慾望被挑起了——忽然，我又有了征服、占有的慾望。她讓我自覺到，對范月姣的愛已經讓我的內在枯萎了。但自覺的同時，我又感到猶豫，害怕自己是不是周而復始地又走回了過去的模式。」

「你害怕自己的慾望？」

顧厚澤點點頭。「那天在前往機場的路上，我接到了周曉琪的電話。當她說：『我知道有個方法。你、我，還有孩子，我們三個人都能幸福快樂地在一起』時，我忽然有一種衝動，再也不想和范月姣繼續糾纏下去了。」

「於是，原來是希望的范月姣慢慢變成了監獄。在監獄裡，周曉琪又讓你看到了新的希望和脫逃的可能？」

「是的。」

「然後呢？」

「我覺得我好像在一個周而復始的迷宮裡，永遠走不出來。我很害怕，越來越害怕。」

顧厚澤又跟老教授說了這幾天一直做著的春夢。

2

此時此刻，坐在重症精神加護病房與范月姣無言相對，顧厚澤內心充滿了無力與挫折的感覺。

「這已經是住院之後她第二次試圖自殺了。」病房主任在電話中說：「或許你來看看她，跟她談一談吧。」

會客時間快結束了。在過去的五十幾分鐘，他們之間並沒有太多實質的對話。大部分時間，范月姣情緒激動，對他大吼大叫。

「人生很多時候，一旦妳作了選擇，就再也回不去了。」顧厚澤試圖把剛剛說過的話重複一次，「魏大為很關心妳，也很愛妳。妳為什麼不能安於妳的選擇，跟他回紐西蘭？跟他在一起，妳會幸福的。」

范月姣對顧厚澤吐了一口口水。「你欺騙我。」

顧厚澤擦掉臉上口水。「我沒欺騙妳。我們曾經彼此相愛過，但是這樣的愛，現在已經不存在了。」

「為什麼？是因為我們欠了那麼多錢嗎？」

顧厚澤搖頭。

「如果不是錢，為什麼？你知道我愛你，甚至為你去死我都願意。」

「妳不愛我。妳愛的只是妳心中那個想像。」

「可是那個完美的想像就是你，你就是那個完美的想像。」范月姣流著淚說：「我愛你，我愛你甚至超過我自己。」

會客的時間到了，安全人員打開了門。

看見門打開了，范月姣激動地抓著顧厚澤。「不要離開我。」她說。

「我得走了。」

「可是我愛你啊，」她提高了聲音說：「我愛你遠超過我自己啊！」

顧厚澤試圖掙脫范月姣，但范月姣像是個溺水的人似地，緊抓著顧厚澤不放。安全人員連忙過來協助，費了一點力氣，總算把顧厚澤拉開。

隔著距離，顧厚澤說：「聽我的話，妳有能力給自己幸福的。別再傷害自己、傷害別人了。」

「可是我還愛你啊。」

「時間到了。」安全人員又提醒了顧厚澤一次。

顧厚澤轉身走出病房，還聽見身後范月姣激動地嚷著：「可是我愛你超過我自己啊……」

他就這麼頭也不回地越走越遠，直到穿越了兩道上鎖的門，隱隱約約能聽到范月姣淒厲的聲音。

謙益投資周曉琪宣布公開收購超邁流通

【記者蘇本寧／臺北報導】

弘發貿易董事長周曉琪昨日宣布將以謙益投資名義，自四月十六日起至五月十五日下午三點三十分為止，以每股32.33元為對價，公開收購貿易通路廠商——超邁流通45%的股權。超邁流通亦在今天公告，將於接獲公開收購人（周曉琪）依法令申報及公告之公開收購申報書副本、公開收購說明書及相關書件後，依相關規定辦理。

由於周曉琪收購超邁溢價幅度達26.29%，且收購完成後，弘發以產品見長，超邁則以通路見長，如能形成進一步策略聯盟或合併，市占率將穩占臺灣第一，市場看好此收購案綜效，今天超邁股價跳空漲停鎖死。

以超邁流通昨日收盤價25.6元來估算，溢價幅度高達26.29%，收購總金額上看30.01億元，約當超邁發行普通股之股數的45%，如參與公開收購應賣之普通股達最低收購數量5%時，此次公開收購條件即告成就。

由於超邁大股東長年持股不高，引起市場派覬覦。一年來風波不斷，先有叔侄經營權之爭，繼而有詹謙仁的敵意併購戰，雙方你攻我防，最後詹謙仁心臟病發，以放空股票鳴金收兵告終。周曉琪係詹謙仁的遺孀，此次捲土重來，大軍壓境，超邁流通公司派是否能夠保住經營權，有待觀察。

毅夫出現在心彤辦公室，是小琪的謙益投資公司宣布公開收購超邁流通股票的隔天。

董事會辦公室得到消息，超邁公司的董事會召開記者會宣布啟動庫藏股機制，用更高的價格從市場買回股票以抵禦謙益投資的公開收購。整個辦公室的秘書群全為了這件事忙得天翻地覆，電話線上全被媒體記者、投資人、投顧公司占得滿滿。

見到毅夫出現在董事會辦公室門口，心彤板著臉問：「有什麼事？」

「妳收到我的簡訊了嗎？」

我真的很痛苦，被一個全世界最瞭解我的人誤解了。

如果我傷了妳的心，我不是刻意的。只要妳原諒我，我願意做任何事，對不起，對不起……

我渴望今年妳過生日，我仍然是那個第一個為妳唱生日快樂歌的人。

是的。類似的簡訊，心彤至少收到了幾十封。起床的時候收到、上班的時候收到、吃飯的時候收到，有時甚至三更半夜也收到。

但現在她只是沉著一張臉，不回答他是，也不回答不是。

「我能單獨和妳說說話嗎？」他說：「一會兒就好。」

「有什麼話就在這裡說吧。」

毅夫一臉無奈的表情看著心彤。

「對不起，如果沒事的話，我還有工作。」心彤說著起身離開辦公室。

毅夫連忙跟隨在後。「求求妳，再給我一次機會。」

心彤自顧自地往前走。走出了辦公室，她回過頭來，發現毅夫還是跟著。她指著毅夫前方的地面，不悅地說：「你再過來，我叫警衛了。」

「我是公司的董事，警衛不敢抓我。」

心彤兩道凌厲的目光利刃似地射過來，她用手在毅夫前方的地面比劃出一條線。「你往前再走一步，我就告你性騷擾，看警衛抓不抓？我說到做到。」

毅夫舉高了雙手做投降狀。「不走就不走。」

「房租催繳通知已經寄第二張來了，你去解約吧，那裡我不住了。」

「解什麼約呢？房租我繼續繳，妳隨時都可以住。」

「我找到地方也和房東簽約了。東西我差不多都裝箱了，明天就請搬家公司來搬走。鑰匙我留在樓下信箱。」

「一定要這樣嗎？」

「也該是時候做個了結了。」

心彤說著轉身往前走。走了一段路，發現毅夫還跟在後頭。她立住腳步回頭瞪著毅夫說：

「大家都忙，我們就別浪費彼此的時間了吧。」說著瀟灑地轉身走開了。

隔天心彤特別請了半天假回住處打包。她拎著一疊紙箱打開大門，發現毅夫已經在那裡等著她了。

「我從中午就來這裡等妳了。」毅夫說。

心彤板著臉一言不發地往房間裡面走。毅夫尾隨在後頭說：「這些日子我真的很痛苦，也想了很多事。」

心彤不理他，自顧自把紙箱貼上牛皮膠帶。毅夫試圖幫忙，被心彤一手推開。

「這幾個禮拜我真的感觸良深。失去了妳，就算有再大的事業、再多的財富，我也不會快樂的。」

貼好了一箱，心彤繼續又貼另外一箱。

「妳聽我說，」毅夫說：「我愛妳，沒有妳，我真的不曉得該怎麼辦。」

心彤只當作耳邊風，手上的動作停都不停一下。

她抱著紙箱往廚房走，毅夫連忙讓開，跟在後頭說：「這一次我真的下定了決心，絕對不會再讓妳失望。」

心彤把廚房裡面的瓶瓶罐罐、杯子、碗筷、盤子……都包上報紙，一個一個收納進紙箱。

聽著毅夫不停地叨絮。心彤煩了，轉身過來對他嚷著：「你可不可以走開？」

「房租我也有繳啊，為什麼要我走開？」

「不想走開你就閉嘴。」

無可奈何，毅夫只好站在心彤身邊安靜地等著。

過了將近半個小時，心彤終於把所有的東西都裝箱打包完畢，他才沮喪地問：「真的無法挽回了嗎？」

「你媽覺得我跟你在一起是因為貪圖你們家的錢，可是你自己說，我們在一起這麼久，我拿過你一毛錢嗎？現在你風風光光當董事了，我呢？你知道我承受了多少莫名其妙的羞辱？你有什麼資格說你愛我，也愛錢？」

「我想過了。我發誓，如果在這個公司我無法保護妳，妳就把我的這份辭呈交出去吧，我與妳同進退。」毅夫從口袋拿出一個寫著「辭呈」的信封交給心彤。

心彤抬起頭，看見毅夫就站在他們的婚紗照前，一時之間，感觸萬千，一句話也說不出來。

「請妳再給我一次機會，這次我一定會證明我真的不一樣了。」

心彤還是不說話。

「對不起，我錯了。請妳相信我，在我的生命裡，妳比錢還重要。」

「我比錢還重要？」

「重要很多很多。」

心彤做了個深呼吸，慢慢地吐出來。「既然如此，你證明給我看。」

「怎麼證明？」

「今年生日禮物，我要一臺ＢＭＷ Ｍ３跑車當禮物。」

「ＢＭＷ Ｍ３？」毅夫一臉不解的表情。

門鈴響了。

「不是說我比錢還重要很多很多嗎？」心彤面無表情地看著毅夫，「用實際行動證明你的話吧。」

門鈴又響了一次。

「搬家公司的人來了。」說著，她轉身穿越客廳去開門。

聽到毅夫開口借五百萬元，錢麗慧愣了一下。「可以告訴我，你需要五百萬做什麼嗎？」她問。

「阿姨，妳可以不問錢的用途嗎？錢將來我一定還妳，我用人格保證。」

「阿姨當然信得過你。問題是阿姨得知道你用這些錢做什麼？否則，萬一你媽媽責怪我，我擔待不起。」

毅夫猶豫了半天說：「如果我告訴妳用途，妳可以暫時不要告訴我媽嗎？」

「你先說是什麼事。」

毅夫只好老老實實地把心彤要求ＢＭＷ Ｍ３當生日禮物的計畫和盤托出。「阿姨，少了她，我真的很痛苦。做什麼都沒意思。」

「你看，當初我就說她愛錢，現在露出馬腳了。」

「阿姨，事情不是妳想的那樣。心彤不是一個愛錢的女人。」

「五百萬是很大的數目，你知道嗎？一個女人都還沒跟男人結婚就開口要五百萬的車，怎麼不是愛錢呢？」

「是我自己跟她說，我愛她勝過愛錢，她才要我證明的。」

「花前月下卿卿我我的，什麼摘星星、摘月亮的鬼話男人都說得出來，聰明的女人聽到這種鬼話，開心開心也就算了。不這樣想，竟然還抓住話柄，反過來威脅你要去摘星星、摘月亮送給她，不送就分手？你說你愛她勝過愛錢，她卻擺明了愛錢勝過愛你，這說得通嗎？」

毅夫沒說什麼。

「還記得阿姨跟你說過的話嗎？你媽只是不希望你找到的對象，愛你的錢勝過你本人。」錢麗慧說：「你想想，自從認識潘心彤之後，你拿了公司的錢去炒超邁，虧損了一千多萬。你買了一百多萬的彩券賠得一毛錢不剩。現在你又要跟阿姨借錢，去買車給她當禮物……反過來，看看林風樺。你們才認識多久，就幫你媽還有姨丈，不費一兵一卒輕易地拿下弘發的經營權，還給你自己弄了一席董事。人的命運很多時候就是選擇出來的。做什麼選擇就得到什麼命運，明擺著的事實，難道還不清楚嗎？」

毅夫沉默地想著。

「我打聽過潘心彤。你知道這個女人有多愛慕虛榮嗎？你知道她為了買名牌包、買名牌衣服，又背了多少卡債嗎？兩個人交往才多久？就跟你獅子大開口要五百萬的禮物。如果這不是愛錢，什麼才是呢？」

「年輕女孩子當然想買買漂亮的衣服和包包啊。就算卡債，只要還得出來，也不為過啊。」

毅夫懊惱地說：「阿姨，她真的不是愛錢的人，妳們為什麼就是不能相信我呢？」

「不愛錢為什麼要向你要五百萬的跑車呢？」

「她沒有那麼膚淺，我知道她在乎的是那五百萬元背後更深刻的心意。」

「說到愛錢，有誰是膚淺的呢？如果錢只是膚淺的一疊紙，誰會在乎呢？」

毅夫安靜了好一會兒。「所以，阿姨，這五百萬妳是不能借我了？」

「我們繼續這樣爭論下去，破壞了彼此的感情也不是辦法。不如我們給彼此一個公平的機會，就當是個賭注吧。」

「什麼賭注？」毅夫問。

3

每次范月姣跟護士小姐說：「讓我離開重症加護病房。」時，護士小姐總是回答她：「等妳情況穩定就讓妳離開。」

情況穩不穩定不是范月姣說了算。她越是告訴他們實話，他們就越覺得她的情況不穩定。如果她稍微露出激動、不滿，或者抱怨，他們就越覺得她的病情變得越來越嚴重，甚至給她加藥、打鎮定劑。

在精神科診所當了這麼多年的護士，她當然很明白「穩定」所代表的意思。

范月姣決定讓自己變穩定、變好。

從重症加護病房移回普通病房那天，魏大為特別去病房看她。她的氣色看起來不錯。魏大為得到病房主任的允許，帶著她到醫院的空中花園散心。

陽光很燦爛，空氣裡到處是撲鼻而來的玫瑰花香。他們就在花園走著，許多他們叫不出名字的花朵全都繽紛地盛開著。

「我想讓自己變好。我想到處去看看，像現在這樣。」

魏大為一臉驚喜的表情，看著范月姣。「當然好。出院之後，我帶妳到處去旅行。我們重新再來一次，好嗎？」

「嗯。」

「我就知道，」魏大為激動地說：「我就知道一定會有這一天的。」

范月姣走上前去，抱住魏大為。魏大為也緊緊抱著范月姣，過了好久才放開。

看見范月姣臉上爬滿淚水，魏大為連忙用手去擦。「別哭了，」他說：「這麼開心的事，我們要笑才對啊。」

是的，要笑才對。范月姣擦乾了淚水，決心讓自己更快變好。

她花時間閱讀小說、和大家一起看連續劇，早上還跟隔壁病房的一位老先生學習書法。

范月姣每天都給魏大為打電話。公共電話是病房對外唯一的聯絡，只在特定的時間開放給病人使用。排在等著打電話的隊伍裡，每天范月姣幾乎都聽得見這樣的對話：

「我不要住在這裡。」

「我又沒有做錯什麼事，為什麼不讓我出院？」

「我不要關在這裡，快來接我回家。」

范月姣從不和魏大為談這些事。她總是告訴魏大為她每天做的事情。她的心情一天比一天更好，她要大為這樣覺得。魏大為是醫師也是親屬，范月姣知道，他有主治醫師的電話，總是打電話給主治醫師，跟他報告從范月姣這裡聽到的一切。

週三是小琪固定去顧厚澤診所看診的日子。

面對坐在診療桌前的小琪，顧厚澤並沒有花很多時間和小琪討論她失眠的問題。他記錄著病歷，一陣無法按捺的衝動忽然排山倒海而來，他停下了筆，問小琪：「公開收購超邁妳為什麼不跟我商量？」

「理由我跟你說過了。」

「詹董屍骨未寒，不適合把弘發賣掉，我可以理解。為了將來賣出更好的價格，提升公司經營績效，捍衛弘發經營權，甚至介入高層經理人回扣的調查，我也可以理解。但妳現在不但拿現金出來，還得貸款去收購超邁……我就完全無法理解了。妳知道妳已經越陷越深了嗎？」

「我知道，但我不可能認輸的。大學愛上導師那次，我認輸了，也退讓了，可是我得到了什麼？失去了錢、失去了愛情，我甚至連孩子也保不住了。」

「外面很多小道消息在傳妳知道嗎？他們說這個孩子不是詹董的，說那趟蜜月之旅妳謀財害命……何必跟他們這樣鬥呢？繼續鬥下去，話會越傳越難聽的。」

「我沒有殺死詹董，」小琪打斷顧厚澤，「他們說什麼我不在乎。」

顧厚澤詫異地看著小琪。「妳沒有嗎？」

小琪又說了一次：「我沒有殺死詹董。」

「沒有嗎？」

「沒有。那天在郵輪上，放下電話，我還沒來得及把溼毛巾捂上去，room service的人就在門口按鈴了，我根本來不及——」

顧厚澤簡直不知該說什麼才好。他按捺住情緒，對小琪說：「無論妳怎麼說，真相是不會改變的。」

「詹董是自己心臟病發作死的。沒有人殺詹董。」

「我想不通，為什麼妳不能賣掉詹董的一切資產，跟著我一起離開這個是非之地呢？」顧厚澤無奈地笑了笑。「妳是詹董的遺孀，對外宣稱肚子的孩子是詹董的孩子。妳站在我的立場替我想過嗎？每次只能偷偷跟妳和孩子在一起，我算什麼？」

「你又曾經站在我的立場想過嗎？如果不是因為愛你，我何必拿出這麼多錢替你償還這些債務？求你相信我好嗎？只要再給我一些時間，我會剷除掉眼前所有的敵人，我保證一切不會有什麼兩樣的。到時候，我們三個人一樣可以幸福快樂地在一起……」

顧厚澤沉默不語。

「你還不明白嗎？這個世界就是這樣，只有當你強大到夠把對方打趴在地上求饒時，他們才可能停止對你的挑釁。」

下班時間，心彤走出公司，一眼就看見大樓門口停了一部引擎發動著的嶄新BMW M3。目光才轉過去，車門忽然打開，毅夫從駕駛座走了出來。

「啊──」心彤忍不住大叫一聲。

「三‧〇升六缸直立引擎，四百五十匹馬力，上車吧，以後這部寶馬，就是妳的了。」毅夫一臉得意的表情說：「先預祝明天生日快樂。」

「你哪兒來的錢？」心彤努力保持鎮定。

「錢的事妳不用管。」

心彤又問：「你哪兒來的錢?你不說，我就不上車。」

支吾了好一會兒，毅夫終於說：「我跟我阿姨借的錢。」

「誰讓你去借錢的？」

「不借錢，哪來的車？」

心彤不高興地說：「你跟你阿姨借錢，你阿姨告訴你媽，你媽再把罪過推到我身上，哪一次不是這樣？」

「我阿姨保證了，她不跟我媽說。」

「我不信。」

「我阿姨說話算話的。」

「這車子我不要了。」

「妳別開玩笑了好不好。」

「誰跟你開玩笑。你媽、你阿姨的錢我一毛錢都不要。」

毅夫不悅地說：「不送妳車說我愛錢，送妳車了又不高興。到底要我怎樣妳才會高興？」

心彤還是板著臉，一句話不說。
「到底要怎樣，」毅夫越想越氣，大吼：「妳告訴我啊！」
「你買了車子我就得高興，好，」心彤說：「我高興。」說著忿忿地拉開車門，坐進駕駛座。
毅夫連忙繞過車頭，打開另一側車門，也坐進副駕駛座。
心彤把排檔推進D檔，大腳往油門一踩，一股猛烈的力道自椅背傳來，汽車立刻脫韁野馬似地飛奔而出，
「欸、欸、欸……」毅夫說：「妳這是幹什麼？」
「不是說什麼三・〇升六缸直立引擎，四百五十匹馬力嗎？」心彤說：「我高興。」說著又猛踩油門，不停地在車陣中穿梭、蛇行。
毅夫不安地問：「妳一定要開這麼快嗎？」
「我高興，不行嗎？」
「妳哪有高興，妳明明不高興。」
「我高興。」說著繼續猛踩油門，加速衝刺。
奔騰了沒幾秒，眼看前方的號誌燈已經變成黃燈。
「欸欸，減速，」毅夫說：「前面是黃燈了。」
心彤根本不理毅夫，更用力踩油門，加速通過十字路口。
「喂，闖紅燈了。這樣很危險妳知道嗎？真要飆車，我們上快速道路再飆——」正說著，車

後蜂鳴器的聲音響了起來。

毅夫回頭去看，汽車後頭，不知從哪裡冒出來一個警察，騎著警用機車飛奔了過來。

把資料填入罰單之後，警察把駕照還給心彤。「行照呢？」

毅夫連忙拉開右前方置物櫃，找出行照，交給員警。員警接過行照，看了一眼。「這是租車公司的車？」

毅夫點點頭。

「租車公司？」心彤一臉訝異的表情。

「合約呢？」警察問。

毅夫又從前方置物櫃拿出一個信封紙袋，交給員警。

「租車公司？」心彤又問了一遍。

毅夫沒有回答，車內一片詭異的沉默。

開好罰單，警察讓心彤簽過名字，騎著機車離開。毅夫心虛地說：「汽車本來就是消耗品，租的跟買的還不是一樣。只要妳喜歡，我可以一直租啊……」

心彤根本不想聽毅夫說話，推開車門往外走。

毅夫連忙追出去，跟在後頭。

「我真的已經很努力了。」

心彤一言不發地往前走。

毅夫急得拉著她的手，懊惱地說：「我就這麼多錢。妳到底要我怎麼樣，妳說啊？」

心彤生氣地甩開毅夫的手。「你給我的東西，從來沒有一次是真的。」顧不得流下來的淚水，她哽咽地說：「你給我的東西，從來沒有一次不是將就的，沒有一次不是暫時的……」說完頭也不回地轉身走了。

十一點鐘，顧厚澤意外地接到心彤的電話時，正好看完夜診回到家，洗完澡從浴室走出來。

「喂。」

一接起電話，他就聽見心彤的聲音，無厘頭地嚷著：「顧醫師，居酒屋老闆自……自稱是你……病人。我說我們……很熟，他不信。我跟他打……打賭，輸的人罰三……杯。」

才說著就有人搶過電話，對顧厚澤說：「顧醫師，我是小莫。每次都約禮拜二早上的那個小莫。」

一個壓力過大時就會焦慮症發作的病人。「小莫。」顧厚澤想起來了，小莫曾說過他經營居酒屋。

「潘小姐是你的朋友還是病人？她在我這裡喝了將近一瓶whisky，又哭又笑的。」

看心彤走路搖搖擺擺，顧厚澤連忙打開副駕駛座車門，伸手扶她上車。

「我沒問題。」心彤推開顧厚澤的手。

坐進駕駛座後，顧厚澤伸手過去試圖幫忙繫安全帶，又被心彤撥開手。「我自己來。」她說。

顧厚澤只好等她把安全帶插上了插銷，才發動汽車。

汽車駛出居酒屋所在的巷弄，往河濱公園方向走。走了一會兒，經過中山橋，心彤忽然問：

「顧醫師，你要去哪裡？」

「送妳回家啊。」

「我搬家了。」

「妳住哪裡？」

「可是我現在不想回家。」

「不回家妳想去哪裡？」

「停車。」心彤忽然說。

顧厚澤以為發生了什麼事，連忙把汽車在路邊停了下來。

一停車，心彤立刻打開車門要下車。

「欸、欸，妳要去哪裡？」顧厚澤阻止她，「這裡大馬路很危險，妳不要下車。」

「好悶，我想吹吹風。」

「妳先不要下車。想吹風我帶妳去一個地方。」

顧厚澤開動汽車繼續往前走，走了一公里左右，就到水門入口了。轉進水門就是河濱公園，汽車緩緩駛進河邊的停車場，停了下來。

「好了，」顧厚澤說：「現在妳可以下車，愛怎麼吹風就怎麼吹了。」

嘟、嘟——電子錶的聲音響了。

心彤抬起手看了看手錶。「十二點過了，現在，已經是我的……生日了。」

「生日，真的？」

「當然是真的。你願意，當今年第一個為我唱……生日快樂歌的人嗎？」

「我不會唱歌。」顧厚澤說：「不過還是祝妳生日快樂。」

「謝謝。」心彤哽咽地說著，啜泣了起來。

顧厚澤有點不知所措，只能靜靜地聽著心彤哭。

哭了一會兒，心彤擦了擦淚水說：「你一定覺得我……喝醉了。」

「妳是喝醉了。」

「我知道我醉了。可……實話實說，我心裡……比……任何時候都更清楚。對不起。我不應該這樣……對你。我們去……吹風吧。」說著打開車門往外走。

看心彤走得搖搖晃晃，顧厚澤連忙也下車跟在後頭。

心彤走在前頭，自顧自地唱著歌：

我願變成童話裡，你愛的那個天使，張開雙手變成翅膀守護你，你要相信，相信我們會像童話故事裡，幸福和快樂是結局……

到了河邊，顧厚澤跑上前去。「好了，前面是河，不要再往前走了。」

「我當然知道前面是河。」說著心彤在河邊的階梯上坐了下來。

看心彤安靜地坐著，顧厚澤也坐了下來。

坐下來，一切也就安靜下來了。除了風還不安分地跑來跑去之外，整個河濱公園安安靜靜的。路燈安安靜靜的。河流安安靜靜的。水面上閃爍的波光也安安靜靜的。

「我跟他要……了一輛，BMW M3跑車。當生日禮物。」心彤說。

「BMW？」

「愛不能只聽……甜言蜜語。你說的。我要他證明。」安靜了一會兒，心彤又啜泣起來了。

「你說對了，他給……我的……都是，假的，都是……暫時的。都是，將……就的。」

儘管心彤說得有點破碎，不過顧厚澤大致能夠理解。「他沒送跑車給妳？」

「他用租的。」

心彤越哭越傷心，她問：「我可以抱你嗎？」還不等顧厚澤回答，她已經轉過身來抱住他，趴在他的胸膛上哭了起來。

風吹動心彤的長髮，輕輕地撥弄顧厚澤的頸項。她的胸部很柔軟，淡淡酒精味混和著身體的香味，更是激起了顧厚澤的生理反應。他的手在空中猶豫了一會兒，終於放到心彤的頭髮上，輕輕地撫著。

不知哭了多久，心彤抬起頭來看著顧厚澤，試探什麼似地，輕輕地吻了顧厚澤的嘴唇。

「我們不該這樣的。」他說。

「我知道。」說著心彤又緊緊抱住顧厚澤，用力地吻他的唇。

長桌上的那個夢境無可抑遏地又在顧厚澤腦海浮現。不安的感覺越來越巨大。「心彤，妳聽我說，」顧厚澤輕輕地推開了心彤，「我們不該這樣的。」

「為什麼我們不應該這樣？」

「妳心裡其實還愛著他的，妳明白嗎？」

「是嗎？」心彤有點迷惑地看著顧厚澤。

「今天妳喝醉了，我先送妳回家休息吧。」

4

超邁公開收購倒數四日截止

【記者蘇本寧／臺北報導】

謙益投資對超邁流通公開收購案本週倒數計時，謙益投資發言人游步勒對公開收購案表示樂觀看待。游步勒指出，32.33元是市場高價。過去幾日股價失守32.33元，代表市場傳言收購價偏低是無稽之談。他強調，未來無論任何合作模式，每股價格都不會超過32.33元，藉此斷絕外界對股價的想像空間。

謙益投資於四月十六日宣布以每股32.33元公開收購超邁45%股權，最低成就門檻為5%，股東登記截止日為本週四（十五日），剩四個交易日。

超邁流通在公開收購案後祭出兩萬張庫藏股護盤，帶動股價一度衝破32.33元。惟近幾個交易日股價震盪，數度失守公開收購價，未來四天表現將決定公開收購能否成局。

對於收購將截止，游步勒強調，仍樂觀以對。他強調，謙益投資將不提高收購價、也不會延長收購期間，雙方若有任何合作關係，也不會建立在32.33元價位之上。

游步勒說，這樣說明是因為這段時間有心人士從市場買股，期待未來公開收購價會拉高，但謙益投資只會用合理的價格購買，更希望超邁的善良小股東不要因誤判而受害。

確定了出院的日期之後，范月姣天天都在寫信。她給魏大為寫了一封長長的信，又給顧厚澤寫了一封短短的信。她還寫了一封感謝卡給所有照顧過她的醫護人員。

出院那天，她把感謝卡交給護理站的護士，又把寫著顧厚澤姓名的限時專送信封貼上郵票，交給收發信件的行政人員，請他們代為轉寄。

魏大為特別買來了蛋糕，感謝護理站所有醫護人員這些日子以來對范月姣的照顧。他們一起揮手向護理站的醫護人員告別，醫護人員也熱情地祝福他們。

「要加油噢。」她們說。

搭著魏大為租來的車，緩緩駛出了醫院時，范月姣回望了一眼醫院的建築群，若有感觸地說：「我永遠都不要再回到這裡來了。」

「我們永遠都不要再回這裡來了。」魏大為附和著。他問：「妳想去哪裡散心，我陪妳去？」

「去看海吧。」范月姣說。

一整個下午都是陽光普照的晴天，他們在東北角海岸的濱海公路走著，蜿蜒曲折的海岸線，奇形怪狀的石頭，無止無盡的浪濤一路相隨。

他們把汽車停在三貂角燈塔的停車場，就在白色的圓頂涼亭裡眺望無垠的大海。天空忽然出現了一道美麗的彩虹，范月姣看著彩虹，定定地說：「好美。」

「妳好美。」魏大為情不自禁地吻了范月姣。

回到汽車上，范月姣問：「那首歌，你可以再播一次嗎？」

「哪首歌？」

「第一次約會時，你播給我聽的那首歌劇，《採珠人》裡面的〈詠嘆調〉。」

「〈妳的歌聲依然在我耳邊迴繞〉。」

魏大為找出音樂，把手機接上汽車音響。一段美麗的前奏之後，蕩氣迴腸的男高音就開始悠揚地流動了出來。樂聲中，范月姣抱著魏大為，緊緊不放。等音樂結束時，魏大為發現范月姣已經淚流滿面了。

「怎麼了？」

「你對我這麼好，我不知該怎麼回報。」

「妳的笑容，就是我最好的回報了。」魏大為說。

范月姣擦乾了淚，露出了笑容。

他們住進礁溪的溫泉飯店已經過了晚餐時間。

魏大為說：「妳先泡個澡，我開車出去買些食物回來，我們就在房間裡面吃吧。」

「嗯。」

離開前，范月姣叫住了魏大為。「我在醫院給你寫了一封很長的信噢。」

「真的？什麼時候給我看。」

「時候到了，你會看到的。」說完又抱住了魏大為。「謝謝你，謝謝。」

「我馬上就回來，嗯？」看見范月姣又滿臉淚痕，魏大為用手幫她擦了擦淚，「這麼開心的事，應該要笑才對啊。」

范月姣從行李中取出了衣服、盥洗包，又打開衣櫥拿出衣架，走進浴室。

她把盥洗包放在梳妝鏡前，把衣服整齊地吊掛在梳妝鏡旁的架子上。

她轉身彎腰，給浴缸塞上橡皮塞，並且打開水龍頭。就在嘩啦嘩啦的水聲以及緩緩升起的蒸氣中，她把身上的衣服一件一件褪下來，摺疊好，整齊地放在架子上。

她又走回梳妝臺前，從盥洗包拿出粉餅、眉筆、腮紅、口紅，開始給自己化妝。看著鏡子裡的那個人裝扮著自己，范月姣有一種很奇怪的感覺，彷彿那個人跟自己一點都不相干似地。

撲粉、畫眉毛、又塗了腮紅以及口紅之後，她拿著口紅，在化妝鏡上寫著：

大為，對不起……

才寫完，就忍不住又痛哭了起來。

范月姣就這樣任性地讓自己哭了一會兒，才慢慢安靜下來。

寫給魏大為的信就在盥洗包裡。她拿出那封信，用漱口杯小心翼翼地壓住。

現在盥洗包裡面只剩下那把美工刀了。她取出美工刀，又把粉餅、腮紅、口紅以及眉筆都收進盥洗包裡，再把盥洗包放在摺好的衣服上面。

她拿起那把美工刀，關掉水龍頭，慢慢跨進浴缸，舒舒服服地躺下來。

水溫剛好，不冷、不熱。水質既溼潤又柔滑。

范月姣安靜看了看自己的左手，又看了看右手，決定把美工刀交給右手。

就剩最後一件事了。

她就這樣，看著自己的右手把刀片從美工刀匣子裡一格一格推了出來。

5

接到心彤與高采烈的簡訊以及相片是禮拜三下午小琪固定的看診時間之前。

顧醫師，分享你介紹的徵信社朋友昨天的「傑作」。我已經寫簡訊並且發了兩張照片給沈太太，探探她的反應。等我消息。心彤顧厚澤打開其中一張「傑作」。

畫面是停在汽車旅館門口的ＢＭＷ Ｍ３汽車，照片上顯示時間是昨天晚上九點多。儘管光線微暗，透過高度感光的數位相機攝影鏡頭，可以清楚地看見駕駛座上的女人正和副駕駛座的男人擁吻著。

顧厚澤滑動手機，看著眼前一張張的照片。更多的擁吻、走出汽車、牽手走進旅館、在旅館櫃檯登記的兩個人……

儘管徵信社是顧厚澤介紹，但回扣調查的成敗他並不是真的那麼有興趣。顧厚澤已經下定決心跟小琪攤牌。除非小琪願意賣掉詹董的公司，否則他們只好做個了斷。果真這樣，他和弘發就不再有任何瓜葛了。

儘管如此，基於禮貌，顧厚澤還是回覆了心形：

了解。厚澤

簡訊才發出去，一抬頭就看見曼青打開診療室的門把小琪帶進來了。她把小琪安置在診療桌前的椅子，退出了診療室。

小琪回頭確認曼青離開診療室，慢條斯理地從皮包裡拿出一張一千兩百萬元的支票，推到顧厚澤面前。「這筆錢，你拿去還債吧。」

「我很感激妳為我做的這些。不過，這幾天，我想了很多事。」說著顧厚澤把支票推回小琪面前。

「這是什麼意思？」小琪問。

「妳說，要我給妳一些時間，妳保證會剷除掉眼前所有的敵人，我們三個人一樣可以幸福快樂地在一起……可是我想來想去，怎麼想也不明白……為什麼要等妳剷除掉眼前所有的敵人呢？只要妳把詹董的公司賣掉，我們三個人隨時可以離開這裡，立刻就能擁有幸福快樂的生活。」停頓了一下，顧厚澤說：「為什麼？妳能給我一個理由嗎？」

小琪沉默無語。

「妳的愛是有前提的——一個我完全搞不懂的前提。如果非得接受這個前提我們才能相愛的話，對不起，這樣的愛我無法接受。這一千兩百萬妳拿回去吧。我還有診所的收入，之前欠妳的錢，我會慢慢還妳的。」

「你以為我在乎的是這些錢？」

「如果妳真的在乎我們的愛情、我們的孩子，就把公司賣了吧。如果妳不願意的話，我們就到此為止吧。門診的部分，如果還有需要的話，我會轉介妳到其他地方。」

小琪一句話不說，只是看著顧厚澤，眼淚不停地往下流。

顧厚澤懊惱地提高了音量說：「我不懂，妳為什麼就是不能把詹董的公司全部賣掉？如果為了愛，妳都有殺人的決心，賣掉公司有這麼難嗎？」

小琪只是留著淚。

「妳給我一個合理的說法。妳說啊。」

低著頭沉默了好久，小琪才抬起頭。她用手擦乾了眼淚，用一種彷彿自言自語的語氣說：

「那時候電鈴響了，我很慌張，可是他忽然抽搐了起來，我連忙用溼毛巾蒙住他的鼻子和嘴，電鈴鈴聲一直響著，我不知道自己蒙了多久，直到他整個人變得軟趴趴的，我才放開他。是我殺了他。」

「我們殺了他。這我知道。」

「還有，他死的時候，我打了個電話向吳院長求證，」她從皮包拿出DNA親子鑑定報告，放到顧厚澤桌前。「我肚子裡的孩子是詹董的。」

顧厚澤有點意外，接過報告，目不轉睛地讀著。他的表情從驚訝、否認、接受到失落，迅速地變化著。讀完了報告，他垂頭喪氣地坐在椅子上。

「喪禮之後，」小琪繼續又說：「我每天都在陽明山住處看見詹董坐在那裡抽著菸，用一種哀傷的眼神看著我。我想賣掉公司，跟你一起遠走高飛。可是我很猶豫，天天失眠。我不知道能逃到哪裡去。我更不曉得將來如何面對這個孩子。」

「為什麼不告訴我？」

「老天給我開了一個這麼大的玩笑。我很害怕，害怕你根本無法接受事實。」

顧厚澤沒有接話。

小琪說：「被關進看守所的那天晚上，我想通了，事情走到這一步，害怕有什麼用呢？我不甘心輸給王總經理、不甘心輸給錢麗華，更不甘心輸給作弄我的命運。」

「所以妳寧可拿出一堆捍衛經營權的理由來搪塞我？」

「如果你愛我的話，為什麼你不能站在我這一邊，無條件地相信我呢？愛就是相信，不是嗎？」小琪急切地說：「只要給我時間，我會剷除掉眼前這些對手的。到時候，我們一樣可以結婚，可以把小孩當成自己的小孩撫養，我們三個人可以幸福快樂地在一起，一切都不會有什麼兩樣的。」

「一切都不一樣了。」顧厚澤搖著頭，「一切都不一樣了。」

最後一個病人離開後，顧厚澤脫下白色長袍，從曼青手中接過當天的信件。

一疊信件中，他一眼就認出了范月姣寄來的那封限時專送。他從抽屜拿出剪刀，毫無緣由地，厭煩的感覺湧了上來。就算信拆開了，又如何呢？該說的、該做的，他都做了。這樣想時，他下意識地放下剪刀，把信封摺疊起來，放進外套口袋裡。

心形的電話就是那時候打進來的。

「喂。」顧厚澤接起了電話。

「下午我不是發了一、兩張照片給沈太太嗎？告訴你一個好消息，」她雀躍地說：「沈太太願意交出帳冊了，我們約好了等一下碰面，你方便一起來嗎？」

顧厚澤遲疑了一下。

「本來想自己一個人過去就好，不過想起董事長曾提醒我要注意人身安全……只是這種機密的事，我實在不知道可以找誰幫忙……」

顧厚澤還是沒說話。

心彤又說：「好不容易完成了這麼一個任務，慶功一下總是要的吧？拜託你就給我個表達謝意的機會吧！」

如果可以的話，顧厚澤應該拒絕的。但莫名其妙的，他卻聽見了自己的聲音對心彤說：「好。」

抵達內湖那家看得見摩天輪的咖啡店時，沈太太已經安靜地坐在角落了。他們坐了下來。沒有寒暄，也沒有對話。點完餐點，服務生離開後，心彤把手中的牛皮紙袋直接交給沈太太。

沈太太接過紙袋，拿出裡面的照片，一言不發地瀏覽著。看完之後，她把照片收進紙袋。之前她臉上焦躁的表情已經不見了，取而代之的是一種接受了事實的疲憊。

心彤說：「我跟董事長通過電話，她同意了妳的條件。」

沈太太從皮包裡面拿出一大本厚厚的筆記本交給心彤。「這是五年來，所有供應商提供的回扣。從時間、供應商的名稱、負責聯絡的人，到錢的分配、金額以及帳戶，每一筆帳目，我都記得清清楚楚。」

心彤接過筆記本瀏覽了幾頁。裡面大部分的供應商她都知道。看著帳目上金額的數目，心彤不可思議地搖著頭。

「收受回扣的這些主管，幾乎婚姻和家庭都有狀況。我一直在說服自己，我們家會是少數的例外，沒想到當了幫兇這麼多年，到最後反而害了自己。」說著沈太太的眼眶溼紅了起來。

結完帳，送走沈太太之後，心彤注意到一個長得像是汪語晴的身影往盥洗室走過去。

「對不起，」她對顧厚澤說：「我好像看到一個熟人。你先去停車場等我一下，我過去打個招呼馬上過去。」

走進化妝室，心彤一眼就看見那個人站在盥洗臺前洗手。盥洗臺鏡子裡反射出一張好看的臉，她又確認了一次，沒錯，那是汪語晴。

抑遏不住滿心的衝動，心彤迎上前去。「汪小姐。」

汪語晴抬頭看了鏡子一眼，轉身過來。「有什麼事嗎？」

「我叫潘心彤，是辛毅夫的朋友。」

汪語晴把她從頭到腳上下打量了一遍。「辛毅夫的現任女朋友不是超邁林家的千金？」

心彤沒回答，只問：「可以告訴我，當初妳離開辛毅夫的理由嗎？」

「妳是辛毅夫的Ex，對吧？」

心彤還是沒回答。

「你們出了什麼問題？」

「他家裡的人對我有成見。」

「呵，他那個勢利眼的媽媽。」汪語晴笑了笑，「妳認識辛毅夫多久了？」

「就從報紙刊出妳和廖先生訂婚的消息那一天。」

「一年多的青春不算短。」汪語晴嘆了口氣，譏諷地笑著說：「他一定也帶妳去拍婚紗照了吧？」

才坐進汽車，顧厚澤就接到精神科病房朱主任的電話，通知他昨天晚上范月姣已經在礁溪的一家溫泉飯店割腕自殺身亡了。

「昨天早上出院時，她還請大家吃蛋糕，情緒明明還滿穩定的。」朱主任自責地說：「或許我不應該讓她那麼早出院的……」

儘管情緒激動，顧厚澤仍故作鎮定地安慰了一下朱主任。

掛斷電話，顧厚澤想起那封還未讀的限時專送，趕忙從口袋拿出信，迫不及待拆開信封，打開汽車頂燈，在燈光下讀了起來。

厚澤，

如果一切順利的話，當你收到這封信時，我應該已經穿越狂風暴雨，離開你了。此時此刻，你應該正在燈光下靜謐地讀著這封信吧。記不得到底給你寫過多少告別信，但這次真的是最後一次了。

跟你在一起不容易，但要離開你更難。

你說，我們曾經彼此相愛過，但是這樣的愛，現在已經不存在了。就像最後一次見面時，我對你吶喊的：可是我依然還愛你。但依然還愛你的我，又能如何呢？為你把一生的淚水都哭乾了的我，又能改變什麼呢？

想想這一切實在殘酷又不公平，對你來說已經不存在的愛，對我而言卻無所逃脫。如果愛真的那麼美好，憑什麼天堂或地獄全在你的一念之間呢？

憑什麼呢？憑什麼你的一念之間，就可以讓我相信的世界徹底崩壞，甚至不存在任何盼望呢？

這次真的是最後的一次了。沒有意外的話，此時此刻，我已經離開你了。

再見了，我此生的最愛。

就當我只是輕輕地睡著了。如果可以的話，甚至把我忘了吧——如果這樣可以幫助我們都離開這個痛苦的地獄的話。

就把這當成是我最後的祝福吧。

月姣

放下范月姣的信，顧厚澤的手無可抑遏地顫抖著。

一幕一幕往事在他腦海裡翻騰著。在懸崖上、在溪水旁、在小木屋、在山谷裡……

所有這些以愛為名所創造出來的地獄——地獄，才想著這個名詞，混沌的情緒立刻以迅雷不及掩耳的聲勢化成了悲慟。

淚水模糊了他的雙眼。

悲慟激烈地收縮著胸廓的肌肉，像是要把肺部所有的空氣都嘔吐出來似地，他發出一種像是哭泣又像是吶喊的聲音：

「呵——」

甚至肺部的空氣全被掏空，一口氣無以為繼了，情緒仍然停不下來。他倒抽一大口氣，試圖搶回呼吸的主控權，但呼吸根本不受控制。

然後是迅速、短促的哭泣聲，一陣一陣失控地抽搐著。

走近車時，心彤發現顧厚澤正一個人坐在車廂內淚流滿面地抽泣著。看見心彤坐進來，他似乎試圖鎮靜，但安靜了幾秒鐘又哭了起來。

心彤手足無措地在副駕駛座坐著，過了好一會兒，看顧厚澤仍哭著，她說：「你別哭了，再哭，我也被你感染了。」說著，忍不住心中悲傷的情緒，索性也跟著放聲哭了起來。

兩個人就這樣坐在汽車裡面，你哭你的，我哭我的。誰也停不下來。

悉悉索索地哭了一會兒，顧厚澤從中央控制臺找出衛生紙，抽出了一張擦了擦淚，又抽了一張遞給心彤。

心彤邊擦淚邊哭，一張衛生紙很快哭溼了。顧厚澤又抽了一張遞給她，連抽了三張衛生紙，心彤總算才停止了哭泣。

「接下來呢，」顧厚澤帶著幾分自嘲的表情問：「還慶功嗎？」

「我不知道。」心彤說，「我已經沒有什麼心情了。」

「我也是。」

沉默了一下，心彤看著遠方的摩天輪，忽然對顧厚澤說：「這樣吧，我們去坐摩天輪。」

隨著摩天輪升高，星羅棋布似的一片燈海呈現在他們眼前。

遠遠看去，建築全變成了大大小小的積木，縱橫阡陌的是道路，黝黯蜿蜒的是河流。無數的車燈緩緩地在道路間流動著。

心彤嘆了一口氣。「本來以為自己談的是一場轟轟烈烈的戀愛，再大的犧牲代價，都覺得至少還算值得。驀然回首，發現竟然只是一個類似套裝行程的天大笑話。」

顧厚澤沒有接腔。

心彤看著顧厚澤，問他：「你呢？剛剛怎麼哭了？」

顧厚澤想了一下說：「剛剛接到電話，一個老朋友，昨天走了。」

「走了？」

「嗯。走了。」

「這個世界，還真是什麼都說不定。」

一陣夜風呼嘯而過，把燈光都吹得燭火似地閃爍、跳動。

「只要有一盞燈存在，就有那盞燈底下的快樂與悲傷。」顧厚澤淡淡地說：「相對於這一整個城市的萬家燈火，我們的痛苦其實也不算什麼吧？」

心彤若有感觸地說：「或許只是因為太靠近了，才會覺得自己的燈光特別耀眼。」沉默了一會兒，又說：「那天你說我還愛著那個人。這幾天我想過了，我已經不愛那個人了。」

「不愛了？」顧厚澤問。

「不愛了。」

就在那時候，一股複雜的情緒忽然在顧厚澤心中莫名地翻騰了起來。他定定看著心彤，情不自禁靠近，吻了她的唇。

心彤迷惑地看著顧厚澤。「你說我們不應該這樣的。」

「我知道。」顧厚澤說。

她抬頭看著顧厚澤，以為他還有話要說。但顧厚澤只是伸過手來抱住她，把唇再度貼上她的。

心彤並沒有遲疑很久。她緊緊地抱住顧厚澤，回報他更熱烈的激情。

6

謙益投資公開收購超邁　宣布失敗

【本報記者周傳雲／臺北報導】

詹謙仁遺孀周曉琪所代表的謙益投資對超邁公開收購案，已於昨（二十三）日截止，由於昨日超邁收盤價仍站在33.2元，高於公開收購價格32.33元，最後參與應賣登記的張數僅約占比近3%，未達最低收購量5%的成就門檻，此案宣告失敗。

針對未來是否會對超邁再啟公開收購案，謙益發言人游步勒表示，依現行規定，同一案的公開收購若失敗，必須要等到一年以後才能再次進行，目前還沒有想法。不過，游步勒轉述，周曉琪董事長明確地表示，對於維護詹謙仁董事長交給她的事業並發揚光大的決心，並不會因為此次事件，而有所改變。

范月姣留給魏大為長達二十幾頁的長信，魏大為並沒有交給警察。辦完喪禮之後，魏大為把那封長信反覆讀了十幾次。

信中，范月姣仔細地交代了顧厚澤、自己以及另外一位叫周曉琪的女病人之間錯綜複雜的三角關係——根據顧厚澤的說法，這些全是范月姣的妄想症。她妄想顧厚澤和周曉琪有不正常的關係，妄想周曉琪打算聯合顧厚澤殺害老公，謀奪他的財產，還打算殺害范月姣……

魏大為做了很多查證。從報章雜誌上片段的報導，根本無法證實這些事實，但讀著信中鉅細靡遺又栩栩如生的細節，魏大為又直覺一個妄想症的病人根本不可能創造出這麼合乎情理，又出人意表的故事。

范月姣還在信中清楚地交代了自己的遺產，以及銀行帳戶裡每一筆錢的來龍去脈。臺灣和紐西蘭銀行帳戶、密碼以及銀行晶片卡就在范月姣的行李中。好奇心驅使魏大為上網登入銀行的帳戶查對，證實了她信上寫的每一筆數字。對於自己深信不疑的事實，魏大為開始產生動搖。如果事實果真如顧厚澤所言——早在一年多之前兩個人已經和平分手並維持著工作夥伴關係，帳戶裡面那些密切的金錢往來根本不可能發生。

他甚至懷疑，為了掩飾自己的不堪，顧厚澤把范月姣經歷過的真實都扭曲成了妄想症，並且把范月姣因為這些情事所衍生的自我傷害、自殺等行為，都歸咎給這個莫須有的診斷。

能證實這個假設的直接證據全在范月姣的手機裡。魏大為翻遍了范月姣的行李，無論如何，就是找不到那支手機。

魏大為開始拜訪小木屋附近的鄰居。他拿著顧厚澤和范月姣的相片，挨家挨戶地請教他們最近是否見過他們。

由於大部分的人只在週末或假期才去度假，方圓一、二公里內的鄰居不多，魏大為卻跑了好幾趟都空手而返。

「有啊，不久前才見過他們。」

聽到退休大學教授的鄰居這樣說時，魏大為已經跑了第四趟。「什麼時候的事？」

「只記得是春天，到處開滿了橘紅色的金毛杜鵑……至於是哪一天，唉，」教授一臉抱歉的表情說：「這把年紀了，你也知道的。」

正準備告辭時，教授身旁的老太太突然說：「我想起來了。是土地公廟拜拜那一天。一大早我們在附近散步，正好遇見他們開車經過。」

「你說他們兩個人坐在同一部車上，一大早？」

「八點左右吧。」教授說：「正好土地公廟拜拜輪到我們當爐主，我還邀請他們一起來吃酒席呢。」

「你們還記得土地公廟拜拜是哪一天嗎？」

老先生拿出手機，慢條斯理地找出宴客當天的照片。「這上面有日期。」他說。

魏大為接過手機，看了一眼日期——正是他飛抵臺灣當天。

那天一下機場他就直奔診所去找顧厚澤了。魏大為記得很清楚，那是中午時分，顧厚澤斬釘截鐵地說：「很抱歉，她沒來找我，我也不知道她人在哪裡。」

真相已經很明顯了。如果一早顧厚澤就和月姣一起出現在山上，中午卻推說從沒見過她，唯一合理的解釋就是他說謊。

如果從一開始顧厚澤就對他說謊，之後他所說的一切，也應該全都是謊言。

這說明了月姣的手機為什麼不翼而飛，更說明了為什麼有段時間顧厚澤千方百計阻止自己去看月姣。

魏大為開著租來的汽車，漫無目的地在山區行駛著。懊惱、悔恨像是無所不在的山嵐似地鋪天蓋地而來。

月姣不曉得早跟他說過多少次真相，他卻一次又一次置之不顧，寧可相信顧厚澤。如果能夠更專心地傾聽，更相信她說的每一句話，或許自己是有機會保護她，讓她免於受到顧厚澤的傷害的。是他沒資格愛她，沒能力給她幸福……

才這樣想，眼前的視線又被盈滿的淚水弄得模糊一片了。

行禮如儀地寒暄、坐進餐桌，喝了一口服務生送上來的茶之後，小琪放下茶杯，決定好好地端詳坐在眼前的林錫明。

印象中林錫明應該帶著幾分草莽氣息，見到本人感覺反而有點顛覆。他的身材稍顯清瘦，一頭灰白的頭髮，一身T恤搭上義大利剪裁的休閒西裝，更多的反而是一種名士派的氣息。

高級日式料理餐廳的包廂裡只有他們兩個人。用餐的過程，林錫明花了不少時間談養生，談健康。小琪不太插得上嘴。不知怎地，突然扯上了近兩三年林錫明迷上的新運動——馬拉松，他開始分享跑太魯閣、東京，以及波爾多酒莊的幾個馬拉松的心得，小琪才總算接得上一點話了。

「還沒懷孕之前，我也跑過一段時間。」小琪說。

「是嗎？在哪裡跑？」

「河濱公園，每次都跑十公里左右。」

「那裡黃昏的時候景色很美。」林錫明說：「既然妳有這麼好的基礎，我建議生產後，妳不妨報名去參加一場馬拉松比賽，不但身材恢復得快，而且會上癮的。」

「也許我該試試。」小琪禮貌地說。

林錫明讓服務生把他的紅酒拿來。「這款紅酒是去年跑完波爾多酒莊馬拉松，大會送給完賽者的紅酒品牌，我透過酒商收藏了一些。不曉得是那次的經驗，或是紅酒本身的緣故，每次喝到，就覺得滋味特別好。」

「我喝倒無所謂，可惜胎兒不適合。」

「沒關係，」林錫明哈哈哈地笑著說：「這瓶酒我留在這裡，下次妳跑完初馬，我們再來這裡一起喝。」

兩個人開心舉杯。小琪祝福林董身體健康，林董也祝福小琪和胎兒母子健康。杯觥交錯中，小琪有種奇怪的感覺，彷彿眼前跟他一起氣氛融洽地吃著飯的，是一個慈祥和藹的長輩，而不是那個公開收購時和她心機算盡的對手。

用完主菜，服務員清理了桌面，送上來點心。邊吃著點心，林錫明忽然問：「聽說周董事長最近調查公司高層收受回扣的事，頗有斬獲？」

「既然林董不是外人，我也就實不相瞞了。」小琪從皮包拿出一份準備好的帳冊影印本，推到林錫明面前。「我就猜得到林董一定會問，所以今天特別準備了資料。」

林錫明接過帳本，哈哈大笑了起來。「哈哈，明快、明快。」說著低下頭，一頁一頁仔細地翻閱帳本。

等他瀏覽得差不多了，小琪說：「這些年來，以王總經理為主的經營團隊，光是從上游廠商那裡拿走的回扣，就高達三、四億之多。這些都還是白紙黑字看得到的部分。王總經理之所以能夠如此明目張膽，我想原因你應該非常清楚。」

林錫明沉思了一下。「妳打算怎麼處置王總經理？」

「移送法辦當然最直截了當。但把這些家醜攤在陽光下，對公司的信譽、對投資人的權益也未必就好。我在想，或許可以有更低調的做法。當然，這也得看我在董事會是否能得到林董的支持。」

林錫明想了想說：「我有個提議，妳看看覺得怎麼樣？」

「請說。」

「我把錢麗華兒子這席法人董事代表換掉，人選由妳來改派。這樣妳就可以照妳的意思處置王總經理了。」

「林董願意這麼大方我實在受之有愧。既然林董願意把經營權交給我，你何不開個價，把手上弘發股票賣給我？」

「哈哈哈，周董手上現金很多我知道。不過既然妳在公開收購前就已經掌握了12％超邁流通的股票，我也掌握了弘發10％左右的股票，我有個不成熟的想法，還請妳多指教。」

「你客氣了。請說。」

「如果周董事長不嫌棄的話，今年超邁股東大會改選時，我願意規劃兩席的董事禮讓周董人馬。在弘發我支持妳，在超邁妳支持我。這三年，我們合作做點事，花點時間好好彼此瞭解一下，妳看如何？」

「是嗎？」

「至於未來是策略聯盟、合併，或者好聚好散，就看我們能不能好好相處囉？」他笑著說：「我可不想每年開股東大會之前，都得這麼跟周董事長再折騰一次。」

小琪若有所思地點著頭。「我們是該好好相處。」

用餐結束，林錫明堅持要買單。他邊簽信用卡帳單，小琪邊試探性地問：「上次我看雜誌上報導，聽說你女兒和辛毅夫正打得火熱？」

「哈，那種雜誌上的報導看看也就算了。」林錫明收回信用卡以及收據，「錢麗華的那個兒子，」他靠近小琪耳畔，低聲地說：「我女兒說是個草包。」

「小琪姐，妳有時間嗎？」簽完例行的公文之後，心彤忐忑地問：「我想請教妳一個私人問題。」

「當然。」小琪示意心彤到沙發區坐下。「正好我也有事想找妳談。」她起身走了過來，就在心彤側前方的沙發坐下來。「什麼事？妳說。」

「小琪姐，妳覺得顧醫師這個人怎麼樣？」

「妳為什麼會這樣問？」

吞吞吐吐了老半天，心彤終於說：「前天晚上，他吻了我。」

「是嗎？」小琪有點詫異。

「拿到帳本那天，本來是約好要去慶功的，結果他的一個朋友忽然死了，他心情沒了。我和毅夫分手，心情也一樣沒了。我們兩個人就在車上哭。哭完了，我提議去坐摩天輪，他說好。隨著摩天輪越爬越高，我們的心情好了很多，還互相說了一些安慰的話。摩天輪爬升到最高點時，我也搞不清楚為什麼，他就吻了我。我忍不住也吻了他。」心彤停頓了一下，觀察小琪的表情。「當天晚上我們還做了那件事，就在附近的旅館。」

心彤預期小琪會有一些反應——不管贊成的、反對的、驚喜的，甚至像高中女生那樣大驚小怪的都好，但出乎意料地，小琪一句話都沒說。她的臉看起來有點疲憊，又有點憂傷。她的眼神看著她，背後的心思似乎越飄越遠。

「小琪姐，妳覺得怎麼樣？」

小琪回神過來，反問心彤：「妳自己覺得呢？」

「我覺得他聰明、有內涵……可是在聰明、內涵的背後，又有一種我無法形容的魅力。危險，又吸引人。這種感覺和跟辛毅夫在一起時，完全不一樣。」

小琪沒接話，起身走到窗戶前，背對著心彤。

沉默了一會兒，心彤才聽見她平靜地說：「他的確是個危險，又有吸引力的男人。」

心彤靜靜地走到小琪身後，等著更多的補充或者說明，但小琪只是安靜地看著窗外，沒再多說。

窗外下著傾盆大雨，遠遠地，汽車在紅燈前回堵成長龍，各種花色的雨傘在人行道上穿梭。

過了一會兒，小琪轉過身來，語重心長地對心彤說：「不管對象是誰，在妳有能力愛別人之前，要先學會愛自己，懂嗎？」

心彤雖然不太理解小琪為什麼這樣說，但她還是點了點頭。

「昨天超邁的林錫明董事長約我見面了。」

「真的？」

小琪把昨天的結論扼要地跟心彤敘述了一遍。

「我覺得林董的提案的確不失是個雙贏的想法。」心彤說。

「關於辛毅夫撤換之後，空出來的那個董事的法人代表，」小琪說：「我想邀請妳來擔任。」

「我恐怕還不夠資格吧……」

「妳知道整個公司我最信任的人就是妳，」小琪抓住她的手，殷重地說：「妳一定要多幫我。」

心彤覺得很感動，也握緊了小琪的手。「我會努力的。」

王總經理敲敲門，走進辦公室。「董事長，妳找我？」

小琪看都不看王總經理，自顧自批著公文。看小琪不理會自己，王總經理走到辦公桌前，安靜地站著。

小琪又讓王總經理站了一會兒，直到公文批好了，才從抽屜拿出那本帳冊，甩到王總經理面前，一臉嚴厲的表情問：

「詹董是怎麼對你的？你又是怎麼回報他的？」

王總經理接過帳本，漫不經心地翻了幾頁，又放回桌上。「董事長，這些編造出來的數字不會有人信的。」

「是嗎？」小琪笑了笑，又拿出了幾張匯款單據影印本，丟到王總經理面前。「這些匯到錢麗慧戶頭的單據也沒有人相信嗎？你這個豬狗不如的東西。」

看著單據影印本，王總經理誇張地笑了起來。「我們這群兄弟，拚死拚活幾十年，就分了這麼一點殘羹剩飯。哪像董事長，才一、兩年工夫就弄了這麼大一個基業。跟妳比，我們還真是豬狗不如啊。」

小琪冷不防地站起來，一個耳光甩在王總經理臉上，破口大罵：「不要臉的東西。」

突如其來的大動作讓王總經理嚇了一跳。

「既然你連羞恥是什麼都不知道，那大家只好公事公辦了。」小琪說。

王總經理撫著臉，深吸了一口氣說：「別以為妳能嚇唬我，妳不可能這樣做的。」

「你怎麼知道我不會這樣做？」

「我國內那幾個銀行帳戶，早就沒剩下什麼錢了，更何況房子還有九千多萬的貸款。妳要公事公辦，別說公司拿不回一毛錢，光是股票跌掉的市值，就比這本帳冊全部的錢不知還要多出多少。」

「你說的都對。可惜我這個人就是愛恨分明。」小琪用力拍辦公桌，咆哮著：「今天我就算把虧掉的錢當成費用，也要叫你家破人亡，圖個快意暢然！」

王總經理倒吸了一口氣。

「你女兒年底要結婚了吧？」小琪冷冷地笑著說：「你不樂見到婚禮那天，女方家長全都缺席吧？你不想看到眾目睽睽下，所有的賓客都在竊竊私語，說你女兒的父母因為貪瀆入獄，無法出席婚禮吧？」

王總經理沉默了一會兒。「我自動辭掉總經理。」

「廢話，你這種人本來就沒有資格當總經理！」

王總經理低下頭，不敢直視小琪。

小琪坐回辦公椅上。「你自己說，這件事打算怎麼辦？」

「我這個人最懂規矩……」王總經理音調一轉，忽然變成了哀求的語氣，「只要董事長放我一條生路，什麼事我都願意做。」

「這話可是你自己說的。」

「我什麼都願意做。」

小琪用凌厲的目光看著王總經理，過了好一會兒，終於說：「我給你最後一個機會。」

7

光線晦暗，四下一片陰森森的。

二十多分鐘過去了。

王總經理的汽車就停在距離停車場出口左側馬路上十幾公尺的位置。引擎是熄火的，車燈也沒開。他下意識地敲著方向盤，注視著停車場出口前的三岔路口。

從勘察地形、熟悉對方作息、決定現場，到規畫脫離動線，過去四天，他每天都來這裡。一次又一次做詳盡的沙盤推演和模擬。

距離上次做類似的事三十年前有了吧？

印象最深刻的一次，對方被撞了之後，在醫院加護病房躺了將近兩個月，才勉強保住小命。那個傢伙後來退出江湖，安安分分地開了家麵包店，娶了店裡的女店員，也生了小孩。王總經理偶爾去買麵包，那傢伙根本認不得他了。他就在櫃檯後面的輪椅上坐著，結帳的時候總是一臉知福惜福的表情說：「謝謝。」

有時候王總經理不免會想，那傢伙真應該跟他說謝謝的。要不是有人給他教訓，以他不知天高地厚的個性，早就橫屍街頭了。

那時候做這些事情時，有種莫名其妙的意氣風發。三十年後，再做著同樣的事，那些飄飄然的心情全消失了。取而代之的是更多的無奈——年紀大了，很多原本有滋味的事情，不知不覺就走樣了。

現在，他只想趕緊擺脫眼前的麻煩，把一切全忘掉。

一部計程車緩緩從停車場正對面的馬路往三岔路口行駛過來。

那應該是顧厚澤最後一位看診的病人了。汽車在三岔路口前放慢了速度，做了一個左轉，沿著王總經理正前方的馬路駛離了他的視線。

九點十分。王總經理看了看手錶。

一如王總經理預期的，沒多久，顧厚澤的身影出現了。他提著公事包，走到紅磚道盡頭，準備穿越馬路。

王總經理發動了引擎。

就在顧厚澤踩上人行道穿越馬路時，王總聽見不尋常的引擎聲，從對面的馬路傳過來。

還沒搞清楚怎麼回事，對向馬路，一部汽車出乎意料地竄了出來。接下來的事情快得有點令人措手不及。走在人行道上的顧厚澤轉過頭，露出驚嚇的表情。他反射性地想閃躲，只見汽車瞄準顧厚澤，已經往他身上撞了過去。「碰」的一聲，顧厚澤整個人被撞飛了起來，在空中翻了一圈，整個人掉落到地面，又滾了幾圈才停了下來。

王總有點愣住了。完全反應不過來，眼前那部車到底是誰的？那個人為什麼會出現在這裡？他的目的又是什麼？

汽車發出尖銳的緊急煞車聲，開始緩緩後退。

事情還沒結束。

汽車一直退到人行道上，停了下來。透過微弱的燈光，顧厚澤終於瞥見了駕駛座上那個人的輪廓。

一時之間，他完全明白到底發生了什麼事。

疼痛的感覺從全身各處傳了過來，暗紅色的血液從大腿下方慢慢地滲了出來。顧厚澤試圖爬起來，卻發現身體完全動彈不得。

不知道為什麼，剛剛送老教授上計程車前的對話忽然浮現腦海。

「對你來說，所謂恆久不變的愛存在嗎？」顧厚澤問：「或者，所謂的愛根本只是過剩的慾望，被我們用浪漫的言辭美化了？」

「從客觀世界的角度觀察，愛是不存在的。」老教授說：「愛只存在主觀的角度。真正要形容的話，我覺得它更接近信仰。必須兩個人都真心相信，並且願意把對方都放在最重要的位置時，愛才存在。再沒有比這個更簡單，也沒有比這個更困難的了。」

「如果愛這麼美好，」顧厚澤問：「為什麼每次我都覺得失去的比得到的更多呢？」

「因為愛的課題從來都是給予，而不是得到。你老是顛倒了。」

「我不懂，如果沒有得到，我們怎會快樂呢？」

「得到是愛的結果，不是原因。明白嗎？」

前方的汽車頭燈已經切換成了遠光燈。亮晃晃地照著他，讓他幾乎睜不開眼睛。駕駛刻意把油門踩得一陣一陣的，像是野獸的怒吼。

不知聽錯了還是怎麼回事，熟悉的旋律從汽車裡面飄了出來——漸漸地，顧厚澤聽清楚，那是比才的歌劇《採珠人》中的詠嘆調〈妳的歌聲依然在我耳邊迴繞〉。

前奏之後，男高音用著深厚的嗓音，吟詠這浪漫絕美的詠嘆調。

Je crois entendre encore,
Caché sous les palmiers,
Sa voix tendre et sonore,
Comme un chant de ramiers.

我相信我仍然聽見，
就在棕櫚樹下，
妳的歌聲溫柔而明亮，
宛如野鴿的歌聲在我耳邊迴繞……

看著顛倒過來的馬路、汽車，整個顛倒世界，他顫抖地抬起手試圖阻止。如果還能再來一次的話，他心想，老教授說的會是真正的答案嗎？或者，那又只是一次看似出口的幻象呢？

這個牢不可破的監獄，真有逃脫的出路嗎？

歌聲中，汽車放開了煞車，向他狂奔過來。

再做什麼都無濟於事了。他放下了手，閉上了眼睛。

不曉得為什麼，恐懼消失了，取而代之的是一種絕望——明白終於無處可逃了那種奇怪又平靜的絕望。

第八章

1

一年之後，當心彤在娛樂版上又讀到毅夫和另一個女明星鬧分手的報導時，她放下報紙，心中有一種很奇怪的感覺。不是高興、不是難過、不是祝福，也不是解脫，而是一種「事情已經和我沒有任何關係了」的釋然。

釋然。一種哪怕天大的事，也不過只需要一年就能變得沒有任何關係了的釋然。

病房阿嫂每天都幫忙把報紙送到顧厚澤的病房來。心彤總是利用來病房的時間看報紙。一年來，她越來越忙，要開的會議也越來越多。心彤沒來的時候，阿嫂會把報紙留下。印象中，過去一年幾乎所有的報紙都是在這裡看的。有時心彤一次讀一、兩天，有時三、四天，最高紀錄也曾一次讀一個禮拜的報紙。

看完報紙之後，心彤會在病房安靜地坐一會兒，就像現在這樣。

顧厚澤的病房視野很好。天氣好的時候，隔着窗戶遠遠就可以看到陽明山。坐在同樣的地方，看著山色隨著季節不同的深淺濃淡，心彤總會想起許多事。

有幾次，她夢見顧厚澤真的醒過來了。他雀躍地告訴小琪，他只是去了另一個地方。在那個地方，他們並沒有分開，戀情一直持續著。

小琪總是安慰她：「會的，他會醒來的。」

有時候，心彤也會想起顧厚澤和她在摩天輪上的那個吻，以及之後那個晚上發生的事。因為只有一個晚上，有限的情節她只好一想再想。

偶爾，她不免也會懷疑，那個晚上的事真的發生過嗎？或者，會不會那只是一場夢？

還有一次，她夢見他們抓到了肇事者，就在她面前跪著。她激動地打他，打著打著，她忽然意會到，就算把他打死顧厚澤也不會醒來，體悟到這件事，她就在夢裡哭了。

心彤常常就這樣坐在窗前，想著很多事。現實的、夢境的，發生過的、沒發生過的，以及那些連她自己都分不清楚到底是發生過，還是沒發生過的事。

敲門聲把心彤從思緒中拉了回來。

「我就知道妳一定在這裡。」

心彤起身回頭看，原來是小琪走進來。她搬了張椅子招呼小琪。兩個人就在顧厚澤床前坐了下來。

「今天情況怎麼樣？」小琪問。

「已經退燒了。醫師來看過，說他應該會越來越好的。」

小琪點點頭。「這是大家託我拿過來的。」她從皮包中拿出一張生日卡片。「祝妳生日快樂。」

「啊——」心彤驚喜地叫了一聲。「我都忘了。」

她把卡片拿出來。讀著卡片上面滿滿都是辦公室同仁以及小琪手寫的祝福，心彤激動地抱住了小琪，久久不放。

小琪發現她滿臉都是淚水，問她：「怎麼了？」

「他不會醒來了。」心彤激動地說：「我已經好久沒夢到他，我不知道自己是不是快忘記他了。」

「照顧他這麼久，妳也算不辜負他了。」小琪嘆了口氣，又說：「聽小琪姐的，妳才三十二歲，有妳自己的青春要追求，嗯？」

心彤看著小琪。「妳真這樣覺得？」

「忘記那個晚上吧。嗯？」

「可是我忘不掉，小琪姐。」說著眼眶又紅了。

小琪過來又抱了抱她。「忘不掉的話，就當那個晚上妳進了遊樂園吧。儘管驚險刺激，但都不是真的。明白嗎？」

「我會試試。」看著小琪，心彤忽然激動地說：「謝謝妳，小琪姐。沒有妳，我不曉得該怎麼撐過這一年。」

「妳晚上不是要參加婚禮嗎？開開心心的，好嗎？」小琪拍著心彤，「給自己放個假吧，暫時不要再來這裡了。」

灌食完畢後，小琪用溼毛巾給顧厚澤擦拭身體。

看著顧厚澤赤裸的身體，她忽然有種很陌生的感覺。

曾經結實的胸肌，現在已經變得鬆弛了。在肌肉與皮膚之間，一層厚重油膩的脂肪長了出來。可以單手把她舉起來的手臂，也因長期缺乏復健，嚴重地向內蜷縮。

花了一點時間，小琪幫顧厚澤換上了新的衣服。找出了梳子，幫他梳好頭髮，還找了刮鬍刀，幫他把臉上的鬍鬚碴刮乾淨。

現在他是乾淨整潔的了。

她搖動病床，讓他靠著背，舒服地在床上坐著。自己搬了張椅子在他身邊坐下來。

住滿植物人的這座病房安靜極了。小琪跟顧厚澤報告了小孩的近況、報告了公司的近況。說著說著，她忽然想起最後一次兩個人見面時她對他說的話。

只要給我時間，我會剷除掉眼前這些對手的。到時候，我們一樣可以結婚，可以把小孩當成自己的小孩撫養，我們三個人可以幸福快樂地在一起，一切都不會有什麼兩樣的……

那時候，如果他願意相信她。現在這一切就都已經實現了。

病房只剩下他們兩個人了。

小琪沉默了一會兒，繼續又對顧厚澤自言自語地說：「最近我又夢見那條蛇了。我夢見我又變成了那條又飢又渴的蛇，吃著自己的尾巴，我好害怕我會把自己吃光，可是我就是停不下來……」

顧厚澤沒有說話，彷彿他就在診療桌後面默默地寫著病歷，等待著她繼續說下去。

不知道為什麼，小琪想起了那天下午在河濱公園，她汗流浹背地喘息著，下定決心要追上他的心情……

真糟糕。最近總是這樣，好端端地，忽然就想哭了。

小琪做了個深呼吸，試著克制自己的情緒，該擁有的一切，她都擁有了，她告訴自己。無論如何，她應該要覺得心滿意足的。畢竟現在他只屬於她一個人，再也沒有機會背叛她了。

於是她繼續又說了下去。

「我很痛，可是不知道為什麼，我還是不可自拔地一直吃、一直吃……」

2

這次是高翔修成了正果。

心彤就在送客隊伍的最前面，看著廣播電臺的男生起鬨要吻新娘。

這些不知分寸的大男孩有人吻新娘肩膀、有人吻耳朵、有人吻臉頰。儘管完全看得出來高翔已經非常不安了，那個帶頭起鬨的男生還是硬生生地就在新娘的嘴唇啵了一大下。

吻完新娘之後是團體照、雙人照、三人照。完了之後是與新郎單獨合照、與新娘單獨合照，各式各樣的折騰，好不容易總算大功告成，輪到心彤。

兩個禮拜前，送喜帖給心彤時，高翔說：「我知道妳不喜歡魏如雁。」

「有什麼辦法呢？你喜歡。」

「如果妳不想來的話，沒關係，我可以理解。」

不過就是喜宴嘛，心彤逞強地說：「我會去的。」

此時此刻，形隻影單地站在這對新人面前，心彤忽然被一股連她自己都說不清楚的情緒淹沒了。

從分手、復合、訂婚、拍婚紗、鬧翻了又復合……每次都哭哭啼啼地找她唱歌、喝酒的那個男人，現在竟然穿著禮服和新娘站在她眼前，讓心彤覺得很不真實。她有種感覺，似乎永遠在打電話哭訴，瘋瘋癲癲地和她一起喝醉、一起詛咒罵人的那個高翔，才是如假包換的真實。

她強忍著情緒，上前跟魏如雁握了握手。「恭喜。」握完手之後，她又轉過來，看著高翔。想到陪著她唱過不曉得多少次的〈童話〉、陪著她痛罵過每一任男朋友的高翔現在已經是別人的老公，心彤心中的情緒澎湃洶湧，一波接著一波。

警覺到心彤怪異的神情，高翔戒慎恐懼，不停地跟她努嘴做表情。高翔要她趕快走人的表情心彤完全明白，但她就是無法移動自己的腳。

似乎預感到心彤可能撲過來吻他，高翔早做出閃躲的預備動作。看著他臉上的表情從努嘴、做鬼臉暗示，到現在幾乎求饒，變化萬千。

「拜——託——拜——託……」他用著誇張的唇語對心彤無聲地說著。

不知道為什麼，高翔臉上驚慌的神色，讓心彤忽然想起兩年前的婚禮上趙強的臉。儘管兩個人臉型不同，但穿上新郎禮服的男人驚慌的神色卻都有著驚人的神似。

想到自己如此惡名昭彰，心彤噗嗤一聲，笑了出來。

她大方地上前握了握高翔的手。「恭喜。恭喜。祝你們永浴愛河。」說著，恰如其分地從提籃裡面取出一顆糖果。

高翔如釋重負地說：「我還以為妳又要鬧了。」

「鬧你？笑話，」心彤說：「你還以為你是誰？」

工作人員讓他們三個人站在一起，拍了一張照片。咔嚓。不，甚至連咔嚓的聲音都沒聽到，許許多多真實的事和不真實的事就互相易位了。

但什麼是真實？什麼又是不真實呢？

從那個生日到這個生日，兩個婚禮之間，告別了三個男人——四個，也許。算是失去嗎？變成了董事、副總，擁有了人人豔羨的職位、薪水，算是得到嗎？在得到與失去之間，什麼是真實，什麼又是不真實呢？

或許幸福，心彤心想，與其說得到還不如說是經歷了什麼。正是因為捨得放下那些失去的，所以青春才擁有了各種不同的可能吧。

走到飯店門口，一個長得乾乾淨淨的男人禮貌地對心彤點頭笑了笑。心彤也禮貌地點頭回禮。

「你住哪裡？」她問。

「亞都飯店。」他回答。

那是剛剛坐在隔壁的男人。魏如雁的朋友，特別從香港趕回來參加婚禮，順便拜訪臺灣的客戶。他是某家創投公司的副總裁，目前單身。席間他們交換過名片，也做過一些簡單談話。

「我剛好順路，要不要搭我的便車過去？」心彤問。

「好啊，那就先跟妳說謝謝了。」

司機把心彤的座車開過來，兩個人一起坐上汽車。

汽車走在臺北的街道上，那個人望著窗外，若有感觸地說：「十多年沒回臺北，這裡改變很多。」

「是改變很多，你應該到處走走、看看的。」

「是啊，走走、看看。」

車內忽然又恢復沉默了。汽車行駛著，霓虹燈、行道樹以及各式各樣的建築都安安靜靜地從窗外流動過去。

幾分鐘之後，那個男人忽然說：「我知道這樣很突兀，但不知道有沒有這個榮幸，請妳當我的嚮導。」

心彤自顧笑了起來。這一切，不曉得為什麼，她都熟悉。但或許因為突兀，那男人的開場讓心彤感覺少了油腔滑調，多了一點質樸。

看心彤不回答，那個男人自顧自打圓場說：「不好意思，是我太唐突了。妳這麼忙，一定沒時間。」

心彤看著那個男人，心想，才三十二歲的青春不是嗎？怎麼會沒時間呢？

「不會，」她告訴他：「我正好放假。有空。」

國家圖書館出版品預行編目資料

人浮於愛 / 侯文詠著.
--初版.--臺北市：皇冠文化. 2017. 08
面 ;公分（皇冠叢書；第4635種）
（侯文詠作品19）

ISBN 978-957-33-3318-0

857.7　　106012219

皇冠叢書第4635種
侯文詠作品 19
人浮於愛

作　　者—侯文詠
發 行 人—平雲
出版發行—皇冠文化出版有限公司
臺北市敦化北路 120 巷 50 號
電話◎02-27168888
郵撥帳號◎15261516號
皇冠出版社（香港）有限公司
香港上環文咸東街 50 號寶恒商業中心
23 樓 2301-3 室
電話◎ 2529-1778　傳真◎ 2527-0904
總 編 輯—龔橞甄
責任主編—許婷婷
責任編輯—蔡承歡
美術設計—王瓊瑤
著作完成日期—2017年7月
初版一刷日期—2017年8月

法律顧問—王惠光律師

讀者服務傳真專線◎02-27150507
電腦編號◎ 010019
ISBN◎978-957-33-3318-0
Printed in Taiwan
本書定價◎新臺幣380元/港幣127元